Elektra Miller

Sound of Life

# Elektra Miller

## Ja! Sound of Life Vol.1

## Roman

*Bibliografische Information der Deutschen National-
bibliothek:
Die Deutsche Nationalbibliothek verzeichnet diese
Publikation in der Deutschen Nationalbibliografie;
detaillierte bibliografische Daten sind im Internet
über http://dnb.dnb.de abrufbar.*

*TWENTYSIX – Der Self-Publishing-Verlag
Eine Kooperation zwischen der Verlagsgruppe Ran-
dom House und BoD – Books on Demand*

*© 2017 Elektra Miller (Pseudonym)*

*Herstellung und Verlag:
BoD – Books on Demand, Norderstedt*

*ISBN: 978-3-740-73584-5*

Heute ist mein 18. Geburtstag. Faul liege ich in meinem eigenen Bett, in meinen eigenen vier Wänden und lasse meine Gedanken kreisen. Schon echt bescheuert, dass alle Welt glaubt, der 18. Geburtstag wäre etwas Tolles. Endlich volljährig und vollmächtig? Dass ich nicht lache. Mein kleines Reich habe ich schon seit zwei Jahren. Für Nahrung, Heizung und Bildung muss ich seitdem selbst sorgen. Daran ändert auch kein weiterer Geburtstag etwas. Mein Gefühl in der Brust ist rebellisch aber irgendwie auch bedauernd. Wie gerne hätte ich mal eine Geburtstagsfeier gehabt oder Geschenke bekommen ganz zu schweigen von einem Geburtstagskuchen. Bevor meine Gedanken sich in die Bahn meiner traurigen Vergangenheit vertiefen können, schlage ich die Bettdecke auf und springe aus dem Bett. Ich will mich stylen und dann ins „Netz", um zu arbeiten. Für die 15 Uhr-Schicht habe ich mich freiwillig eingetragen, um in jedem Fall nicht alleine zu sein. Auf keinen Fall würde ich mir heute darum Gedanken machen, dass meine Eltern nicht hier bei mir sind. Mir nicht gratulieren und auch nicht anrufen werden. Weder meine Eltern, noch meine Geschwister oder meine Großeltern. Ich beschwöre die Rebellin in mir hoch, hole tief Luft und schaue in den Spiegel. Du schaffst das! Du schaffst das! DU

SCHAFFST DAS!", brülle ich mir voller Eifer entgegen.

Wie jedes Jahr meint es das Wetter richtig gut mit mir. Die Sonne scheint und es sind jetzt schon fast 30° C im Schatten. In meinem hellblauen und extrem kurzen Trägerkleid überquere ich die Straße, laufe durch eine kleine Gasse und stehe direkt vor dem Netz.

„Hey Nine! Da bist du ja. Komm lass dich drücken!" Ute grinst mich breit an und reißt mich an ihren absolut korpulenten Körper.

„Nenn mich nicht immer Nine, ich heiße Janine."

„Na, warum so launisch an deinem Geburtstag? Ich, nein besser gesagt wir, haben eine Überraschung für dich!" ruft sie mir mit so einem übertriebenen fröhlichen Singsang in die Ohren, dass ich nur flüchten will.

„Ok, ich komme gleich. Will nur mal eben Bescheid geben, dass ich mit meiner Schicht gleich starten kann." Ohne ein weiteres Wort drehe ich mich um und gehe rein. Froh, den ersten Treffer gut weggesteckt zu haben. Hinter der Theke steht mein Chef Christopher und grinst mich an. Ich setzte mein schönstes Grinsen auf, gehe nach Hinten um meine Sachen wegzulegen und meine Schürze anzuziehen.

„Was machst du da?" fragt er während er mich immer noch angrinst.

„Na fertig für die Arbeit. Hab doch heute die Frühschicht.", beachte ihn aber gar nicht weiter.

„Ich hab deine Schicht getauscht." Erwartungsvoll blickt er mich an.

„Wieso, was soll das? Ich brauche die Kohle und hab mich drauf eingestellt jetzt zu arbeiten." Ich bin sauer, will es mir aber nicht anmerken lassen. Die Stärke ihm zu erklären, nicht alleine sein zu wollen, habe ich gerade nicht.

„Komm schon, heute an deinem Geburtstag solltest du definitiv nicht arbeiten. Nimm dir nächste Woche einfach eine Extraschicht."
Ich bin sprachlos. Mir fällt einfach nichts ein, was ich dazu sagen könnte oder wie ich wieder zu meinem geordneten Tagesplan kommen könnte. Ich sehe ihn an und habe Mühe, meine Mimik neutral zu lassen.

„Komm doch mit raus. Wir setzen uns in die Sonne und trinken einen Kaffee!" Er lächelt mich immer noch an, legt seinen Arm freundschaftlich um meine Schulter und zieht mich hinter der Theke fort, nach draußen. Die Sonne auf meiner Haut liebe ich. Ein kleines, von Herzen kommendes Lächeln, bringe ich zustande. Wenn ich schon nicht arbeite, kann ich mich ja in die Sonne setzen und wenn ich dabei nicht alleine bin, umso besser.

„Überraschung!!!!" rufen mehrere Stimmen gleichzeitig.

Oh nein, shit. Wie soll ich bloß den ganzen Tag die liebenswerte, gelassene und fröhliche Janine geben? Mein Herz rast, mein Magen windet sich zu einem Knoten. Ich habe Angst. Auf gar keinen Fall möchte ich, dass jemand mitbekommt, wie einsam und traurig ich eigentlich bin. Ich dreh mich zu den Stimmen hin und sehe alle meine befreundeten Kollegen und Kolleginnen, eine Freundin aus der Schule und eben die besagte Ute. Ich habe Sie vor einem Jahr als Gast im Netz kennen gelernt und in ihr trotz riesigem Altersunterschied irgendwie eine Seelenverwandte gefunden.

„Alles Gute zum Geburtstag!", rufen alle gleichzeitig.

„Hey cool, was macht ihr denn alle hier?", frage ich mit einem Lächeln im Gesicht.

Ute gibt mal wieder den Ton an und ruft: „Setz dich endlich! Wir haben wirklich eine Überraschung für dich und brennen darauf, deine Reaktion zu sehen."

Ich setze mich auf den nächstbesten Platz und bevor noch weitere Gefühle in mir hochkochen können, kommt Cordula, eine meiner Kolleginnen, mit einer riesigen Pappschachtel um die Ecke - mein Geschenk. Gespannte Stille herrscht, als es vor mir abgestellt wird und ich es sprachlos ansehe. Nein, ich will es wirklich nicht aufmachen. Was wenn ich zu viel erwarte und alles nur ein Scherz ist? Dann haut es mir voll ins Herz.

„Los, nun mach schon auf!", ruft jetzt auch Christopher.

„Nee! Ich würde es lieber zu Hause alleine aufmachen."

„Ach so ein Quatsch", ruft Ute, „wir wollen alle dabei sein. Nun mach endlich!"

Wie es aussieht, komme ich nicht drum herum. Ich hantiere verlegen mit der Schleife herum, bis sie dann endlich offen ist, hebe den Deckel an und drücke ihn nach hinten.
Erst friert mein Lächeln ein, dann rutscht es ganz aus meinem Gesicht. Mein Herz rast, mein Gesicht fühlt sich siedend heiß an und dann muss ich auch noch anfangen zu schluchzen.
Liebevolle Worte zum Geburtstag und Kerzen zum Auspusten zieren eine traumhaft weiße Torte - meinen Geburtstagskuchen. Mein Herz wummert unter den Rippen, der Magen dreht weitere Knoten und meine Augen, mein Kopf können die Tränen nicht zurückhalten. Ute packt mich, zieht mich vom Stuhl hoch „Was denn Mädel, du hast dir doch schon immer eine gewünscht", spricht sie jetzt etwas leiser, während sie mich in ihre Arme drückt. Cordu steht daneben und streichelt

meinen Arm, flüstert beschwichtigende Worte.
Wie gerne würde ich mich jetzt gehen lassen.
Abhauen und weinen, aber nein, ich möchte diesen herzlichen Freunden nicht vor den Kopf stoßen. Ich recke den Kopf hoch, schniefe, trockne die Tränen und raunze mir selbst zu, mich jetzt gefälligst mal zusammen zu reißen. Ich rufe wieder die Rebellin in mir hoch, schniefe noch einmal und grinse dann alle an.

„Ja! Die habe ich mir wirklich gewünscht. Oh man, dass ist so abgefahren! Tausend Dank! Endlich hab ich einen Geburtstagskuchen", ich grinse über beide Ohren, nehme alle in den Arm, drücke sie richtig fest an mich, weil mir diese Geste von ihnen so unendlich viel bedeutet.

„Jetzt müssen wir aber unbedingt feiern", rufe

ich. „Tausend Dank! Ihr seid der Wahnsinn"
Grinsend schaue ich in die Runde und hoffe jetzt zum ersten Mal von Herzen, dass jetzt keiner von ihnen gehen muss.

„Kann ich die Torte jetzt anschneiden? Ich meine mit Euch oder müsst ihr gleich los?"

„So ein Quatsch", wirft Cordulas Freund Jörg ein.

„Wir sind hier, um zu feiern. Wir laden dich ein, Kaffee, Tee zum Kuchen und wenn du magst, später auch etwas Stärkeres." Auch er drückt mich, streicht mir sacht über die Wange und meint leise „Wie gerne wüsste ich, was dich gerade so bedrückt, warum ein so junges hübsches Mädchen so viel Kummer in sich trägt." Ich drehe mich aus der Umarmung, lächle ihn mit meinen strahlendsten Augen an „Das waren doch alles nur Freudentränen. Schön, dass ihr bleiben könnt! Kommt, die erste Runde gebe ich aus!" Trotz der starken Worte sieht er in meinem Blick mehr, als alle anderen. An alle gewandt bedanke ich mich noch einmal „Danke, das war ein sehr großer Herzenswunsch von mir." Ich grinse breit, möchte nicht dass die Stimmung noch einmal umschlägt, stehe auf und frage alle, was sie gerne trinken möchten, um drin alles zubereiten zu lassen. Wir sitzen in der Sonne, unterhalten uns, schmieden Pläne für die nahe Zukunft und erzählen Witze bis zum Umfallen.

Am frühen Abend stehe ich mit der Pappschachtel und den Kuchenresten vor meiner Wohnungstür, schließe auf und hole tief Luft. Keiner hier. Alles dunkel und kalt. Ich hasse dieses Gefühl, alleine zu sein. Verantwortung zu tragen, mich um mich selber alleine kümmern zu müssen. Da mir keine Wahl bleibt, schalte ich mein schönstes schummriges Licht ein, lege Musik auf und reiße noch einmal alle Fenster auf, um von meinem Bett aus in den Himmel schauen zu können. Von dem ganzen Stimmengewirr piept es laut in meinen Ohren, bis ich zur Ruhe komme und anfange draußen die Vögel in den Bäumen in der Abenddämmerung zu hören. Ich gehe darin auf, zwinge mich, mir ganz genau die einzelnen Töne anzuhören. Irgendwann, ohne, dass ich es merke, driften meine Gedanken immer weiter ab. Ein Kurzfilm läuft vor meinen Augen ab, über die letzten Jahre meines Lebens. Das Aufwachsen mit meinen Geschwistern in einer Sekte, die Scheidung meiner Eltern und der Rausschmiss von meiner Mutter, nachdem ich nicht mehr der Sekte angehören wollte. Nachdem ich ihr und meinem Stiefvater gesagt hatte, dass ich nicht daran glaube, nicht mehr mitmachen möchte, war mir die Aufgabe zugeteilt worden, in all der „freien Zeit" mich um alle Familienbedürfnisse zu kümmern. Aufräumen, Putzen und Kochen sollten meine Aufgaben in den nächsten Wochen werden. Trotz Erledigung aller mir aufgetragenen Aufgaben, wurde ich ständig gegängelt. Immer häufiger wurde ich ausgegrenzt bis ich diverse „Züchtigungsmaßnahmen" über mich ergehen lassen musste, mit dem Argument „Wer liebt, der züchtigt". Meine Geschwister standen oft sprachlos daneben, haben sich so machtlos gefühlt, dass keiner eingriff. Kurze Zeit später standen dann, als ich von der Schule nach Hause kam, meine Anziehsachen in Müllsäcken vor der Tür. Meine liebste Schwester öffnete auf mein Klingeln hin die Tür und war ganz traurig. Sie sollte mir mitteilen, dass ich dort nicht mehr zu Hause sei und ich genauso gut zu meinem Vater gehen könne. Dann wurde die Tür geschlossen und ich starrte mit meinen fast 14 Jahren fassungslos dagegen an.

Mein Vater hatte zwischenzeitlich eine andere Frau geheiratet. Nachdem wir die Müllsäcke rein getragen haben, ging ich zu ihr. „Vielen Dank, dass ich hierher kommen durfte", sagte ich mit Mühe neutral gefassten Gefühlen. „Was bleibt mir denn anderes übrig?" Sie sitzt auf der Couch, nimmt mich nicht in den Arm, zeigt mir nicht das Zimmer und fragt auch nicht ob sie mir irgendwo mit helfen kann. „Na dann hoffe ich, dass wir uns arrangieren können", war das einzige, was sie noch hinterher schob. Kurze Zeit danach wurde sie schwanger. Ich durchlebte schöne 6 Monate, in denen sie und mein Vater sich gut um mich kümmerten. Als dann allerdings meine Halbschwester auf der Welt war, wurde ich nach und nach immer mehr ausgegrenzt. Die Freundlichkeiten ließen immer mehr nach. Mein Vater arbeitete und hat kaum etwas mitbekommen. Da er niemals nachfragte, wie es läuft, habe ich ihm nichts von den vielen Bissigkeiten erzählt. Streitigkeiten, Zurechtweisungen, Verbote und vieles mehr waren irgendwann Tagesordnung. Es dauerte nicht lange, bis sie einen Vorwand fand, mir meine Wohnungsschlüssel abzunehmen. Bis dann eines Tages trotz Klingeln und Klopfen, Anrufen und Pochen gegen die Eingangstür, keiner mehr öffnete.

Pfffhh, was ein scheiß Film, denke ich mir, ziehe das Handy aus meiner Tasche und scrolle die Namensliste durch. Mir fällt die Nummer einer neuen Bekannten quasi vor Augen, ich wähle.

„Ja? Wer ist da?", werde ich gefragt

„Hey Bine ich bins. Janine. Von letzter Woche aus dem Netzwerk.", erwidere ich etwas perplex von ihrer merkwürdigen Art, sich am Handy zu melden.

„Cool! Hi was machste grade? Wie gehts so?"

„Ich bin zu Hause, frage mich ob wir mal zusammen was unternehmen sollen. Kaffee trinken oder Party machen?"

„Absolut perfektes Timing! Ich hab auch schon eine Idee. Ein Bekannter von mir ist DJ und soll morgen Abend in nem Striptease Club auflegen. Wäre schon echt doof da alleine aufzuschlagen. Wenn du mitkommst, können wir feiern und uns ein paar schnuckelige Kerle ansehen."

Meine Augenbrauen berühren fast meinen Haaransatz. „Was? Ich soll in nen Strip Club? Typen kann ich mir doch auch so ansehen." Ich wünschte mir gerade, sie nicht angerufen zu haben aber einen Rückzieher will ich auch nicht machen. Für Ablenkung ist nun mit Sicherheit gesorgt. Ich merke, wie sie am anderen Ende ruhig bleibt und möchte nicht als uncool abgestempelt werden.

„Wo soll das denn stattfinden?" „ Keine Ahnung wo genau. Aber Jonny meint, dass es genau auf seinem Weg liegen würde und wir von hieraus in ungefähr 25 Minuten da wären. Der könnte uns abholen und wir machen uns mal so richtig Spaß." Der Vorschlag ist so unkompliziert, dass ich mich nicht länger zieren will. „Ok abgemacht. Ich komme mit. Dann kann ich den Punkt Strip-Club besuchen auch schon mal von meiner To-Do Liste streichen". Wir feixen noch etwas herum, besprechen das Styling und wo wir uns treffen. Von meinem Geburtstag wollte ich ihr nichts erzählen. Mir war es lieber, sie verbringt ihre Zeit freiwillig mit mir. „Bis morgen dann, und Nine?" „Ja was denn" „Alles Gute zum Geburtstag", dann legte sie auf. Ich war so perplex, dass mir keine Erwiderung einfiel.

Auch, wenn heute so viele Menschen an mich gedacht haben, fühle ich Einsamkeit, möchte sie vertreiben und lasse meine Gedanken kreisen. Jetzt raus gehen kommt nicht in Frage, weil meine Laune heute ein untreuer Begleiter ist. Ein Buch lesen könnte helfen, aber dazu habe ich zu sehr meine eigenen Erlebnisse im Kopf. Moment mal. Eigentlich wäre es doch ein Kassenschlager die letzten Erlebnisse aufzuschreiben. Wie viele Jugendliche wohnen mit 16 alleine, gehen arbeiten und zur Schule, um ein Fachabi zu machen. Bestimmt die einen oder anderen. Und wie sieht's mit meiner Vergangenheit aus? Könnte sich jemand dafür interessieren, wie es sich anfühlt so alleine zu sein? Oder wie früher alle Erlebnisse in der Sekte und mit meiner Mutter waren? Eigentlich könnte ich ein Buch schreiben und einen Band würde ich locker zusammen bekommen. „Pfffhh, damit irgendjemand mich und meine Geschichte bewertet? Nee danke!", ich drehe mich auf die Seite, spiele mit meinen Haaren und schlafe bald darauf ein.

# 1

Mein Chef hat mal wieder eine ewig lange Besprechung. Eigentlich müsste ich noch mindestens drei Vorgänge mit ihm weiter durchsprechen, um für morgen alle angeforderten Unterlagen vorlegen zu können. Die Gesprächsrunde sitzt jetzt schon seit zwei Stunden im Besprechungsraum. Ich überlege gerade, ob ich vor meinem Feierabend noch mal hineingehen soll, als sich die Tür öffnet und einer nach dem anderen heraustritt. Direkt vor dem großen Empfangstresen, welcher meinen Arbeitsplatz beinhaltet, bleiben alle stehen und führen noch kurzweilige Unterhaltungen.

Zunächst sehe ich wieder auf meine Arbeit und höre ganz leise mein Tischradio welches die 17 Uhr - Nachrichten ankündigt und somit meinen Feierabend. Ich stiere auf meine Unterlagen, kann aber keinen klaren Gedanken mehr fassen. Es wundert mich, denn soeben wollte ich noch irgendetwas in Erledigung bringen. Was lenkt mich nur ab? Vielleicht die Nachrichten. Aber auch nach Kenntnisnahme der News merke ich, dass es an Etwas im Raum liegt. Ich hebe meinen Kopf und sehe direkt in die Augen von Mark Hansen. Warme, intensive braune Augen. Wow! Ich hänge in dem Blick fest. Die Augen faszinieren mich und beschämen mich zugleich, weil sie so offen, tief, ehrlich, berauschend sind. Ich kann nicht mehr hinsehen. So ziemlich das erste Mal in meinem Leben wende ich freiwillig den Blick ab. Ich sehe auf die vor mir liegenden Unterlagen und bin sprachlos. Merke, wie ich rot werde, weil ich mich schäme, ihn solange angesehen zu haben oder über die Intensität des Blickes. Ein paar Minuten später sehe ich noch einmal auf, aber der Augenblick ist vorüber, denn Herr Hansen beteiligt sich an einer der Unterhaltungen. Während ich hinter allen aufräume und darauf warte, dass auch der letzte gegangen ist, bin ich immer noch überrascht, wie sehr mich dieser Blickkontakt mitgerissen hat. Immer wieder sehe ich diese tollen intensiven braunen Augen vor mir und habe ein kleines Lächeln auf den Lippen.

In den kommenden Tagen gibt es viel zu erledigen. Vorbereitungen für die Buchhaltung, Kostenstellenauswertungen, alltägliche Korrespondenzen und vieles mehr. Darüber hinaus habe ich den Moment mit Herrn Hansen fast wieder vergessen, bis er ein paar Tage später vor mir steht und mich anlächelt.

„Guten Tag Herr Hansen, schön, Sie wieder zu sehen."

„Danke!" erwidert er lächelnd. „Schön, Sie ebenfalls wieder zu sehen."

Mir schlägt das Herz aus unerklärlichem Grund bis zum Hals. Ich räuspere mich.

„Haben Sie und Ihr Kollege einen Termin mit Herrn Blattner? Soll ich Bescheid geben, dass Sie da sind?"

„Ja das wäre sehr lieb von Ihnen." Ich wähle die Durchwahl, sage Bescheid, dass der Termin da ist und wundere mich währenddessen die ganze Zeit über die Wortwahl. Lieb? Bin ich lieb? Wieso lieb? Hä? Wie kann er einen Termin mit den Worten „lieb" bestätigen? Ich sehe ihn an, werde wieder rot - ich schwöre, ich werde sonst nie rot!- senke meinen Kopf und habe keine Ahnung, was ich sagen soll.

„Und sollen wir uns setzen oder kommt er gleich nach Vorne?"

Mein Kopf schnellt hoch „Ähm, könnten Sie sich noch einen Moment setzen? Es wird noch ein paar Minuten dauern." Schon wieder werde ich rot. Mir ist schleierhaft, wie ich vergessen konnte, ihm eine Antwort zu geben. Er setzt sich in den Wartebereich und blättert in einer Zeitschrift, während ich versuche, mich wieder der Arbeit zu widmen. Dies gelingt mir aber erst, als mein Vorgesetzter mit Herrn Hansen und Kollegen in seinem Büro verschwindet.

Meine Güte, warum bin ich neuerdings so aufgeregt, wenn er in der Nähe ist? Mittlerweile sehe ich ihn schon seit vier Jahren immer mal wieder und eigentlich dachte ich, dass er spießig wäre. Das Telefon klingelt und bringt mich wieder zur Arbeit zurück. Aufträge kommen rein, Fahrer fragen nach der nächsten Tour und Mails müssen beantwortet werden. Nach geraumer Zeit höre ich Herrn Blattner im Flur und weiß, dass der Termin beendet ist und gleich wieder Herr Hansen vor mir stehen wird. Sein Kollege geht zur Toilette, weshalb wir uns alleine am Empfang befinden. Ich schaue ihn an, muss mein Verlegenheitslächeln unterdrücken, denn er sieht mich ebenfalls an „Sie haben doch jetzt irgendwann ausgelernt, oder?"

„Ja das stimmt. Vor nem halben Jahr habe ich meine Prüfung bestanden" erwidere ich einigermaßen locker.

„Und jetzt sind Sie hier fest angestellt?", fragt er freundlich während er mich ununterbrochen mustert.

„Naja, zumindest fürs nächste Jahr." antworte ich bemüht locker, obwohl ich mich innerlich winde. Warum stellt er mir auf einmal so viele private Fragen? Oh nein. Vielleicht hat er diesen Blick auch bemerkt. Shit. Bevor einer von uns weitere Konversation betreiben kann, kommt sein Kollege von der Toilette, tritt zu uns und fragt, ob sie beide losfahren wollen. Dann verabschieden sich die Herren, während ich mit meinen Fragen alleine zurück bleibe.

# Mark

Oh man, was eine Frau. Jedes Mal wenn ich hier her komme freue ich mich darauf, sie wieder zu sehen. In meinem A8 warte ich darauf, dass mein Kollege endlich einsteigt. Kann der nicht mal Gas geben? Genauso gut hätte er vorgehen können, dann hätte ich wenigstens noch ein paar Minuten mit Ben plaudern können. Über Musik, Whisky oder Janine eben. Wenn ich nur daran denke, was ich für eine Frau zu Hause habe, wünschte ich, nicht geheiratet zu haben. Meine Gedanken driften immer weiter ab. Zu unserem letzten Urlaub, in dem wir uns beide überhaupt nichts mehr geschenkt haben und zu meiner Tochter. Nein, daran will ich jetzt nicht denken. Kann doch nicht sein, dass ich nur Pech mit Frauen habe. Hmm vielleicht sollte ich Janine doch einfach mal anrufen. Sie fragen ob... ach Quatsch, besser nicht, sonst versaue ich mir noch mein Geschäft und die Freundschaft zu Ben. Mein Kollege will sich mit mir unterhalten aber nach einem „Jahhhh, passt schon.", hat er verstanden, dass ich nicht bei der Sache bin. Die fast 70 km fahren wir mehr oder weniger schweigend. Janine würde ich schon sehr gerne mal küssen. Gott, sie hat so schöne Lippen. Ob sie wohl mit Ihrer Zunge beim Küssen spielt? Ich würde schon gerne mal etwas mehr von ihr hören, fühlen und testen ob überhaupt ein Funke überspringt. Ach nee, dann hab ich gleich wieder das Problem mit meiner Arbeit und dem Verhältnis zu Ben. Den Job für eine Angestellte aufs Spiel zu setzen, kann ich auch nicht wirklich verantworten. Die Maklerfirma läuft gut und die General-Versicherungs-Agentur ebenfalls und trotzdem müsste ich einen Angestellten nach Hause schicken, wenn ihr Arbeitgeber mich wegen einem Treffen mit seiner Angestellten abserviert. Scheiß Zwickmühle! Und trotzdem, sobald ich hierher zu einem Termin fahre, freue ich mich vom ersten Augenblick an immer wieder darauf, ihr gegenüber zu stehen. Oh man, diese Augen, dieser Körper und dieser Arsch. Einfach der Hammer. Scheiß drauf! Wenn ich gleich im Büro bin rufe ich sie an…

## 2

Das Telefon klingelt schon wieder. Ich drehe meinen Kopf und sehe, dass das Display Herrn Hansen anzeigt. Da ich am Telefon grundsätzlich stark bin, fällt es mir leicht, dran zu gehen.

„Herr Hansen, na, haben Sie etwas vergessen? Soll ich Sie durchstellen?"

„Hi! Ja ich bin es."

„ Und, etwas vergessen oder soll ich durchstellen?"

„Ähhm, weder noch. Ich wollte Sie etwas fragen". Dieses Rumdrucksen macht mich vorsichtig, fast schon argwöhnisch

„Ah ha! Ok, und wie kann ich helfen?" Erst ist es still am anderen Ende der Leitung, dann räuspert er sich: „Ich wollte Sie etwas Persönliches fragen."
Eine persönliche Frage von Herrn Hansen? Merkwürdig.

„Sie wollen mich etwas Persönliches fragen? Was denn?"
Ganz ruhig, fast schon leise höre ich seine Frage:

„Hmm, Könnte es in Ihrem Leben vielleicht einen Mann oder ähm einen Menschen geben, der etwas dagegen hätte, wenn Sie mir Ihre Telefonnummer geben würden?"

Ich bin sprachlos, verdutzt. Hat er mich das gerade wirklich gefragt? Ganz leise, weil ich Sorge habe, dass Kollegen mich hören könnten, die an meinem Schreibtisch vorbei kommen sag ich:

„Wie bitte? Haben Sie mich gerade nach meiner Nummer gefragt? Warum? Äh auch egal, denn das geht eh nicht!"

Mein Versuch sich von Vorne herein dagegen zu wehren, funktioniert überhaupt nicht. Mein Bauch schreit förmlich - FREUDE! - Ich will, ich muss unbedingt wissen, ob für ihn dieser Blick auch so

„so" war.

„Ich weiß DIE Arbeit. Und ich verstehe es aber wir könnten uns doch einmal alleine treffen, um zu sehen, wie es zwischen uns ist?!" Er sagt es mit so einer ruhigen, souveränen Stimme, dass er mir das Gefühl vermittelt - alles kein Problem. Trotzdem, kann ich das machen? Und was ist dann mit der Arbeit, meinem Vorgesetzten und und und…

„Warum möchten Sie meine Nummer haben? Wir wollen beide unsere Arbeit nicht riskieren, also können wir es auch bleiben lassen."

„Nun ja aber wir können auch sehr diskret sein und uns einfach mal sehen und ein paar persönliche Worte miteinander reden." Das sagt er so ohne Drang, ohne Regung, dass ich ihm Glauben schenke. Alles einfach nur ein „Termin".

„Also gut. Meine Nummer lautet 0152-3296094." Ich zähle ihm alles einzeln auf, schließlich wünsche ich mir ja, jetzt wo er meine Nummer hat, dass er sich bei mir meldet.

„Ok hab ich mir notiert. Und ich melde mich."

„Ja aber ohne, dass es mein Chef mitbekommt" rufe ich noch schnell, weil ich das Gefühl habe, er will sofort auflegen. Vielleicht überlegt er es sich eh noch einmal anders, dann aber nicht auf meine Kosten.

„Hey Janine, ein Mann, ein Wort! Natürlich wird Dein Arbeitgeber niemals etwas davon erfahren, alleine schon in meinem eigenen Interesse." Er spricht so enthusiastisch, dass ich versucht bin, ihm zu glauben, aber mein Exmann hat es mir anderes gelehrt, also werde ich wachsam sein

„Bis dann", sage ich leise und grinse. Er hat schon aufgelegt.

Es ist Abend. Ich stehe in meiner Küche, mache mir einen Salat und warte die ganze Zeit darauf, dass ER anruft. Mittlerweile haben wir 21 Uhr und ich habe immer noch nichts von ihm gehört. Unglaublich! Der Typ fragt nach meiner Nummer und meldet sich nicht. Ich ärgere mich über mich selber. Warum habe ich ihm überhaupt geglaubt?

Was ist das für ein Typ Mensch, der erst nach deiner Nummer fragt, an meinem Arbeitsplatz, und mich dann Stundenlang warten lässt? Ich bin so sauer! Auf mich selbst. Scheiße man, noch so ein Blödmann der mich nur Vorführen will. Stocksauer lege ich mich mit einer Zigarette ins Bett. Langsam inhaliere ich den Qualm, genieße den Geruch und höre meiner Lieblingsplatte von Bruce Springsteen zu. Dann eben nicht! Denke ich langsam etwas entspannter. Im Grunde wollte ich doch sowieso noch ein wenig in meinem Leben ausprobieren. Vielleicht nach Frankfurt gehen oder mir woanders einen Job suchen. Ich weiß es nicht. Aber ich bin mir sicher, dass meine Entscheidungen nicht heute oder morgen getroffen werden müssen. Also kann ich mich auch einfach ein wenig driften lassen. Ich höre der Musik zu, rauche ein paar Zigaretten und lasse den ruhigen Abend damit ausklingen, mir einmal mehr meine Zukunft auszumalen.

## Mark

„Es ist vier. Ich muss jetzt noch zu einem Termin und bin dann morgen früh wieder im Haus."
„Ok Herr Hansen! Dann noch einen schönen Abend." Meine Sekretärin kramt in ihrer Handtasche und macht sich vermutlich auch bald auf den Weg nach Hause. Ich mache die Tür auf. „Oh! Wahnsinns Wetter!", gehe zum Auto und überlege mir zu meinem „Termin" mit dem hammergeilen Bike zu fahren, steige in meinen A8 und sehe zu, nach Hause zu kommen. Hoffentlich ist Monika nicht da. Oder schlimmer noch, ihre Mutter. Mir graust es, sie jeden Abend zu sehen. Nichts läuft mehr seit Monaten und zu allem hat meine Schwiegermutter etwas beizutragen. Unglaublich, wenn die wüssten, dass ich mir heute Janines Nummer habe geben lassen. Ts! Die merken eh nichts mehr und mittlerweile ist es mir sogar Recht. Vor meinem Haus sehe ich, dass keiner da ist. Wenigstens brauche ich keinem Rechenschaft ablegen und mir keine Story für einen Termin ausdenken. Ihre ganze Adresse kenne ich zwar nicht, aber wenn ich im Ort bin kann ich ja anrufen. Ey, cooler Plan! So mache ich es.

…Meine Blicke schweifen durch die Küche: „Wo sind nur die blöden Schlüssel?". Endlich gefunden und in der Garage stehend freue ich mich darauf, meine Buell mal wieder zu reiten. Die Beine rüber schwingen, den Bock brüllen lassen und den Wind am ganzen Körper spüren. Die Strecke ist ein Traum. Landstraßen gesäumt von großen Bäumen und Seen auf denen Segelboote unterwegs sind. Kaum Autos, die einem in die Quere kommen. Meine Freude auf Janine wächst mit jedem Meter mehr in ihre Richtung. Hinter meinem schwarzen Visier kann zum Glück keiner mein Grinsen sehen. Nach ungefähr 80 km bin ich endlich in dem Ort von dem ich meine, dass Janine hier wohnt. Ich suche mir eine schöne Außenterrasse, um mir was zum Trinken zu bestellen, dann zücke ich mein Handy und wähle ihre Nummer.

Es klingelt - und klingelt. Komisch. Dann springt die Mobilbox an. Ich habe keine Lust eine Nachricht zu hinterlassen und lege auf. Ich trinke mein Alster aus und wähle die Nummer erneut.

„Ja, wer da?", fragt mich eine ganz fremde, irgendwie alte Frauenstimme.

„Hallo?! Wer ist da?", frage ich ganz perplex.

„Was fragen? Sie mich anrufen?!" Im Hintergrund sind lauter Unterhaltungsfetzen aber ich glaube nicht, dass die auf Deutsch sind.

„Was wollen von mir?", sie wirkt immer unwilliger.

„Sie haben mir heute Morgen ihre Nummer gegeben und ich habe gesagt, dass ich mich melden werde.", sage ich ganz bestimmt, denn irgendwie, denke ich, könnte es ja auch ein komischer Scherz sein.

„Meine Nummer? Ich nicht wissen Nummer!"
Mir wird's tatsächlich zu blöd. Ich lege auf und könnte kotzen. Mein Hochgefühl von soeben ist mit einem Puff verflogen. Tssss! Die hat mir ne falsche Nummer gegeben. Wie scheiße ist das denn? Ich breche mir einen ab, um höflich danach zu fragen, fahre den ganzen Weg bis hierher, nur damit ich so eine Volldeppin am Telefon habe?

„Ich nehm noch ein Alster!" rufe ich der Bedienung hinterher, denn mir ist klar, mit meiner miesen Laune wäre Motorrad fahren richtig schlecht. Auf der Terrasse sitzend finde ich es schade, fühle mich aber auch so gekränkt, dass ich nicht so richtig weiß, wie ich damit nun umgehen soll. Absicht oder Versehen? Ich kann es nicht einordnen. Ich komme erst zur Ruhe, als ich mir eingestehe, dass ich sie am nächsten Morgen noch einmal anrufen will um zu erfahren was das sollte. Irgendwann an diesem Abend mache ich mich wieder auf den Rückweg. Auf den Weg in ein Leben, was heute oder morgen zu Ende geht. Je-

des Ende bedeutet einen Neuanfang mache ich
mir selber Mut.

# 3

Früh morgens schwinge ich mich mit meinen hochhackigen Schuhen auf mein Fahrrad. Für die Arbeit war ich schon ein wenig zu spät dran, aber ich konnte vielleicht über die eine oder andere Abkürzung wieder Zeit einholen. Gerade so pünktlich, betrete ich um eine Minute nach Acht meinen Arbeitsplatz. Für mich ist es jeden Tag wieder eine Freude, hier zu sein, die Arbeiten zu erledigen und Verantwortung für meine Bereiche zu übernehmen. Nach dem ersten Ansturm komme ich etwas zur Ruhe und lese mir gerade meine neuen Mails durch, als das Telefon mal wieder klingelt. Ich sehe zum Display, es zeigt Herrn Hansen an – unglaublich! Ich nehme ab

„Unglaublich, dass Sie jetzt und heute hier anrufen", sage ich ein wenig vorwurfsvoll. Aber nur so, dass man es mir als Arbeitsfehler verzeihen könnte, denn noch kenne ich nicht das Spiel, welches er spielt. „Guten Tag Herr Hansen, wie kann ich Ihnen weiterhelfen?"

„Nun ja, ich rufe noch einmal wegen Ihrer Telefonnummer an."
Das sagt er so leise, dass ich mir theoretisch einbilden könne, nichts gehört zu haben. „Sagen Sie, welches doofe Spiel wird hier eigentlich gespielt?

Ich gebe Ihnen meine Nummer und Sie melden sich noch nicht einmal?", meine Atmung geht extrem hektisch, weil mir klar ist, dass ich mich gleich unendlich aufregen werde.

„Hey Moment mal, Sie waren doch diejenige, die mir die falsche Nummer gegeben hat. Ich setze mich extra auf mein Motorrad, weil ich Sie überraschen wollte, wähle die Nummer und habe absolute Vollidioten am Telefon." Er sagt die Worte so schneidend, dass mir klar wird, er ist ebenfalls sauer. Aber dafür kann ich doch nichts.

„Ja und? Du hättest dich lieber bei mir melden sollen."

Falsche Antwort denn er braust auf. „Ich wollte dich doch anrufen und dich besuchen aber du hast mir eine beschissene falsche Handynummer gegeben! Geht's noch? Ich habe dagestanden wie ein Volldepp. Wenn ich nicht Deine Nummer bekommen soll, dann sag es mir gefälligst aber spiel keine bescheuerten Spielchen mit mir!" Fast schon glaube ich er legt auf, aber so gerade eben kann ich noch rufen

„Warte mal! Ich habe dir keine falsche Nummer gegeben. Ich wollte dich wirklich sehen ansonsten hätte ich dir gar nicht erst irgendetwas erzählt und schon gar nicht hätte ich dir irgendeine falsche Nummer gegeben!" Ich bin so empört, dass er es mir überhaupt zutraut, dass ich fast nicht auf seine Worte höre und im letzten Moment registriere, dass er die letzten beiden Ziffern vertauscht hat. Er beruhigt sich ein wenig, ich hingegen finde das ganze extrem emotional. Ich kenne ihn überhaupt nicht und habe gerade zum ersten Mal einen kleinen Einblick davon bekommen, wie er ist, wenn er sich aufregt. Im Geiste zucke ich mit den Schultern und denke mir entweder will er oder er will nicht. Ich werde es merken. Wir verabschieden uns voneinander und gehen jeder wieder seiner Arbeit nach.

Mein Tag ist absolut ereignislos, weshalb ich mich auf meinen Feierabend freue. Zu Hause angekommen, schmeiße ich meine Schuhe in die Ecke und ziehe mir etwas Bequemes an. Gerade schmiere ich mir ein Brot mit Leberwurst, als mein Handy klingelt. Ich hangle mit einer Hand danach und sehe eine Nummer auf dem Display, die ich nicht kenne. Mit einem Schlag ist mir klar, dass das der erwartete Anruf von Herrn Hansen sein muss. Mir schlägt das Herz so stark in der Brust, dass ich es fast im Hals spüren kann. Es schnürt mir den Atem ab, dennoch nehme ich voller Erwartung und Vorfreude das Gespräch an.

Wie immer melde ich mich mit: „Ja? Hallo?!" und freue mich, als ich seine Stimme höre.

„Hey ich bins!"

„Unglaublich, Sie rufen mich wirklich an?! Ich hab gedacht das wäre nur ne Masche."

„Quatsch! So ein Blödsinn. Ich wollte wirklich Ihren Kontakt."

Ich grinse über beide Ohren „Ok, und nun? Wir kennen uns nicht, keine Ahnung worüber wir uns unterhalten sollen."

„Ja stimmt. Ich finde es wäre einfacher sich gegenüber zu sitzen als zu telefonieren. Wollen wir uns treffen? Ich könnte zu Ihnen kommen."

„Wann? Jetzt?" ich reiße die Augen auf. Erst gar kein Mucks und jetzt die Dampflok? „Ähh"…

„Ich bin schon im Ort" fällt er mir dazwischen, weil er wohl merkt, dass DAS nicht mein Ding ist. „Wenn Sie mir sagen, wo Sie wohnen, komme ich vorbei und wir könnten uns ungestört unterhalten."

Ich sehe an mir runter. Sweatshirt und Jogginghose. Oh shit! Soooo? Obwohl - besser so, als dass er glaubt, ich habe mich für ihn irgendwie zurecht gemacht oder dass irgendetwas laufen könnte.

„Hallo?!"

Er merkt wohl, dass jedes weitere Wort mich dazu bringen würde, nein zu sagen. Aber tatsächlich habe ich ihm meine Nummer gegeben, wozu wenn ich nicht wollte, dass wir uns abchecken?

„Ok. Dann heute" erwidere ich irgendwie einigermaßen neutral, weil ich überhaupt nicht weiß, was ich dazu sagen soll. „Du findest mich im Hudeweg 23."

„Gut. Dann bis gleich!"

Am anderen Ende ist alles still. Ich sehe mein Handy an, dann meine Kleidung. DAS geht echt gar nicht. Obwohl - Geschäftsbeziehung! Fällt mir leider wieder siedend heiß ein. Also muss ich eine Maske aufsetzen. Na ja, oder einfach ich selbst sein, vielleicht ist das noch die beste Medizin.

In meiner apfelgrünen Küche stehe ich am Fenster, hab die Balkontür hinter mir weit offen und genieße den Augenblick der Verwirrung. Dann muss ich lächeln. ‚Wir werden sehen' denke ich grinsend. Ich beiße herzhaft in mein Brot welches ich mir vor dem Anruf geschmiert hatte - Wahnsinn! Jetzt kommt wirklich Herr Hansen zu mir nach Hause. Meine Gedanken sind hier und da. Mein Brot aufgegessen. 10 Minuten sind rum.

Tsss, der ist ja ‚in der Nähe' gewesen. Wieder stelle ich mich ans Fenster, kann aber immer noch kein Besucher-Auto ausmachen. Voller gespielter Gelassenheit und Coolness, laufe ich durch meine Wohnung, zünde mir noch eine Zigarette an und gehe auf den Balkon. Unglaublich, ich hab wirklich ja zu einem Treffen in meiner Wohnung gesagt.

Dann klingelt es. Ich schnippe den Rest meiner Zigarette über die Brüstung und laufe schnell ins Bad um meinen Mund mit Oral-med auszuspülen. Mit Blick in den Spiegel, streiche ich meine Haare glatt und ziehe den Bauch ein. Wenn schon Jogginghose, dann mit Wasch-Brett-Bauch denke ich grinsend. Dann setze ich noch schnell meine Brille auf, welche ich eigentlich nicht wirklich tragen müsste, und rufe meine Rebellin in mir auf. Für diese Begegnung brauche ich definitiv Stärke.


„Hi! Da sind Sie ja!" begrüße ich Herrn Hansen, nachdem ich ihm die Tür geöffnet habe. Er steht im Rahmen, sieht mich ebenfalls mit einer Brille an, lächelt und überreicht mir einen Blumenstrauß. „Sorry, hat ein bisschen länger gedauert, weil ich unbedingt noch ein paar vernünftige Blumen bekommen wollte."

„Oh, danke!" erwidere ich mit einem erfreuten Lächeln. „Kommen Sie doch herein!"

Wir sind beide so unsicher. Dieses Gefühl behagt mir überhaupt nicht. Jeder von uns fragt sich:

Was geht, was geht nicht…

‚Puh! Hey kleine Rebellin, wo hast du dich versteckt? Los komm raus, gib hier mal nen bisschen Schwung. ‘

„Wohnzimmer oder Küche" frage ich ihn während ich die Tür schließe und voran gehe.

„Küche find ich gut."

„Ha ha, bestimmt nur so lange, bis Sie sehen, dass ich dort noch keinen Tisch und Stühle stehen habe." Ich muss grinsen. Auf dieses Grinsen kann ich mich immer verlassen. Kaum ist etwas peinlich oder ich gerate in Verlegenheit, schon hab ich ein breites Lächeln im Gesicht.
Ungläubig starrt er mich an, nicht sicher ob ich einen Scherz mache oder nicht. Nachdem er Zeuge meiner Kücheneinrichtung, welche es nicht gibt, wurde, haben wir uns doch für die Couch im Wohnzimmer entschieden.
Wir setzen uns aufs Sofa, einer ganz links, der andere ganz rechts. Ich fühle mich unwohl, weil er mit meinem Chef eine Geschäftsbeziehung hat und von ihm strahlt eine ähnliche Aura aus. Wir plänkeln etwas herum über Filme, Bücher und dass wir scheinbar beide Brillenträger seien. Bei dem letzten „Sie" kommt er mir ein Stück näher

„Kannst du mich bitte Mark nennen? Ich meine, natürlich ist es auch für dich komisch, dass wir jetzt hier sitzen, aber wirklich, dies ist kein Spiel.

Ich wollte dich tatsächlich privat treffen und etwas näher kennen lernen."

„Ja - und in der Firma? Wie soll ich mich da verhalten?"

„Mit deinem Vorgesetzten bin ich auch per du, nur vor anderen Siezen wir uns, und vielleicht wäre das für dich in Ordnung?"

„Ok - Mark!" Ich grinse wieder aus Verlegenheit, denn die Aussprache seines Vornamens fühlt sich jetzt schon so extrem persönlich, fast schon intim, an, dass es mir wichtig erscheint keine Schwächen zu zeigen. Die Rebellin muss wieder her. Ich zwinkere innerlich und lasse dann den einen oder anderen lockeren Spruch los um zu sehen, womit ich ihn zum Lachen bringen kann.
Auf einmal, ohne Vorwarnung sieht er mich an und meint:

„Ziemlich klein dein Fernseher."

Tsss denke ich, der wagt es echt, das laut zu sagen? Unglaublich! Ich bin mir der Mankos meiner Einrichtung bewusst, aber nach einer durchgestandenen Scheidung kann man eben nicht voll Eingerichtet weitermachen, schon gar nicht wenn man so jung ist, wie ich und nebenbei auch noch seine Ausbildung abgeschlossen hat.

„Alles hier gehört mir. Alles was du siehst oder auch vermisst, entspringt einer meiner Entscheidungen. Vielleicht solltest du woanders Fernsehen?"

„So war das nicht gemeint! Ich hab mich falsch ausgedrückt. Zuhause steht noch einer rum, den könntest du haben." Klar, der will jetzt die Kurve kriegen, aber ich bin schon verstimmt. „Nein danke. Wir haben uns soeben das Du angeboten und zum ersten Mal getroffen und jetzt willst du schon etwas verändern. Das ist gut gemeint aber ich möchte niemandem etwas Schulden." Er merkt, dass mir dieses Thema überhaupt nicht gefällt und wenn er wüsste, was ich in meiner Beziehung mit meinem Exmann erlebt habe, könnte er es vielleicht etwas besser verstehen. Doch ich bin nicht bereit, mich ihm zu öffnen. Wir plaudern noch ein wenig. Die ganze Zeit über sitzen wir auf dem Sofa an unterschiedlichen Enden. Ich möchte ihm ein richtig tolles Gefühl vermitteln, warum auch immer, und schlucke die Verärgerung über den Kommentar herunter. Es ist angenehm, mich mit ihm zu unterhalten. Das Gespräch läuft wie von selbst. Wir lächeln, erzählen, ergänzen und fügen die Sätze des Gegenübers zu Ende. Die Zeit vergeht, bis Mark spürbar zum Ende kommen möchte.

„Du musst langsam los, oder?"

„Ja, der Rückweg wird eine Weile dauern und morgen muss ich wieder früh raus."

Mir ist noch nicht ganz klar, ob das ein Vorwand oder eine Tatsache ist, aber nach den zwei Stunden der Anspannung kann ich ihn so oder so verstehen. Ich bin tatsächlich neugierig, wie wir verbleiben werden, deshalb antworte ich „Kein Problem, kann ich verstehen. Ich bringe dich noch zur Tür."

Wir stehen beide gleichzeitig während der letzten Worte auf und gehen Richtung Tür. Mark bleibt stehen und sieht mich an. Bestimmt überlegt er jetzt, wie es weiter gehen soll. Ich bin verwirrt im Kopf und irgendwie auch im Körper. Er sieht mich immer noch an, gibt mir das Gefühl, mal wieder etwas sagen zu müssen, damit die Stimmung nicht so aufgeladen ist.

„Hey, schön dass du da warst. Eine interessante Zeit…"

„Darf ich dich Küssen?", fragt er, packt mich plötzlich und ohne Vorwarnung. Fast gleichzeitig, drückt er mich an sich und presst seine Lippen auf meine.

‚WAS?!'

Obwohl ich so etwas nicht wollte, geschweige denn kommen sehen habe, dauert mein Widerstand nicht einmal eine Sekunde. Die Lippen sind so weich, so zärtlich. Es fühlt sich verdammt gut an. Mein Herz und mein Bauch machen gleichzeitig einen Hüpfer. Sein Arm liegt immer noch fest um mich und drückt mich von Sekunde zu Sekunde mehr an seinen Körper. Seine andere Hand fühle ich im Nacken, er legt seinen Kopf schief und fängt an mich richtig zu küssen. So absolut richtig. Mit Zunge, mit Gefühl, fast schon mit Herz. Die Lippen weich aufeinander, die Zunge dreht sich um meine, rollt sich ein, spielt mit meinen Lippen und dreht sich wieder um meine Zunge. Ich fasse es nicht, es ist unglaublich, denn er küsst wie ich. Mein Herz, mein Bauch machen wieder einen Flipper.

„Hhm" entfährt mir ein wohliges Stöhnen. Das habe ich noch nie erlebt. Ich küsse fester, schneller intensiver, springe an ihm hoch und lege meine Beine um seine Hüften. Er umarmt mich, hält mich, küsst mich auch noch fester. Unsere Lippen fühlen einander, schmecken sich, genießen das Gefühl, sich zu kennen. Es ist unfassbar! Seine Zunge dreht sich wieder mit meiner im Kreis, wir spielen mit unseren Lippen und wollen sehen, was für Ideen der andere hat.

‚Wow! Mehr!' Ich lasse mich fallen. Ich küsse mit all meinen Sinnen.
Dann erschrecke ich. Oh nein, das ist Mark Hansen! Gleichzeitig hören wir auf, uns zu küssen.

„Ich gehe dann besser jetzt mal", sagt er leise und räuspert sich. Kein Ton, keine Erklärung, wie er den Kuss empfunden hat. Schnell löse ich meine Beine von ihm und lasse los. Oh man, wie peinlich! Ich bringe ihn zur Tür, ohne, dass einer von uns beiden etwas sagt, öffne sie und schaue ihm direkt in seine Augen.

„Ok, mach's gut", murmel' ich mit einem kleinen Lächeln, aber unsicher, ob und wie und was weiter sein soll oder kann oder wird. Er schaut mich an, geht aus der Tür, dreht sich noch einmal um und sagt „Ich melde mich", dann geht er. Schnell schließe ich die Tür, renne in die Küche und stelle mich heimlich ans Fenster um zu beobachten was er macht, wie er aussieht, was er für ein Auto fährt oder ob er noch einmal den Blick hebt. Vor meinem Fenster steht ein nagelneuer A8 in schwarz. Er glänzt, sieht nach Verantwortung und Macht aus. Irgendwie war es mir klar, dass Mark genau in dieses Auto einsteigt. Es ist, als ob dieses Auto genau für Ihn gebaut wurde. Ein Mann, ein Wort, ein Auto. Was ein Statement. Leider sieht er nicht mehr auf. Er setzt zurück und fährt davon.

Trotz des weltbewegenden Kusses muss ich am anderen Morgen aufstehen, zur Arbeit gehen und funktionieren. Mir ist meine wiedergegebene Freiheit und Selbstständigkeit so wichtig, dass mich derzeit nichts und niemand ab- bzw. aufhalten kann. Erst spät am Tag klingelt mein Telefon mit einer unbekannten Nummer.

„Ja? Hallo!", melde ich mich.

„Ja hi, ich bins. Mark!"

„Du? Hi!" Ich fühle mich atemlos sobald ich seine Stimme höre.

„Ja, wollte mich doch melden. Heute war viel los, aber wenn du willst können wir uns morgen treffen?!"

„Ähm, du willst mich treffen? Du bist doch gestern so schnell weg gewesen?!" Mich wundert es wirklich, denn obwohl ich diesen Kuss für absolut fantastisch gehalten habe, muss es noch lange nicht heißen, dass er oder überhaupt irgendein Mann so etwas ebenfalls empfinden würde, geschweige denn könnte.

„Wieso? Ich hab doch gesagt ich melde mich."

„Stimmt." Mehr will und kann ich nicht sagen.

„Morgen gleiche Zeit, gleicher Ort wie gestern?"

„Du willst bei dem Wetter bei mir in der Wohnung hocken?" Merkwürdig ist er ja schon, schießt es mir durch den Kopf.

„Wir können auch spazieren gehen?!"

„Ok", erwidere ich, „dann bis morgen."

„Ich freue mich", sagt er mit einer tiefen, leisen Stimme, dann legt er auf.
Ein Lächeln liegt auf meinen Lippen. Na, wenigstens kann ich mich auf meine blonden langen

Haare, meinen schlanken Körper und mein Lächeln verlassen, denn warum sonst sollte er sich noch ein weiteres Mal mit mir treffen? Er kennt mich nicht und seinem Schweigen bzw. seiner Zurückhaltung nach zu urteilen, könnte es zwar eine interessante Zeit miteinander werden, mehr aber auch nicht. Während ich mir eine Zigarette anzünde, wird mir klar, dass es mir so oder so egal ist. Ich möchte mich einfach überraschen lassen.

Bevor Mark auch nur einen Fuß in meine Wohnung setzen kann, komme ich raus vor die Tür.

„Hi na du! Wundere dich nicht, nach meinem Tag muss ich unbedingt erstmal raus in die Natur."
Ich ziehe ihn mit, bis er weiß in welche Richtung es geht.

„War dein Tag so schlimm oder gehst du gerne raus?", fragt er mich mit einem breiten Grinsen im Gesicht.

„Beides." Auch ich muss grinsen.
Wir laufen bestimmt eine Stunde in der Natur. Mal schweigend und mal erzähle ich ihm von meiner Verbundenheit zur Natur, wie oft ich mir Kraft aus dem Meer, aus dem Feuer oder auch aus den Wäldern suche. Ein wenig belächelt er es, aber mir fallen genug Vergleiche ein, wie z.B. ein Lagerfeuer oder ein Strandurlaub ein und noch andere, denen er auch zustimmen kann. Ich erfah-

re, dass er gerne Motorrad fährt, einen Bruder hat und dass er 32 Jahre alt ist. Hobbys hat er keine direkten, findet sich aber gerne immer mal wieder mit Freunden zusammen um Musik zu hören, sich zu Unterhalten und gerne auch viel zu lachen und Quatsch zu reden. Hört sich richtig gut an, denke ich mir, kann mir aber bei diesem ernsten, seriös aussehenden, ruhigen und zurückhaltenden Mann kaum vorstellen, wie er Witze erzählt oder Quatsch macht, um zu lachen. Natürlich sage ich nichts, genauso wenig wie er zu meinen „Energie-Tankungen", denn letzten Endes wissen wir scheinbar beide nicht, was jetzt oder in naher Zukunft kommt.

Langsam nähern wir uns wieder meinem Zuhause. Meine Beklemmung wächst, denn wenn wir hier bei mir sind, bedeutet es auch, dass ich ein Stück weit die Richtung der Unterhaltung oder Handlung vorgeben muss. Mir fällt es schwer einzuschätzen, was Mark will. Einen Kuss? Oder zwei? Vielleicht auch mehr? Bin ich bereit? Wie weit bin ich bereit zu gehen? Oder, will er nur sagen, dass es schön war und wir uns nicht mehr treffen? Ich kann es wirklich nicht einschätzen. Daran mag es liegen, dass meine treue Rebellin wieder kinderleicht auf den Plan tritt und sich die Situation unter den Nagel reißt.

„Hey komm rein, ich mache uns erst mal etwas zu trinken", lade ich ihn ein nachdem ich die Tür aufgeschlossen habe.

Er folgt mir in die Küche und grinst über beide Ohren. „Unglaublich wie grün deine Küche ist! Erschreckst du dich nicht jeden Morgen wenn du wieder hier rein kommst?"

„Du bist ja nett!", erwidere ich ebenfalls mit einem Grinsen im Gesicht.

„Ähm, war die so gestrichen?"

„Quatsch! Vorher war hier irgendein braun oder so. Ich hab die Farbpalette gesehen und mir gedacht, dass bei all den schönen Farben jedes Zimmer in meiner Wohnung auch eine eigene Farbe bekommen kann."

„Ah, dann bin ich ja mal gespannt.", feixt er grinsend.

„Worauf?"

„Wie die anderen Räume aussehen."

„Du willst meine Wohnung sehen?"

„Klar, warum nicht. Vielleicht ist ja ein Zimmer auch rot oder schwarz? Wer weiß!" Zwinkernd sieht er mir in die Augen. Zum ersten Mal sehe ich Humor und Schalk in seinem Gesicht. Die

Augen blitzen und seine Grübchen bringen mich ebenfalls zum Lachen.

„Na dann komm…" Mit den Getränken in der Hand zeige ich ihm zuerst das Wohnzimmer.

„Oh wow! Fantastisch!", feixt er herum. Wir müssen beide lachen, denn in dem Raum auf diesem Sofa haben wir vor zwei Tagen gesessen, und zwar wie zwei unsichere pubertierende Schulkinder.

„Ja nicht wahr? Und dieses Sofa erst." Grinsend drehe ich mich um und gehe zu meinem Arbeitszimmer. Die Tür öffnend warne ich ihn vor „Erwarte nicht zu viel!"

„Was ist das denn alles?" Er geht einen Schritt rein, dreht sich um seine eigene Achse und merkt selbst, dass hier viele Teile meiner Persönlichkeit zu finden sind. Neben meiner Bügelwäsche liegt aufgeschlagen ein Buch- einmal mehr konnte ich mich nicht dazu durchringen das Vergnügen gegen die Pflicht zu tauschen. Sein Blick schweift zu den Stapeln von Büchern „Hast du die alle gelesen?"

„Klar, warum soll ich sie sonst haben?" Ich muss lachen, weil ich die Frage so urkomisch finde und weil ich mich geniere, dass er hier so viele persönliche Sachen von mir sieht. Er sieht mich kurz an und lächelt ebenfalls. Er sieht die weißen

Wände an, auf denen ich viele kleine Szenen gemalt habe. Teils Menschen, teils Fantasyfiguren, manches Mal auch nur Formen oder Farben. Meine Blitzideen habe ich nicht auf ein Blatt Papier skizziert sondern hier auf die Wände. Irgendwann wollte ich sie in Teile von großen Bildern integrieren.

„Du malst?"

„Ja, ganz gerne. Ich hab mein Fachabi für Gestaltung gemacht. Mein Mentor hoffte, dass ich Kunst studiere, weil er mich mit den einzelnen Stilrichtungen als talentierte Künstlerin gesehen hat."

„Und, hast du es gemacht oder bist du dabei?"

Ich schüttele den Kopf „Ich hab mich nicht getraut."

„Nicht getraut?" Er sieht mich fragend und verwundert an.

„Meiner Meinung nach bin ich nicht schlau und gut genug. Außerdem hätte ich nicht das passende Geld gehabt und selbst wenn ich über BaföG die ganzen Studiengebühren finanziert hätte, wäre ich immer noch der Meinung, dass Kunst bzw. Malen und Zeichnen eine brotlose Kunst ist. Und dann wiederum hätte ich das Problem, nicht für mich alleine Sorgen zu können und das hätte das Folgeproblem, dass es nicht weiter gehen würde."

„Ok, wenn du das meinst. Aber das hier sieht gut aus. Ich meine ich verstehe nichts davon, aber es gefällt mir." Ich sehe ihm an, dass er mehr wissen will und trotzdem nicht fragt. Entweder, weil er es als Stimmungskiller sieht oder zu großen Respekt vor diesen ganzen persönlichen Angelegenheiten empfindet.

Mit einem Scherz will ich die Situation wieder auflockern „Manches Mal schlafe ich auch hier."

Er reißt seine Augen auf. „Wo?"

„Na auf dem Boden", erwidere ich mit Schulterzucken und verkneife mir ein Grinsen.

„Häää?! Ernsthaft?" Seine großen braunen Augen sehen mich skeptisch an, wollen versuchen mich abzuschätzen.

„Ja warum nicht. In meinen kreativen Phasen lege ich die Wäsche hier auf dem Boden aus, sehe mir alles an und schlafe dabei manches Mal ein." Die Erklärung ist so logisch, dass Mark es fast geschluckt hat, leider muss ich dann losprusten.

„Ha ha, sehr witzig!" Er schüttelt den Kopf über sich selbst, dass er mir fast ins Netz gelaufen ist.

„Hast du noch etwas anderes zu trinken außer Wasser und Saft?"

Er will ablenken aber ich kringel mich immer noch vor Lachen. Unsere Augen funkeln sich an, die Chemie zwischen uns knistert „Sorry ich habe nichts anders zu trinken im Haus."

„Kein Wein, Kein Sekt, oder andere Frauengetränke?"

„Ne du, hab ich nicht. Wenn ich was trinken will, gehe ich immer raus unter die Leute."

„Ok" weiter sagt er nichts, lässt die Frage offen. Mir fällt auf, dass er ebenso unsicher ist wie ich, wir es nur beide meisterhaft kaschieren. Nach kurzem Schweigen meint er „Ich würde dich gerne noch einmal küssen."

Ich geniere mich sosehr, dass ich ihn nur anlächeln kann. Er kommt langsam auf mich zu, legt einen Arm um mich und fasst mit der anderen Hand zärtlich an mein Gesicht. „Schließ die Augen", raunt er leise. Mit geschlossenen Augen fühle ich wieder diese unglaublichen weichen Lippen auf meinen. Dieses Mal ist der Kuss intensiver, länger und inniger. Ich lasse mich wieder automatisch fallen, gebe mich völlig dem Gefühl hin, was er in mir auslöst. Die weichen Lippen, die neckende Zunge, sein Geruch, die Reaktion von meinem Körper. Ich habe wieder, genau wie beim letzten Mal, das Gefühl, ihn zu kennen, als ob ich „nach Hause" kommen würde. Alles von ihm fühlt sich so vertraut an, dass ich gar nicht glauben könnte, dass wir uns gerade erst getroffen haben, wenn ich es nicht selber besser wüsste. Völlig versunken in dem Kuss und irgendwie auch gleichgültig zu dem was als nächstes kommen könnte, fühle ich wie er mich hoch hebt. Instinktiv schlinge ich meine Beine um ihn, vertiefe meinen Kuss noch mehr. Meine Zunge, meine Lippen probieren ihn und wissen, dass er gut schmecken würde. Mir entfährt ein ganz leises Stöhnen, er drückt mich prompt fester an sich. Erst mitten in der Bewegung registriere ich, dass er mich Richtung der letzten Tür führt, die ich ihm heute noch nicht geöffnet habe.

„Geht's hier rein?" haucht er leise.

„Ähm, ins Schlafzimmer? Ja." Ich kann nicht glauben, dass er mich das jetzt gerade gefragt hat. Dann öffnet er die Tür. Wir sind beide außer Atem vom Küssen aber mit Sicherheit auch von unserer gegenseitigen Anziehungskraft. Irgendwie und unerklärlicher Weise finde ich ihn unwiderstehlich. Langsam lässt er mich auf eine Ecke von meinem Wasserbett sinken, stützt sich ab und erschreckt sich wahnsinnig „Oha, was ist das?" Er weicht zurück, die Augenbrauen hochgezogen.

„Ein Wasserbett…" antworte ich amüsiert, weil er sich so erschrocken hat.
Ungläubig schüttelt er den Kopf, kommt wieder auf mich zu und küsst mich. Fährt mit seinen Händen unter mein T-Shirt ertastet meinen fla-

chen Bauch und stöhnt ganz leise „Was hast du nur an dir?" Während er mich streichelt, küsst er mich noch intensiver, macht mich verrückt mit seiner Zunge und seinen Lippen. Ich kann es gar nicht glauben, dass ein Kuss mich anturnen kann. Meine Hände gleiten unter sein Shirt. Ich ertaste weiche Haut auf harten Muskeln, breite Schultern gut gebaute Oberarme und trotzdem ist in diesen Berührungen so viel Zärtlichkeit als ob auch ihm ein Gefühl implementiert ist, dass das hier etwas ganz besonderes ist. In dieser Nacht schlafen wir beide miteinander. Wir sind beide von dem Gefühl elektrisiert, etwas ganz besonderes zu erleben. Das Gefühl füreinander bestimmt zu sein, dass unsere Körper sich bereits kennen, unsere Augen sich schon unzählige Male angesehen haben ist so übermächtig, dass wir uns beide hingeben.

## MARK

Was fasziniert mich so an ihr? Sind es die Lippen, die Küsse? Keine Ahnung, ich will mehr. Mehr von diesem schlanken Körper, den weichen langen glatten blonden Haaren. Ach was von allem. Die Küsse und vor allem ihre Muschi. Sie ist so geschmeidig. Oh man, ich kann es nicht fassen, dass ich das in meinem scheiß Leben doch mal fühlen darf. Mich kotzt alles so an, mit Frau ohne Sex, Kind, Verantwortung, Firmen, Familie. Womit hab ich das verdient, dass es mir jetzt erst passiert? Scheiße! Es hat sich so hammermäßig angefühlt. Ich will noch mal! Ich will mehr! Kann es wirklich sein, dass ich mich mit einer wildfremden Frau so wohl fühle? Alles, was ich erwartet hätte, beinhaltet nicht dieses ultimative Chaos in mir. Die Infragestellung aller meiner Lebensentscheidungen.

Mark, DEN Mark, habe ich gerade zur Tür gebracht. Mittlerweile ist es halb zwölf und ich muss morgen früh raus zur Arbeit. Immer noch nackt stelle ich mich in den Rahmen meiner Balkontür und ziehe genüsslich an meiner Zigarette. Kaum zu glauben, dass ich es zugelassen habe, am zweiten Abend Sex mit ihm zu haben. Wäre alles nicht so unglaublich persönlich, privat, intensiv und wie auch immer, wäre ich jetzt richtig sauer auf mich selbst. Jetzt aber, habe ich ein ganz neues Gefühl in mir, eines was ich bis Dato noch nicht kannte. Mir kommt es vor, als ob ich andere heimlich belauscht und beobachtet habe, so unglaublich ist dieser Moment für mich. Wenn ich alles mit meinem Exmann vergleiche, der mich nur belogen, betrogen und erpresst hat, wird mir klar, dass eine Menge ungehaltener Versprechen und wenig Gefühl füreinander einfach nur zur Enttäuschung führen können. Ihn zu heiraten, war ein dummer Fehler.

Heute dagegen habe ich einen Abend erlebt, von dem ich weiß, dass er mich für immer prägen wird. Schade, dass ich nicht weiß, wie Mark dazu steht denn mir ist die ganze Intensität absolut unter die Haut gefahren. Mit Blick in den Sternenhimmel und ein paar meiner Lieblingssongs komme ich langsam wieder zur Ruhe. „Danke Leben, dass ich heute diese Zeit mit diesem Menschen hatte", flüstere ich leise schmunzelnd vor mich hin. Und dieses bewusste Glück macht es mir möglich, ganz entspannt darauf zu warten, wie es morgen oder wann auch immer weiter geht. Irgendwann kuschle ich mich in mein Bett mit der Gewissheit mein Leben immer alleine meistern zu können, komme was da wolle.

Ein paar Tage später wundere ich mich, dass Mark schon wieder anruft. Ich bin zwar hin und weg von ihm und meinen Gefühlen für ihn, jedoch würde ich mir das im Leben nicht anmerken lassen. Meine Rebellin wurde bisher täglich auf den Plan gerufen, um ihm auf keinen Fall hinterher zu rennen, bzw. zu telefonieren, sondern alles einfach ohne weitere Abmachungen zu genießen. Dennoch hänge ich seit dem ersten Kuss aus nicht definierbaren Gründen an jeder verfügbaren Stunde mit ihm. Selbst, als ich meinen dämlichen Spruch „Bilde dir darauf bloß nichts ein" nach unserem zweiten Mal los gelassen habe, und leider auch noch seinen zweifelnden Blick dazu mir ansehen musste, ärgere ich mich zwar, kann mir aber immer noch nicht eingestehen, dass unsere Geschichte eine große Geschichte werden könnte. Mit der Zigarette im Mund, dem Schlüssel in der Hand und auf dem Weg zu meinem Auto gehe ich gehetzt dran „Hey was gibts?".

„Ja mmm, ich bins Mark".

Meine Stimme wird etwas netter „Hey na du! Wie geht es dir? Bin leider gerade auf dem Weg zur Arbeit, also steige jetzt ein und muss gleich aufhören zu telefonieren, weil ich dringend los muss."

„Ok, dann komme ich ins Geronimo", erwidert er halb fragend, halb bestimmend.

„Keine Ahnung, eigentlich unpraktisch, weil ich heute die Mega-Schicht durcharbeiten muss und das am Samstagabend."

„Umso besser, dann kann ich dich etwas ablenken" Seine Stimme hört sich an, als ob er mir zu zwinkern würde.

„ Na gut, meinetwegen. Aber ich werde wirklich nicht viel Zeit haben. Muss jetzt los, bis später." Natürlich bin ich wieder in aller letzter Minute losgefahren, was Stress bedeutet. Na ja, wenigstens werde ich Mark kurz sehen. Ich hoffe nur, dass es wirklich ok ist. Keine Ahnung was ich machen soll, wenn er sieht wie ich ständig angebaggert werde. Ich genieße es, es tut meinem Selbstwertgefühl richtig gut, ohne, dass ich mir etwas darauf einbilden will. Trotzdem bin ich nicht an anderen Männern interessiert und hab keine Lust auf Stress.

Ich parke meinen Wagen hinterm Geronimo, gehe durch den Hintereingang rein und plaudere etwas mit den Kollegen aus der Küche während ich mir die Schürze umbinde, das Portemonnaie abzähle und ebenfalls umbinde. Irgendwie habe ich heute überhaupt keine Lust hier zu sein, zu arbeiten und wieder so perfekt zu funktionieren. Wenigstens ist Mel noch im Urlaub weshalb ich mir so ziemlich jede Einteilung aussuchen kann. Wenn Mark wirklich kommt, wäre es am einfachsten hinter der Theke zu stehen. Dann müsste ich nicht so viele Tische bedienen und er würde nicht immer nur meinen Rücken zu sehen bekommen. Ich rede noch eine Weile mit meinen Kollegen, warte darauf, dass alle aus dem Service da sind und von Gina eingeteilt werden. Meiner Bitte, die Theke schmeißen zu dürfen, kommt sie gerne nach, weil ich so ziemlich die einzige hier bin, die sowohl zapfen als auch Cocktails mixen kann. Unklar war mir leider bis dahin, dass heute noch eine Neue zur Einarbeitung auf dem Plan steht. Kathrin ist 19, studiert irgendetwas und sieht mit ihren kurzen Haaren, den breiten Wangenknochen und dem stämmigen Körper leider eher wie ein Mann aus. Das wird uns nicht besonders viel Trinkgeld einbringen, denke ich. Ich grüße sie freundlich und versuche mir nicht anmerken zu lassen, wie erschreckend ich ihre Äußerlichkeiten finde. Mein anderer Kollege Timo, steht immer hinter der Theke. Er hat Seminare für berufliche Barmänner besucht und schafft es, nicht nur alle Getränke auswendig zu können sondern Gläser, Flaschen, Stößel, Tücher und was auch immer noch, gekonnt in Szene zu setzten.

„Hey Janine, cool, machen wir heute zusammen die Theke?"

„Klar doch!" erwidere ich grinsend „Du weißt doch, dass mein Platz am liebsten neben dir ist!"

„Du darfst immer neben mir sein!" Das spricht er so anzüglich, dass ich mir ein richtig fettes Grinsen verkneifen muss. Nicht, weil ich keine Komplimente mag oder sein Angebot, sondern weil es mein Ego so unglaublich puscht. Wir wissen beide, dass wir eine perfekte Chemie zwischen einander an der Arbeit haben, aber niemals etwas privat unternehmen würden. Perfekt also - erst recht, wenn ich ein wenig zu enthusiastische Bewunderer um mich habe.

Die Zeit vergeht. Timo und ich reißen Witze, schmeißen Flaschen in die Luft und bringen alle Bestellungen in Rekordzeit an den Start. Die Neue, die wie ein Mann aussieht, habe ich fast komplett vergessen. Ich zapfe gerade ein Bier, als mir eine bekannte Stimme zuraunt: „Mir kannst du auch gleich eins mit zapfen." Ich sehe auf, ohne meine Arbeit zu beenden und sehe in seine lächelnden Augen. „Na Herr Hansen, was machen Sie denn hier?"

„Frau Becker, ich wusste ja gar nicht, dass Sie hier arbeiten", steckt er mir mit tiefem Blick. Das Bier grinsend abstellend flüstere ich: „Jetzt tu bloß nicht so unschuldig". Grinsend drehe ich mich weg und bin auf einmal sehr beschäftigt. Natürlich bekommt er sofort ein perfekt gezapftes Bier. Heimlich beobachte ich ihn, mache mir ein Bild darüber, ob und wie er hier rein passt. Bis jetzt ist noch keinem meiner Kollegen aufgefallen, dass er hier ist, geschweige denn, dass er zu mir gehört. Es fühlt sich gut an, zu glauben, nicht alleine zu sein. Jemanden bei sich zu haben, weil er nicht zwischen all den Gästen hängen geblieben ist, sondern wegen mir hier ist. Nach und nach füllt sich der Laden immer mehr. Eine Bestellung nach der anderen steht auf den Bons.

„Hey, Frau Becker, haben Sie etwas mit Ihren Haaren gemacht?"

„Warum siezt du mich immer? Und was soll mit meinen Haaren sein?" Zeitgleich fasse ich mir an den Kopf, in der Erwartung irgendetwas darin oder daran zu finden - aber nichts, stattdessen grinst er mich einfach nur an.

„Ne, nichts besonderes", sage ich so betont beiläufig, dass wir beide lachen müssen.

Ich stelle gerade drei Cocktails aufs Tablett und drehe mich zu Timo um, als dieser hinter mir steht und ich voller Schwung voll in ihn hineinrenne. Die Getränke, welche gerade noch auf dem Tablett gestanden haben, laufen jetzt leider an meinem Körper runter. Nicht in Gläsern, sondern gemischt, quasi als Ganzes. Ich bleibe stock steif stehen, drehe mein Kopf langsam runter und beobachte eine Deko-Kirsche, die mir ganz langsam am Körper runter rutscht. Leise, fast schon verzweifelt entfährt mir „SCHEISSE!"

„Oh mein Gott, es tut mir so leid,", beschämt schaut er an mir hinab, „aber ich konnte nichts dafür, mir war nicht klar, dass du dich so stürmisch umdrehst."

Immer noch stehe ich stock steif da. Ich vermeide jeden Blick mit Mark, denn auf keinen Fall will ich, dass er mich als meckernde Ziege kennen lernt.

„Oh shit man. Das gibt's doch nicht", sage ich halblaut. Mir wird in diesem Augenblick klar, dass ich Gott sei Dank „Firmenkleidung" trage und es von diesem T-Shirt bestimmt irgendwo noch eins in trocken und sauber gibt.

„Ich bin gleich wieder da", gebe ich mit einem kleinen dünnen Lächeln von mir.

Wie vermutet, finde ich in unseren Schränken noch ein T-Shirt in meiner Größe. Nach dem Waschen und Umziehen, bin ich auf einmal richtig müde. Ich habe keine Lust mehr auf laute Musik und es graut mir davor wieder raus zu gehen. Diese ewige Maske des Gute-Laune-Gesichts ist in diesem Business sehr anstrengend. Andererseits sitzt draußen Mark und gerade diesem Mann möchte ich, warum auch immer zeigen, dass man mit mir Spaß haben kann. Das ich einstecken und aufstehen kann. Ich rauche mir draußen noch eine, dann gehe ich mit meiner Rebellin im Schlepptau wieder an meinen Arbeitsplatz zurück.

Ich stelle mich wieder vor die Zapfanlage und sehe mir alle Bons an. Wirklich ein Haufen Zeug, was ich jetzt nacharbeiten muss. Ich rufe meine Rebellin auf den Plan, gehe zu Timo, frage ihn ob er mir meine Lieblingsmusik auflegt und fange an, zu funktionieren.

Mark sieht an diesem Abend nur, wie ich lächle, welche Freundlichkeiten ich austausche und wie schnell ich arbeiten kann. Nach geraumer Zeit entspanne ich mich immer mehr, die Arbeit fängt wieder an, Spaß zu machen und Mark überrascht mich immer wieder mit seinen Erzählungen von Witzen.

„Wusstest du schon, dass du hier Zwitter beschäftigst?"

Sofort ist mir klar, dass er die Neue meint. „Hör auf! Damit macht man keine Scherze!"

„Ach komm, die sieht doch wirklich aus wie Mann und Frau." Er grinst mich dreist an. Bei der Äußerung ist er kein bisschen leise. „ Hey findest du sie sexy? Schau mal, wie schön ihre Haare sind."

In mir sträubt sich alles, dennoch muss ich ihr nachsehen und etwas schmunzeln.

„Na tolle Haare oder?"

„Was hast du nur immer mit deinen Haaren?", erwidere ich grinsend, mit der Hoffnung, gut abgelenkt zu haben.

„Och nichts Wichtiges. Meinst du die hat unten auch zwei, na du weißt schon?" flüstert er ganz leise.

„Man, halt den Mund. Weiß ich doch nicht. Ich hab keinen Bock, hier gehört zu werden!" flüstere ich ganz leise zurück.

„Wenn Sie gleich kommt, kann ich ihr ja mal ein Kompliment machen. Das hat sie bestimmt schon lange nicht mehr bekommen."

„Hör auf", flüstere ich, „bitte nimm sie nicht aufs Korn, heute ist ihr erster Abend hier!"

„Na und? Wenn man in einer Kneipe arbeitet, muss man auch etwas aushalten."

Das bringt er mit so toternster Miene vor, dass mir bange wird vor der nächsten Getränkebestellung von ihr. Keine fünf Minuten später steht sie neben mir, gibt mir ihre Bestellung auf und wartet darauf, dass alles fertig wird. Shit! Das ist echt schlecht. Wenn Mark sie auf den Arm nimmt, schmeißen dass alle auf mein Konto. Na ja, vielleicht hat er ja auch nur Scherze gemacht…

„Hey na du" spricht er die Neue an. „Wie heißt du?"

„Kathrin" antwortet sie zögerlich.

„Ah! Und wie alt bist du?"

„19" antwortet sie noch argwöhnischer.

„Du siehst cool aus."

„Äh klar, danke", stottert sie halb vor sich hin. Ihre Augen schweifen durch den Raum, als ob sie einen Vorwand sucht, abzutauchen, aber leider ergibt sich keiner. Ich fange an, mich zu winden. Irgendwie habe ich die Ahnung, dass auch nette Worte verletzen können.

„Nein ehrlich." Er sieht sie von oben bis unten an und irgendwie merke ich, dass ihm gerade aufgeht, dass es jetzt schwer ist, die Kurve zu kriegen. Also ihr wirklich noch ein gutes Gefühl zu geben.

Ich lenke beide schnell ab „Möchtest du noch etwas trinken, Mark?"

„Ja gerne. Ich würde noch ein Radler nehmen. Muss gleich noch nach Hause fahren."

Wieder steht Kathrin nach einer Runde neben ihm. Oh man, merkt sie nicht, dass das hier heißer Boden ist.

„Hey da bist du ja wieder. Und wie klappt es heute mit dem Trinkgeld?" fragt Mark sie. Obwohl seine Stimme nett ist, muss sie sich jetzt natürlich bekennen. Schlechte Sache denke ich mir.

„Bisher geht es so. Aber der Abend ist ja noch nicht vorbei."

„Ja stimmt. Aber mach dir keinen Kopf. Du siehst wirklich gut aus.", bekräftigt er sie noch einmal.

„Äh danke." Dann geht sie ihre weitere Runde.

„Man

Man lass sie in Ruhe" raune ich ihm zu. „ Sie hat gerade ihren ersten Abend", werfe ich noch nach.

„Na und. Ich war doch nett. Ich habe nichts Schlechtes gesagt." Er sieht mich an, als ob ich wirklich irgendwie verkehrt denken würde.

„Mark, lass es. Ich habe keine Lust auf Stress zwischen meinen Arbeitskollegen."

„Ich bin nett!" Das sagt er so nachdrücklich zu mir, dass ich versucht bin, es zu glauben.

Ein paar Minuten später, steht wieder Kathrin mit einer langen Liste von Getränken neben mir. Weil ich daran glaube, dass Mark nett sein wird, gehe ich zu Timo rüber und mache mit ihm zusammen die meisten Cocktails auf der Liste. Als ich zurück komme höre ich gerade noch:

„Nein wirklich. Mach dir keinen Kopf!"

„Worüber soll Kathrin sich keinen Kopf machen?"

„Der Typ meint ich würde aussehen, wie Mann und Frau, brauche mir aber keinen Kopf machen." Sie wirkt voll angepisst, trotzdem aber auch so souverän, dass sie es bestimmt schon öfter schwer hatte.

Mit gerunzelter Stirn frage ich „Wie bitte?"

Mark beteuert mir: „Quatsch so habe ich es nicht gesagt, ich meinte nur, dass Teile Ihrer Knochen nicht so richtig weiblich aussehen."

Wie, bitte schön, konnte in dieser kurzen Zeit meiner Abwesenheit so ein doofes Thema zwischen den beide zustande kommen? „Na klasse."

Vor Kathrin zähle ich Mark an: „Ich hab dir doch gesagt, lass sie in Ruhe".

Bevor er etwas erwidern kann antwortet sie: „Denkst du wirklich, er wäre der Erste, der mir solche Dinge sagt?"

Dann geht sie wieder zu ihren Tischen. Ich muss zugeben, sie wirkt wirklich gefasst. Kaum vorstellbar, wie oft sie wohl schon auf diese Art angesprochen wurde.

„Oh Mark, wirklich. Jetzt ehrlich, ich hab keine Lust auf Stress. Bitte sei nett zu ihr."

„Warum soll ich nicht nett sein. Sie hat mir doch nichts getan." Er sagt das so trocken, dass ich versucht bin, ihm zu glauben, andererseits, glaube ich, er stichelt auch ganz gerne.

Keine zwei Minuten später, steht Kathrin auf Grund ihrer nächsten Bestellung neben mir.

„Hey! Da ist ja wieder diese wunderschöne Frau!", ruft Mark so laut in den Raum, dass alle um uns herum nicht nur ihn ansehen, sondern auch sehen wollen wen er meint. Mit einem Mal sind alle Augen auf Kathrin gerichtet. Ich befürchte, dass sie eine Szene macht, doch sie führt ihre Arbeit einfach weiter. Erst am Ende des ganzen Abends, als Mark weg war, die Bar geschlossen war und wir alle abgerechnet haben, äußerte Sie:

„Ich weiß, ich sehe nicht so aus wie ihr, dennoch kann ich den Job. Wenn ihr mich braucht, hab ich keine Lust mehr von diesem komischen Typen von der Theke ständig angesprochen zu werden."
Ich winde mich, denn mir ist klar, dass sie Mark meint. Mir ist die Sache zwischen uns noch viel zu frisch als in die Presche zu springen. Statt meiner sagt Timo:

„Klar ist, dass wir zusammen halten, oder? Komme was da wolle. Wenn dir einer zu nahe tritt, sagst du es uns."
Damit war dieses Gespräch vorerst zu Ende, nur, dass Timo mich ein wenig später noch abfängt und mir sagt:

„Hey Janine. So kenne ich dich gar nicht. Du magst es doch überhaupt nicht, wenn in deiner Gegenwart Menschen schlecht gemacht werden."
„Er hat sie nicht schlecht gemacht."
„Ne, hat er nicht. Nur Witze gerissen. Und war das gut?"
Er sieht mir bei dieser Frage so in die Augen, dass ihm sofort klar wird, dass auch ich dieses Spiel nicht spielen will.

„Hey pass auf. Ich arbeite wirklich gerne mit dir. Wenn du allerdings Leute hier her bringst, die nicht zu deinen Kollegen passen, kannst auch du irgendwann nicht mehr hier her kommen."

„Oh Timo, man jetzt mach es nicht so ernst. Wir haben den Abend Witze erzählt und sind eben daran hängen geblieben…"

„Hör auf! Das kann nicht dein Ernst sein." Er sieht so enttäusch aus, dass ich mich winde. Irgendwie finde ich es doof durch Mark in diese Situation gekommen zu sein. Andererseits kann ich es auch nicht ausstehen, dass mich ein Arbeitskollege zurechtweist.

„Man nerv mich nicht! Wir haben nichts gemacht. Die Neue war einfach empfindlich. Mark ist ein Bekannter von mir. Aber du kannst glauben, dass er nicht irgendein Blödmann ist."

„Das ist mir egal", fährt er dazwischen. „ Ich habe keine Lust auf Stress! Lass dir das gesagt sein!" Sein Blick mit den mittlerweile wütenden Augen macht mir klar, dass mein Nebenjob gerade auf dem Spiel steht. Ein Job, den ich brauche, um nicht nur Miete etc. zu zahlen, sondern auch unter den Leuten zu sein um nicht einsam zu sein.

„Mann Timo. Mir tut`s leid, echt. Aber er hat wirklich nichts Böses gesagt. Er wollte ihr Mut und Hoffnung machen, nur, dass sie keinen Bock hatte, sich darüber zu unterhalten.

„Ok, ich glaub dir ja. Aber kümmere dich darum, dass das nicht noch einmal vorkommt."

Wütend stapfen wir auseinander. Was ein blöder Abend. Nicht nur, dass ich nach Cocktail stinke, weil ich eine ganze Ladung abbekommen habe, sondern irgendeine Neue schafft es noch, dass ich einen Einlauf kriege. Oh man, wie ich das hasse!

## 4

Obwohl ich erst eine Nacht über die Eskapaden von Gestern geschlafen habe, tobt immer noch innerlich meine Rebellin. Mit Gedanken wie ‚Ich bin doch keine Idiotin' und wie ‚Man, mich so da stehen zu lassen', steigere ich mich immer mehr in dieses Gefühlschaos mit Mark hinein. Nicht nur, dass er gestern auf meine Warnungen hin, Kathrin in Ruhe gelassen hätte, nein er hat es auch noch so auf die Spitze getrieben, dass es mich meinen Job kosten könnte. Vor meinem Auge laufen Bilder ab, wie ich vor einem Jahr hier begonnen habe. Mit nichts. Farbe an den Wänden, ein Bett und die Küche habe ich gleich mit gemietet, damit ich mir etwas zu essen machen kann. Ich sehe mich in meiner Wohnung um, drehe mich einmal im Kreis und wähle seine Nummer.

„Na was machst du schönes?" fragt er mich super gut gelaunt.

„Äh nichts. Ich stehe in meiner Wohnung und denke über dich nach."

„Mich?"

„Jaaa. Also ich rufe dich an, weil ich mit deiner Aktion an meiner Arbeit ein Problem hab." Mir ist es unglaublich wichtig, dass ich ruhig und ausgeglichen rüber komme. Ich habe meinen Wert und diesen Vertrete ich.

„Welcher Aktion denn? Ich hab doch nichts gemacht!"

„Nichts gemacht? Es geht immer noch oder schon
wieder um die Neue. Du hast auf einer Art und
Weise mit Ihr gesprochen, dass sie sich gekränkt
gefühlt hat."

„Häh?!", erwidert er völlig entrüstet. „Ich war ein
Bier trinken, weil ich bei dir sein wollte und alles
was ich gemacht habe ist auf meinem Stuhl zu
sitzen und mich zu unterhalten oder ein paar
Scherze zu machen."

„Mark, deine Scherze können mich meinen Arbeitsplatz kosten."

„Was ist das denn für ein Schwachsinn? Wieso
Arbeitsplatz? Und selbst wenn, dann suchst du dir
eben etwas anderes. Na und?"

Er spricht so schnell, dass ich überhaupt nicht
dazwischen komme. Ich merke wie es in mir drin
anfängt, zu arbeiten. Vielleicht habe ich überrea-
giert? Vielleicht war es wirklich einfach nur irgendein Abend in einer Kneipe - Andererseits,
Nein!

„Ich mir etwas Neues suchen? Das kann nicht
dein Ernst sein. Du kennst mich nicht und nimmst
einfach so in Kauf, dass ich mich verändern
muss? Mark, mal ehrlich. Wir passen nicht zusammen. Die Küsse und so sind wirklich fantastisch - aber dafür gebe ich nicht meine hart er-
kämpfte Unabhängigkeit auf."

„Jetzt komme ich gar nicht mehr mit. Was soll
das? Was hat das eine mit dem anderen zu tun?

Wir hatten bisher immer nur Spaß und es passt doch super zwischen uns."

„Ja im Bett, aber sonst? Wo sind denn unsere Gemeinsamkeiten? Wir sind so viele Jahre auseinander. Du hast dir dein eigenes Leben aufgebaut und ich mir jetzt endlich seit einem Jahr mein eigenes."

„Ja und. Dann behalte es doch, ich will doch nichts ändern."

„Oh man, versteh doch. Dein Verhalten, nicht nur den einen Abend mit dem Mädel, auch an anderen Abenden hast du dich so verhalten, dass es auf mich ein schlechtes Licht wirft. Darauf hab ich keine Lust!"

„Du meinst, nur weil ich die Tortilla Chips auf die Heizung gelegt habe?"

„Mark!!!" Es fällt mir ehrlich schwer ruhig zu bleiben. Wie kann er nur so begriffsstutzig sein?

„Ja! Die auch. Es war ebenfalls an meinem Arbeitsplatz. Das und die Sticheleien, die du meinen anderen Kolleginnen an anderen Tagen serviert hast. Mark, ich habe keine Lust mehr." Zum Ende hin werde ich immer leiser. Im Laufe des Gesprächs ist mir klar geworden, dass ich keinen Mann an meiner Seite haben möchte, der mich ausbremst. Ich will leben, selbständig sein, und jeden Tag meine Unabhängigkeit mit eigenem Geld, Heim und Arbeit unterstreichen.

„Hääää?! Keine Lust mehr? Was soll das denn jetzt? Willst du mich nicht mehr sehen oder was?" Irgendwie klingt er verblüfft. Nicht so sehr gekränkt, sondern verwundert und trotz dieses ernsten Gesprächs fühle ich, wie gerne ich mich mit ihm unterhalte. Es ist immer zwischen uns ein ganz besonderer Funke. Es ist als ob man sich kennen würde.

„Ja! Ich möchte nicht mehr, dass wir uns treffen. Wir haben beide unser eigenes Leben und noch ist es früh genug zu merken, dass wir unterschiedliche Wertigkeiten haben und getrennte Wege gehen sollten. Wenn wir einfach immer weiter machen, ist es in ein paar Wochen genauso und wir würden dann dieses Gespräch führen.“

„Das gibt's nicht. Du willst mit mir Schluss machen? Ich fasse es nicht. Ich bin sprachlos! Und es ist absoluter Quatsch, dass ich keinen Wertschätzung für dich und dein Leben habe.“

„Mark, es wird mir einfach jetzt schon zu kompliziert. Ich habe schon immer stark sein müssen, um hier zu stehen und ich habe keine Lust mir Sprüche zu meinem Fernsehen, meiner Wohnung oder meiner Arbeit anzuhören. Lass uns in Frieden auseinander gehen und in ein paar Wochen oder Tagen hast du eine Andere.“

„So ein Quatsch! Stempel mich nicht als so einen Trottel ab. Ich hab doch nicht einfach irgendeine Andere. Denkst du, dass ich das, was wir gemacht haben, immer mache? Da liegst du komplett falsch! Und wenn du es genau wissen willst, bist du die Erste und Einzige, bei der ich mich so weit aus dem Fenster lehne.“

Er ist sauer. Eher noch zornig. Ich merke, wie
sehr es ihn abstößt abserviert zu werden, aber auf
Ego- oder Machtspielchen habe ich überhaupt
keine Lust.
„Lass es uns kurz und schmerzlos machen, bitte.
Für mich gibt es keinen Sinn einfach so miteinander Zeit zu verbringen."
„Ist das jetzt dein Ernst?"
„Ja Mark. Es war eine schöne Zeit, aber lass uns
einfach wieder alleine weiter machen."
In mir drin erleichtert sich alles, ich habe mich
entschieden. Habe den Weg eingeschlagen, für
den ich mich entschieden habe. Schöpfe Kraft aus
dieser Entscheidung und freue mich darauf, wieder meinen beruflichen Plänen zu folgen.
„Ok gut", erwidert er etwas gleichgültig. „Wenn
du so willst, dann lassen wir es. Mach`s gut."
„Ciao Mark, mach's gut."
Damit ist es vorbei. Ich lege auf und verweile
einen Moment. Trinke gerade einen Amaretto,
der mich sosehr an Mark erinnert und dennoch
freue ich mich darüber, dass ich mich nicht für
ihn verbiegen muss. Ich werde wieder ausge-
schlafen sein, weil ich mir nicht mit ihm die
Nächte um die Ohren haue, wieder frei sein,
wenn ich wirklich die Stadt verlassen möchte, um
woanders zu arbeiten und trotzdem merke ich tief
in mir drin, dass er nicht einfach nur irgendein
Mann war. Auf eine ganz eigene Art habe ich
vom ersten Moment an, eine Verbindung zu ihm

gehabt. ‚Was soll's! Ich kann mir auch einen Haufen Zeug einreden.'

## 5

Ich ziehe mir eine Jeans, Sweatshirt und Turn-
schuhe an. Meine langen blonden Haare habe ich
zum Pferdeschwanz gebunden. Eigentlich achte
ich gerne etwas mehr auf mein Äußeres, wenn ich
das Haus für eine Feier verlasse, aber nach den
letzten drei Tagen ohne Mark ist es mir lieber,
keine Aufmerksamkeit bei anderen Männern zu
erregen. Mit meiner leichten Jacke im Arm warte
ich vor dem Haus auf meine Schwester und ihren
Freund. Wir wollen zusammen zum Schützen-
platz laufen und das eine oder andere T
trinken. Den Abend habe ich mir im Geronimo
extra freigehalten, um mein kleines Schwesterherz endlich mal wieder zu sehen. Voller staunen
denke ich daran, dass sie mittlerweile auch schon
im dritten Beziehungsjahr mit Sascha ist. Bei mir
wird das wohl nie etwas werden. Mir graut es
davor, mich gleich rechtfertigen zu müssen, warum ich schon wieder ohne Begleitung bin. Ich
hasse es, dieses Gefühl zu haben, einen Fehler zu
machen. Meine innere Rebellin muss wieder auf
den Plan gerufen werden, um heute so frisch wie
immer zu wirken.
Ein Motorrad mit zwei Personen biegt um die
Ecke. Mir war nicht klar, dass die Z
zwei eine Tour machen wollten. Meine Schwester
winkt und grinst über beide Ohren. Kaum steht

das Motorrad, springt sie ab und umarmt mich noch mit Helm.

„Ohhh! Schwesterherz!"

Ich drücke sie noch fester „Da seid ihr ja endlich! Ich hab dich so vermisst, Sister." Lange stehen wir so da, bis Sascha sich zu uns stellt: „Hey Nine, lass dich drücken." Schwere feste Arme legen sich um mich. Ich werde gedrückt und mit Schwung einmal im Kreis gedreht. „Hey, lass das!" Ich winde mich innerlich, weil ich es etwas zu vertraut meiner Schwester gegenüber empfunden habe, aber diese grinst nur.

„Nine, ich muss noch mal kurz rein. Eben die Helme ablegen und auf die Toilette."

„Klar, hier nimm meinen Schlüssel. Ich warte mit Sascha hier draußen."

Während Becki auf die Haustür zugeht drehe ich mich zu meinem Kumpel und frage „Pennt ihr beide bei mir? Ich meine, wir könnten dann ein paar Drinks trinken und Spaß haben?"

„Ne du, tut mir leid" er sieht mich mit traurigen Augen an und weiß schon, dass ich enttäuscht bin. „ Wirklich! Es tut mir leid, aber ich muss morgen die nächste Tour für meinen Chef fahren und schon um 5 Uhr am Start sein."

Was soll ich da sagen? Kann ihm ja nicht wegen der Arbeit ein schlechtes Gewissen machen und erst recht nicht, wo ihm klar ist, wie oft und wie viele Stunden ich am arbeiten bin.

„Ach man. Ich habe euch so vermisst." Irgendwie versuche ich wieder die Kurve zu kriegen

„Dann lass uns man sehen, was hier auf dem Schützenfest so abgeht. Vielleicht gefällt es euch ja doch und ihr braucht die eine oder andere Stunde ein Schlaflager."

„Tss, Nine. Versuch nicht, mich abzufüllen." Er schmunzelt und freut sich, dass ich nicht so einfach locker lasse. Mal sehen, vielleicht gibt es ja doch noch eine Chance, einen richtig guten Freitagabend zu haben.

In dem Moment kommt Rebekka raus „Hey Nine, vergiss es! Dieser Mann muss uns mit dem Motorrad noch nach Hause fahren. Keinen Tropfen Alkohol!"

„Keine Chance, dass ihr bleibt?"

„Leider nein. Sein Job steht auf dem Spiel. Er ist in den letzten Monaten einfach zu oft zu spät zur Arbeit gekommen."

Während wir uns unterhalten, laufen wir zum Schützenhaus. Ich bin wirklich froh, dass meine Schwester hier ist. Sie und Sascha sind in unserer alten Stadt wohnen geblieben und vor kurzem zusammengezogen. Nie im Leben hätte ich es für möglich gehalten, dass mein Kumpel sich damals in meine Schwester verknallt hätte. Es war eins von den Wochenenden, an denen Sie mich aus Frankfurt besuchte und ich arbeiten musste. Damals war sie gerade 16 und konnte nicht einfach mit in einer Kneipe die Zeit totschlagen, also bat ich meinen Freund darum, sich um sie zu kümmern. Ich muss schmunzeln, als mir wieder in den Ohren liegt, für wie bescheuert er das hielt.

Na ja, sie auch. Immer größer wird mein Lächeln bei den Erinnerungen.

„Was grinst du denn so?", fragt mich meine Schwester.

„Ich freue mich, dass ihr da seid", erwidere ich achselzuckend.

„Wie weit ist es denn noch zur Festhalle?"

„Wieso Sascha? Kannst du schon nicht mehr?", stichelt meine kleine Schwester.

„Ich? Ich kann immer", erwidert er grinsend.

„Ohh puhh schwul! Das hält ja kein Mensch aus", mische ich mich ein.

„Los Becki, sags ihr!"

„Ich sag gar nichts. Hinterher muss ich an jeder Ecke mit dir anhalten."

Ich lache laut auf. „Oh man! Ihr seid solche Angeber."

Wir biegen um die nächste Häuserecke und kommen direkt auf den Festplatz zu. Die Musik, das Essen und die unterschiedlichen Leute machen mir immer richtig Spaß. Hier im Dorf kenne ich zwar noch nicht so viele, bin deswegen auch froh, dass Becki uns Sascha mitgekommen sind, aber ich wäre auch alleine los gezogen, nur, um inmitten von all den Menschen einfach dabei zu sein. In Gedanken versunken habe ich gar nicht gemerkt, dass mein Kumpel mit mir geredet hat.

„Hey dein Handy klingelt!"

„Mein Handy? Ich dachte, das liegt zu Hause."

Ich krame in meiner Tasche und gehe ran, bevor es aufhören kann zu klingeln.

„Ja? Hi!"

„Hi, ich bin's", vernehme ich Marks Stimme. In meinem Bauch bildet sich ein Knoten. Drum herum fliegen und summen alle Kleinstwesen dieser Erde.

„Oh hallo Mark."

„Was machst du?"

„Ich bin auf unserem Schützenfest."

„Ganz alleine?" Er scheint verwundert zu sein, dass ich etwas unternehme. Oder, weil ich jemanden gefunden habe, der etwas mit mir macht. Andererseits kann er ja auch noch nichts über mich wissen und mich somit nicht einschätzen.

„Ne ich bin nicht alleine. Meine Schwester und ihr Freund besuchen mich heute hier."

„Du hast eine Schwester?"

„Genau genommen habe ich noch drei Schwestern und einen älteren Bruder. Ja warum?"

„Weil du noch gar nichts davon erzählt hast."

„Mark, es gab bisher auch noch nicht viele Gelegenheiten uns über Persönliches zu unterhalten."

„Stimmt."

„Ok. Ich will jetzt auflegen. Meine Schwester und mein Kumpel stehen neben mir und ich würde mich gerne mit ihnen unterhalten."

„Dein Kumpel besucht dich auch?"

„Mark, ich habe keine Lust dir Rede und Antwort zu stehen. Machs gut und einen schönen Abend noch."

Seine Antwort warte ich gar nicht mehr ab, ich lege auf und lasse das Handy zurück in meine Tasche fallen.

„Hey Janine, was war das denn?"

Ich schaue meine Schwester an und weiß genau, dass sie mich nicht vom Haken lässt, bis ich ihr alles erzählt habe. „Das war Mark. Der Typ von meiner Arbeit. Letzte Woche hab ich dir kurz etwas dazu erzählt."

„Stimmt. Aber hast du ihn gerade abblitzen lassen?"

„Ja. Er nervt."

„Nervt. Wieso? Wie kannst du letzte Woche jemanden toll finden und ihn heute als nervig bezeichnen und abblitzen lassen?"

„Ok. Nicht direkt nervig aber er hat kein Gefühl für das, was mir wichtig ist."

„Wie denn auch? Ihr kennt euch doch erst ein paar Tage."

„Das ist es ja gerade. Ich kenne ihn ein paar Tage und in dieser kurzen Zeit war er zwei Mal im Geronimo, als ich Dienst hatte. Beide Male hat er sich so bescheuert verhalten, dass ich meinen Kolleginnen gegenüber ein schlechtes Gewissen hatte und mich für ihn entschuldigen musste. Und letztes Wochenende war es dann soweit, dass mein Chef mir mitteilte, dass er sein Personal schützen würde und ich entweder ohne ihn komme oder mir einen anderen Nebenjob suchen müsse."

„Was echt? Was hat er denn getan?"

„Tortilla Chips auf die Heizung gelegt."
Sascha prustet los. „Was? Das ist nicht dein Ernst?" Jetzt lacht er aus vollem Hals.

„Man, das ist nicht lustig." Ich muss mir ein Lachen verkneifen, denn irgendwie ist das hier doch auch mein Ernst und meine Verteidigung.

Meine Schwester lacht nicht laut, aber man sieht auch ihr die Erheiterung an. „Und was war das andere Vergehen?"

„Er hat einer Person, die nicht gut aussieht, gesagt, dass sie sich keine Sorgen machen müsse. Alles sei nur eine Betrachtungsweise und sie könne sich nicht nur anders betrachten, sondern wenn sie Lust hätte, könne sie sich auch noch als Kerl ausgeben."

Jetzt prustet Sascha erst richtig los. Er lacht so laut, dass andere den Kopf drehen, hält sich den Bauch und meint „cooler Typ".

„Was ist denn jetzt so komisch? Klar hört sich das lustig an, aber ich könnte wegen ihm meinen Job verlieren und hab keinen Bock darauf, mir etwas anderes zu suchen oder von den paar Mäusen in der Firma meine ganze Wohnungseinrichtung zu finanzieren. Außerdem muss ich immer noch meinen Scheidungsanwalt bezahlen und das bis in 8 Wochen."

Die zwei beruhigen sich wieder. Mir ist klar, dass sie erst jetzt wieder meine Situation auf dem Schirm haben.

„Du weißt, wir sind immer für dich da. Wenn das hier nicht hin haut, kommst du einfach wieder zurück."

„Genau. Und als meine Lieblingsschwester schwöre ich, ich werde jeden verhauen, der dir Leid zufügt."

„Schon gut. Schon gut. Und danke, dass es euch gibt. Lasst uns über was anderes reden!"

Mit meinem Kumpel rede ich über unsere Clique und wie sehr mir alles fehlt. Meiner Schwester geht es ähnlich, da sie erst vor einem guten Jahr von Frankfurt hierher gezogen ist. Bei

Bei Essen und Trinken vergeht die Zeit leider viel zu schnell. Es ist früher Abend, als Sascha schon zum zweiten Mal auf die Uhr schaut.

„Man Sascha, was gibt's da andauernd zu sehen? Langweile ich dich?"

„Klar total. Den Weg hätte ich mir schenken können."

„Das gleiche dachte ich schon, als du mit deinem Motorrad um die Ecke gebogen bist."

„Man Janine, jetzt entspann dich mal. Hab doch gesagt, dass ich heute zurück muss. Und nach Hause ist es schon noch ein Stück. Ich hab Rebekka hinten drauf und würde deswegen lieber im Hellen nach Hause kommen."

„Hey Nine, das nächste Mal komme ich mit dem Bus. Dann schlafe ich bei dir und wir haben ganz viel Zeit für uns alleine."

„Du könntest ja endlich mal deinen Führerschein machen."

„Irgendwann, ja." Damit hört sie auf. Sie kennt mich einfach zu gut und lässt sich nicht mehr von mir vor den Karren spannen.

„Hört ihr das? Da ist noch jemand mit dem Motorrad unterwegs. Ey super geiler Sound! Kennst du den vielleicht? Kommt der hier aus dem Dorf?"

„Soll das ein Scherz sein? Ich kenne doch keinen nur am Motorradgeräusch."

„Kein Scherz. Fast jedes Bike hört sich anders an. Aber bald wissen wir es eh, wie es sich anhört kommt es immer näher."

„Ok. Ich hör es auch und es hört sich gut an. So und was nun?"

„Ich will noch mal eben sehen, wie das Bike aussieht, dann können wir zurück laufen."

Innerlich stöhne ich auf. Nicht nur, dass wir uns jetzt ein Bike ansehen sollen, nein beide hauen gleich ab und ich bin auf einem Freitagabend alleine zu Hause. Keine Ahnung, was ich machen soll. Wenigstens kann er es von unserem Platz aus sehen und ich muss nicht mit, um irgendjemanden oder etwas zu begaffen.

Das Motorrad biegt ganz langsam um die Ecke. Es bubbert halb laut. Der Fahrer dreht seinen Kopf hin und her, als ob er jemanden sucht. Als sein Kopf bei uns ankommt sieht er mich an und lässt seine Harley ganz langsam auf den Platz rollen. Das dumpfe bubbern kommt immer näher. Ich merke wie ich jetzt auch noch von Sascha und Rebekka angestarrt werde, hab aber wirklich keinen Schimmer, was hier gerade abgeht. Der Fahrer hält an, lässt aber den Motor laufen. Ein Bein rechts, eins links runter. In meinem Kopf entsteht der Gedanke, wie gut das aussieht und gleichzeitig schelte ich mich selber, weil ich überhaupt nichts zu diesem Menschen weiß. Laut der Körpersprache und den Muskeln handelt es sich um einen Mann. Er setzt seinen Helm ab und sieht mir direkt in die Augen. Mich blitzen zwei Paar sehr bekannte Augen von Mark an.

„Ähm, das ist Mark."

„Mark? Der, den du nervig findest?"

„Genau."

Ich kann mich nicht entschließen, ihm entgegen zu gehen oder hier stehen zu bleiben. Sascha und Rebekka sind ebenfalls unschlüssig, weshalb wohl beide bei mir bleiben. Mark stellt sein Bike ab, steigt ab und kommt mit dem Helm in der Hand auf uns zu.

„Hi Janine."

„Hallo Mark."

Er reicht erst Rebekka, dann Sascha die Hand und stellt sich vor. Seine Bezeichnung für sich selbst lautet „Bekannter". Das ich nicht lache. Sprachlos, geschmeichelt und wütend frage ich

„Was machst du hier?"

„Ich wollte dich sehen und mit dir reden."

„Und woher wusstest du, dass ich hier bin?"

„Du hast doch gerade am Telefon gesagt, dass du aufs Schützenfest gehst und meist gibt es nur eine Halle im Ort."

Na super. Schlau ist er auch noch. Keine Ahnung, was ich jetzt machen soll. Am liebsten gar nichts, der Rest kann dann von alleine kommen.

„Stimmt. Aber wir wollten gerade gehen."

„Hey, cooles Bike!", fällt Sascha mir ins Wort.

„Und der Sound ist hammermäßig."

„Ja, oder. Macht auch echt Spaß zu fahren. Vielleicht trifft man sich ja mal, dann kannst du ne Runde drehen."

„Einfach so? Wir kennen uns doch gar nicht."

„Ich wollte Janine kennen lernen, vielleicht ergibt sich dann das eine oder andere."

Die Aussage macht mich noch sprachloser. Ich kann ihm nur in die Augen sehen und bewundere im Geiste seine wunderschönen braunen Augen voller Liebe und Humor. Die Augen, welche mich vom ersten Moment an bis auf den Grund seiner Persönlichkeit haben blicken lassen.

„Kommt wir gehen langsam zurück." Ich drehe mich zu Mark: „Meine Schwester und Sascha wollten sich gerade auf dem Rückweg machen, wir können uns dann unterhalten."

Mehr wage ich nicht zu sagen. Becki merkt mein Unbehagen und geht mit mir eingehakt zusammen zurück. Die Männer fachsimpeln über irgendwelche Autos und Motorräder.

Zwischen dem Gefühl, meine Schwester nicht gehen lassen zu wollen und mich mit Mark auseinander setzen zu müssen, finde ich mich selbst kaum wieder. Ich kann mir selber dabei zusehen,

wie ich in mich hineinkrieche und die Arme
schützend um meinen Kopf lege.

Mit Helm in der Hand steht Rebekka vor mir,
nimmt mich in den Arm: „Hey Große! Es ist egal,
wie du dich entscheidest. Ich werde dich immer
lieben. Pass auf dein Herz auf und folge deinem
Weg." Sie drückt mich, dreht sich um und zieht
Sascha mit zur Tür.

„Warte! Ich will auch noch eben Tschüss sagen."
Er drückt mich, macht hinter meinem Rücken
Mark irgendein Handzeichen und geht ebenfalls.
Innerlich winde ich mich nun, weil ich alleine mit
ihm bin. Ich hab ganz genau vor Augen, wie sich
sein Körper und seine Küsse anfühlen und aussehen. Trotzdem will ich stark bleiben und zu meinen eigenen Worten stehen. Er scheint meinen
inneren Kampf zu sehen, denn plötzlich steht er
auf, kommt auf mich zu und küsst mich. Wieder
einmal einer von diesen Küssen, die mir das Gefühl geben, ihn schon zu kennen. Mit ihm verbunden zu sein oder füreinander geschaffen worden zu sein. Lauter Dinge, die ich auch als kit-
schig abtun könnte.

Ich drehe meinen Kopf weg „Mark, was soll
das?"

„Ich versuche dich vom Gegenteil zu überzeugen."

„Was für ein Gegenteil?"

„Dass ein Miteinander eine bessere Idee ist, als
ein Ohne-Einander."

Wieder küsst er mich. Dieses Mal drücke ich ihn entschiedener zurück.

„So läuft das nicht. Es ist nichts geklärt und du denkst mit einem Kuss kippe ich um? So bin ich nicht. Einmal gesagt, hat das was ich zu sagen habe, auch Stand."

„Ok. Dann lass uns über das reden, was ich so schreckliches getan habe."

„Du machst dich über mich lustig. Hör auf!"

„Nein jetzt im Ernst. Was war denn so schlimm?"

„Mark. Ich habe eine anstrengende Beziehung hinter mir, baue mir gerade mein eigenes Leben auf. Jeden Tag genieße ich es, mein eigener Boss zu sein. Ich folge meinen Plänen und halte meine Worte. Du kommst um die Ecke, wir kennen uns gerade mal drei oder vier Wochen. Über alles machst du deine Scherze und Witze. Für mich ist nicht erkennbar, was dir wichtig ist oder ob es überhaupt etwas gibt, wofür du kämpfen würdest."

„Was hat das denn alles damit zu tun, dass du mich wegen dem, was im Geronimo war, nicht mehr sehen willst?"

„Siehst du! Du kapierst es nicht. Diesen Job habe ich, weil ich es so wollte. Weil ich das Geld brauche, weil ich unter Leute in einer coolen Umgebung sein wollte. Du kommst um die Ecke und beeinflusst mein Leben, obwohl wir uns gerade erst kennen gelernt haben."

„Janine, ich verstehe immer noch nicht, wo das Problem liegt. Ich habe nichts Böses gesagt oder getan. Manches Mal habe ich sonderbare Ideen oder sage Dinge, die ich nicht hätte sagen sollen, aber niemals um jemanden oder etwas zu beeinflussen."

„Tust du aber. Wenn du handelst, ohne darüber nachzudenken, welche Auswirkungen das auf mein Leben oder das von anderen hat, dann beeinflusst du die Dinge."

„Also keine Scherze und Kommentare mehr?"
Ich merke, dass er mich mit seiner Argumentation dazu bewegt, mich wieder auf ihn einzulassen. Aber genau das wollte ich ja nun wirklich nicht mehr.

„Mark. Ich will mein Leben leben. Mit viel Arbeit, etwas Geld und hin und wieder Spaß. Dazu gehört nicht, einem erwachsenen Mann zu erklären, warum man eine Situation nicht vertreten kann. Wir passen einfach nicht zusammen. Ich kann nicht sehen, dass du etwas wichtig findest oder wofür du kämpfen musst, oder ob du dich schon das eine oder andere Mal in deinem Leben richtig anstrengen musstest."

Sein Gesicht wird mit einem Mal ganz ernst. Mir wird klar, dass ich vielleicht zu direkt war. Andererseits, wie soll man Zeit, das Leben oder die Zukunft miteinander verbringen, wenn man sich von Anfang an verstellt? Er schweigt zunächst, nickt dann und meint:

„Janine, ich musste in meinem Leben schon viel kämpfen. Stark sein. Für viele Menschen in meiner Branche muss ich mich verbiegen. Zu Hause ebenfalls. Vielleicht merkt man es mir tatsächlich nicht an, aber ich bin ein Mann, auf den man zählen kann. Auf mich ist Verlass. Und du hast recht, meine Scherze an deiner Arbeit hätten nicht sein müssen und dürfen. Manches Mal bin ich etwas übermütig. Dennoch schätze ich Fleiß, Ehrlichkeit und Unabhängigkeit und ich bin der Letzte, der dir im Weg stehen will oder wegen dem du einen Nachteil erhalten sollst."

Die Worte sind stark. Sie hallen in meinem Kopf wieder. In meinem Herzen hat er sich soeben einen kleinen Punkt erkoren. Mir wird bewusst, dass ich es schätze, dass er wegen mir und meiner Meinung, meinen Wünschen hier ist, um es mit mir zu klären. Wenn er wirklich oberflächlich wäre, wäre er niemals hier aufgetaucht.

„Und jetzt?"

„Hast du deine Arbeit wegen mir verloren?"

„Nein, ich wurde erst mal verwarnt."

„Dann gelobe ich Änderung an deinen Arbeitsplätzen und du lässt dich von mir küssen." Schelmisch blickt er mich an. Er wartet, ob noch etwas geht oder nicht. Wenn ich heute mit ihm direkt im Bett lande, mache ich es ihm zu einfach. Muss er gehen, ohne dass wir uns versöhnt haben, turnt es ihn wahrscheinlich richtig ab. Was hat Becki gerade noch gesagt? ‚Folge deinem Herzen.' Mein Herz wollte ihm gerade schon in die Arme laufen, als er auf seinem Bike saß. Ich hebe meinen Kopf und blicke in seine Augen. Wieder kommt er auf mich zu, nimmt mein Gesicht zärtlich in seine Hände und küsst mich aus tiefster Seele. Dieses Mal lege ich meine Arme um seinen Hals und küsse ihn ebenfalls. Noch während des Kusses wird mir klar, dass dies zwar Schicksal ist aber mit Sicherheit nicht leicht werden wird.

Drei Wochen vergehen in denen wir uns so oft wie möglich sehen. Über die erste Hürde reden wir nicht mehr. Für uns beide ist es geklärt und bedarf keiner weiteren Worte. In mir drin wächst immer mehr ein Gefühl der Ernsthaftigkeit ihm gegenüber. Gerade liegt er mit verschränkten Händen hinterm Kopf, in meinem Wasserbett und mustert mich ganz intensiv. Ich sitze auf dem Fußboden vor der offenen Balkontür, rauche eine und sehe ihn dabei ebenfalls an. Wir Floskeln ein wenig rum und ich denke einmal mehr, wie leicht es ihm fällt mich zum Lachen zu bringen. „Ich hab eine Idee", rufe ich begeistert. „Ich spiele dir meine Lieblingssongs vor."
„Für was soll das gut sein?"
„Na, wenn unser Musikgeschmack zusammenpasst, haben wir noch mehr Freude aneinander oder miteinander."
„Wegen mir", erwidert er wenig enthusiastisch. Draußen wird es langsam dunkel. Ich mache indirektes Licht an, setze mich vor meine kleine Musikanlage und schmöker in meinen CDs. Auf jeden Fall will ich ihn beeindrucken, auf keinen Fall vergraulen. Ein kleines Lächeln umspielt

meine Lippen, denn bei meinen extrem gemischten Platten, könnte ich ihm in Null Komma Nichts eine andere Janine präsentieren. Hm, die Punk - Nine? Oder lieber die Striptease - Nine? Nee, lieber nicht aufs Ganze gehen. Ich wähle die Musik, die ich in den einsamsten Stunden meines Lebens gehört habe. Weil sie ruhiger ist und wie ich finde etwas mehr Tiefgang hat.

Nach dem fünften Song sagt Mark immer noch kein Wort, aber in seinem Gesicht kann ich ablesen, dass er positiv überrascht und bereit ist, noch mehr Zeit in meinem Bett mit mir zu verbringen. Ich wähle eine letzte CD aus, lege sie ein und tigere auf ihn zu.

„Ich muss unbedingt noch einmal spüren wie du küsst." Mit den Armen rechts und links neben seinem Kopf abgestützt senke ich meine Lippen auf seinen Mund. Weiche warme Lippen öffnen sich mir, seine Zunge spielt erst nur mit meiner Zungenspitze, dann kreisen beide umeinander. Wir atmen tief aus, fangen an vor Genuss ein tiefes zufriedenes Stöhnen von uns zu geben. Unsere Beine haben sich wie von alleine miteinander verschlungen. Ich könnte ewig hier mit ihm so liegen bleiben. Hätte es im Traum nicht für möglich gehalten, dass ich nach den paar Tagen so einen Sog in seiner Nähe spüren würde. „Ich könnte dich schon wieder nehmen", stöhnt er. Ich grinse übers ganze Gesicht, bilde mir etwas drauf ein und reibe meine Muschi extra über seinen harten Schwanz. Wieder küsst er mich mit einem

Stöhnen auf den Lippen. Es ist unglaublich wie ich auf ihn abfahre. Gerade hab ich mich noch diesem Gedanken hingegeben, im nächsten Moment schiebt er mich von sich und steht auf. „So oder so benötigen wir auf jeden Fall noch etwas zu trinken." Er nimmt unsere Gläser und geht in die Küche. Von mir ein tiefer Seufzer und schon steht er nackt mit beiden gefüllten Weißweingläsern vor mir. Gerade will ich mir mein Glas nehmen als er mit seinem Schwanz namens „Stanly" vor meinem Gesicht wedelt und behauptet: „Hier mein Kumpel hat auch Durst". Nimmt sich ein Glas und tunkt tatsächlich seinen halbharten Schwanz in den Weißwein. Dann hält er ihn mir hin: „Du auch?"

„Das ist nicht dein Ernst, oder? Du hast doch nicht wirklich gerade deinen Schwanz im Weißwein gebadet? Das glaub ich nicht!" Ich bin mir nicht sicher, soll ich lachen oder schreien?

„Wieso, du hattest ihn doch gerade noch im Mund, warum dann nicht?" Recht hat er ja, aber sowas macht man doch nicht. Er sieht mir tief in die Augen und nimmt einen richtigen Schluck Wein. Ich bin sprachlos. Ohne was zu sagen schiebe ich meine Bedenken an die Seite, nehme mir das gleiche Glas und trinke ebenfalls einen guten Schluck.

„Komm her" sage ich, während ich das Glas abstelle. Nehme seinen Schwanz tief in meinen Mund. Ich lecke ihn so gerne, er riecht so unglaublich gut. Mir entfährt ein Stöhnen tief aus meinem Herzen. Erst lecken, dann saugen und jetzt mit meinen Zähnen leicht knabbern. Oh man, wie gern würde ich hier rein beißen. Er drückt mich leicht zurück, bis ich loslasse, schiebt mich aufs Bett und legt sich komplett auf mich drauf. Küsst mich leidenschaftlich, lässt seine Zunge um meine kreisen, knabbert an meiner Lippe und streichelt mich dabei ganz zärtlich. Er macht mich verrückt. Diese Küsse machen mich so feucht, dass ich sofort über ihn herfallen möchte. Wilden hemmungslosen Sex will ich unbedingt haben. Er soll mich ganz tief stoßen. Seinen harten Schwanz unbedingt rhythmisch in meine Muschi rammen. Ich stöhne wieder. Es bedarf zwischen uns keiner Worte. Er fängt an seine Hüften zu kreisen, schiebt dabei meine Beine auseinander und drückt mich noch tiefer ins Bett. Als sein harter Schwanz meine feuchte Muschi berührt stöhnt er auf, küsst mich noch wilder, streichelt mich und spielt so lange zwischen meinen Beinen rum, bis er ihn ganz von alleine reinschieben kann. „Hhmm" Ich genieße seine Größe, Länge. Bin beeindruckt wie gut er in mich und zu mir passt. Wir verschlingen uns ineinander und genießen uns auf so intensive Art, dass ich mich wundere, jemanden im Arm zu haben, der mir so ähnlich ist. In Wahrheit ist es nicht ok, es ist auch nicht gut, es ist wie in einem Traum. Es fühlt sich an, wie nach Hause zu kommen.

Dem Gefühl der Ernsthaftigkeit stellt sich noch das Gefühl der Intensität ein. Mit jedem Tag mehr fühlt es sich an, als ob wir uns schon ewig kennen würden. Mir wird bewusst, wie selten so etwas ist und wenn es mir wirklich mit ihm ernst ist, die ganze Geschichte nicht irgendwann auf die Füße geschmissen zu bekommen, müsste ich ihm schon jetzt erzählen, mit welchen Inhalten sich mein Leben bisher füllen lässt. Aber ich traue mich nicht. Ich bin nicht scharf darauf, von ihm bewertet zu werden.

Ich stehe auf meinem Balkon. Bei der Wahl meiner Wohnung habe ich darauf geachtet, von allen Wohnräumen raus in die Freiheit zu können. Die Sonne scheint in jede Ecke und gibt mir das Gefühl, ein traumhaftes Leben zu leben. Ich bin gesund, habe mein eigenes Reich und komme mit dem Geld durch meine Arbeit und meinen Nebenjob prima zurecht. Der Plan war schon immer nebenher in Kneipen und Diskotheken zu arbeiten, um immer Menschen und Party um mich herum zu haben. Wenig Zeit zum Nachdenken, zum Alleinsein, zum Fühlen. Heute jedoch weiß ich, ich muss Mark anrufen und ihm die wichtigsten Sachen von mir erzählen, damit er frei wählen kann ob er mich noch will oder wir uns nie wieder sehen.

Mein Herz rast, ich will ihm nichts erzählen, aber ich muss. Zumindest, wenn es mir wichtig ist, mit ihm weiterhin Zeit zu verbringen. Ich zünde mir noch eine Zigarette an, nehme mein Handy und wähle seine Nummer.

„Hansen."

„Ja. Hi, ich bin es. Hast du ein paar Minuten?"

„Klar! Warte einen Moment ich geh in mein Büro.- Was gibt's?" Mein Puls rast. Mein Mund ist trocken und mir ist bewusst, dass jetzt die einzige und letzte Möglichkeit besteht auszusteigen.

„Ich hab mal zu dir gesagt, dass du dir auf den Sex mit mir nichts einbilden sollst, dass es mit mir nichts Ernstes werden kann."

„Ja ich weiß, das hast du mir schon mehrmals gesagt."

„Dieser Meinung bin ich jetzt nicht mehr." Am anderen Ende der Leitung ist es still. Entweder will er schon jetzt die Flucht ergreifen oder mich nur aussprechen lassen. Mein Puls rast, ich habe das Gefühl mir kommt gleich alles zum Hals raus.

„In den letzten Tagen habe ich die Zeit mit dir sehr genossen. Ich weiß nicht, ob es für dich normal ist innerhalb so kurzer Zeit so eine intensive Leidenschaft zu erleben."

„So wie wir miteinander sind, habe ich es noch nicht erlebt. Nein. Aber was willst du mir jetzt sagen?"

Soll ich, soll ich wirklich? Bevor ich noch einen Rückzieher machen kann, platze ich heraus: „Mir ist es ernst mit dir und deshalb musst du aus meinem Leben einige Dinge erfahren."

„Ok. Und was und warum muss ich etwas erfahren?"

„Mir ist wichtig, dass du dich freiwillig auf die echte Janine einlässt. Nicht nur der Fake, der draußen funktioniert, sondern auf mich. Die Person, die ich wirklich bin."

„Ok! Kein Problem. Schieß los."

„Ich kann dir das nicht einfach so alles am Telefon sagen."

„Willst du mir Angst machen? Willst du wieder so ein Ding durchziehen, wo wir am Ende getrennte Wege gehen?"

„Quatsch. Es ist mir ernster, als es überhaupt sein könnte. Wirklich. Im Wesentlichen sind es drei Dinge über die ich mit dir reden möchte."

„Und was?" Seine Stimme ist so fordernd. Ich bin versucht einen Rückzieher zu machen. Aber wenn nicht jetzt, dann werde ich es später bereuen. Dann wird es noch mehr schmerzen, wenn er mich verlässt oder es wird immer schwieriger es ihm überhaupt zu sagen. Ich zieh an meiner Kippe, schnipse sie weg und schließe meine Augen. Am anderen Ende wartet Mark.

„Ich war schon einmal verheiratet und bin gerade geschieden worden. Ich habe als Stripperin gearbeitet und ich habe mich mit meinem Vorgesetzten privat getroffen, mit dem du deine Geschäfte machst."

Am anderen Ende ist es still. Ich kann hören, wie er denkt.

„Was? Noch mal", sagt er sprachlos. Doch ich bringe kein Wort mehr heraus. Mir war so wichtig, dass nichts zwischen uns steht, dass ich mir gar keine Gedanken darum gemacht habe, dass er Rückfragen stellen könnte. Jetzt sitz ich wirklich in der Scheiße, denn ich muss Antworten geben. Zumindest wenn es mir ernst mit ihm ist.

„Janine, das ist jetzt kein Scherz von dir, oder? Du willst mich nicht einfach nur prellen nach den letzten Eskapaden, oder?" Ich merke ihm an, dass ihm diese Variante lieber wäre als ein ernstes Gespräch über meine Vergangenheit. Doch einmal den Schritt begonnen, will ich ihn auch durchziehen. „Nein, es ist kein Scherz."

„Welcher Vorgesetzte? Und hattest du mit ihm Sex?"

„Nein." Die Fragen finde ich irgendwie zu privat. Und zu schroff. Am liebsten würde ich nun doch wieder einen Rückzieher machen.

„Warum erzählst du mir davon? Willst du mich eifersüchtig machen? Oder willst du mich manipulieren?"

„Nein, weder noch. Ich hab doch schon gesagt, dass es mir mit dir nicht mehr so gleichgültig ist, wie zu Anfang. Und ich gehe jeden Tag zur Arbeit und sehe Uwe dort. Ich arbeite für ihn. Ich bekomme alles auf den Schreibtisch, was ihr beide besprochen habt."

„Das ist nicht dein Ernst, oder? Wie weit ist das mit euch gegangen? War er auch bei dir, so wie ich?" Immer aufgeregtere Nachfragen drücken mich in die Ecke. Ich lehne mich an die Hauswand, rutsche auf den Boden meines Balkons und bin froh, dass die Sonne scheint. Wenigstens etwas Wärme um mich herum. „Mark, nein er war nicht hier. Und nein, es ist niemals so weit gekommen wie zwischen uns beiden." Er holt tief Luft, atmet aus und gibt mir das Gefühl völlig sprachlos zu sein.

„Du hast in einem Strip-Club gearbeitet?"

„Ja", erwidere ich schlicht, mit Gedanken an meinen früheren Job und gleichzeitig froh, dass er von meinem Vorgesetzten ablässt.

„Hinter der Theke?"

„Nein als Stripperin."

„Du hast dich für Geld ausgezogen?", fragt er mich völlig entsetzt.

„Ja habe ich. Aber mittlerweile habe ich eine Ausbildung absolviert und arbeite in einem anständigen Beruf."

„Ja klar, und triffst dich mit deinem Vorgesetzten?" erwidert er entsetzt und vorwurfsvoll.

„Mark, ich war Single und alles, was war, war freiwillig. Außerdem gibt es hierzu nicht viel zu erzählen." Mir ist schleierhaft, warum er das mit Uwe mehr bewertet, als meinen früheren Job als Stripperin. „Du hast noch kein Wort dazu gesagt, dass ich geschieden bin."

„Das ist ja wohl im Vergleich zu den anderen Erzählungen kein Wunder oder?" Er ist sauer. Ich merke, wie er es hasst, dass ich ihn mit meinen Problemen konfrontiert habe. Obwohl ich enttäuscht bin, ist genau das für meine Fassade die Rettung. „Hör zu Mark. Ich habe dir das jetzt und heute erzählt, damit du die Wahl hast. Entweder triffst du dich weiterhin mit mir, bist im Bilde und hast etwas Echtes mit mir oder wir sehen uns einfach nicht mehr wieder."

„So einfach ist das für dich?", brüllt er mich durchs Telefon an.

„Für mich einfach? Geht`s noch? Wenn ich den einfachen Weg hätte gehen wollen, würde ich nicht mit dir darüber reden oder mich nicht mehr mit dir treffen."

„Na klar! Und ich soll jetzt dazu etwas sagen? Dir Absolution erteilen oder was? Du hast dich für Geld ausgezogen! Bist du auch für Geld ins Bett gegangen?", stocksauer wirft er nur so mit Fragen um sich, aber ich will mich nicht beleidigen oder verletzten lassen.

„Mark, mir war es wichtig kein Geheimnis vor dir zu haben, mit offenen Karten zu spielen, weil ich dich mag. Ich lege keinen Wert darauf von dir verurteilt zu werden, denn was geschehen ist, kann ich nicht mehr rückgängig machen. Und ich lege auch keinen Wert darauf, dass du mich jetzt am Telefon dafür so angehst." Einen Moment herrscht Schweigen. „Ich muss nachdenken. Leider bin ich - keine Ahnung. Ich muss nachdenken. Machs gut." Dann legt er auf. Kein Wort darüber, ob wir uns wieder sehen werden, oder, ob alles hiermit gesagt ist. Wenn ich nur darüber nachdenke, dass im Verhältnis ein Mensch, der so kurze Zeit in meinem Leben ist, nun so private Sachen von mir weiß, habe ich Angst, er missbraucht das Wissen.

Ich fege meinen Kopf leer, zwinge mich, mir nur die Bäume anzusehen, die Vögel zwitschern zu hören und die Sonne auf meiner Haut zu fühlen. Nach zwei Zigaretten gehe ich rein, mixe mir mein neues Lieblingsgetränk Amaretto mit Eis und betrinke mich. Höre laut Musik und genieße es, mein eigener Boss zu sein. Es war richtig. Es war so früh, dass ich mit ihm und ohne ihn einfach weiter machen kann.

Am nächsten Tag höre ich nichts von ihm. Um nicht tatenlos rumzusitzen, fahre ich mit meinem kleinen Auto in die nächste Stadt. Überlege, ob ich mir irgendwo noch einen anderen Job besorgen soll, um noch mehr unter die Leute zu kommen. Vielleicht sollte ich auch einfach das Angebot meines Chefs annehmen und nach Frankfurt gehen. Für ihn wäre es eine Erleichterung, weil ich schon so tief mit dem Unternehmen verwachsen bin, dass ich eine Niederlassung eröffnen und leiten könnte. In Gedanken versunken fahre ich irgendwann, ohne mich entschieden zu haben, wieder nach Hause. Den ganzen Tag über habe ich immer mal wieder auf meinem Handy nachgesehen, aber keine Nachricht von ihm darauf gehabt. Schade. Auch ich bin enttäuscht. Es kann doch nicht sein, dass ich mir die letzten Wochen und die Chemie zwischen uns eingebildet habe. Es war mit ihm, als ob wir uns aus einem anderen Leben kennen würden. Ich hole tief Luft, rufe meine Rebellin mal wieder auf den Plan: Scheiß drauf. Wenn der Typ sich nicht meldet, mach ich eben wie immer alleine weiter.

Wieder zurück sehe ich, dass an meiner Wohnungstür eine Tüte hängt. Etwas Wein, Käse und himmlisch duftender Schinken. Das war Mark! Er war hier! Oh man und jetzt ist er wieder weg. Scheiße! Ich könnte kotzen. Mit der Tüte beladen, schließe ich die Wohnungstür auf und gehe in die Küche. Ich bin enttäuscht, dass er mich nicht eben angerufen hat.
Was, wenn er froh ist, dass ich nicht da war. Dann braucht er sich mit mir und dem ganzen dummen Scheiß nicht auseinander setzen. Mit dem Rücken an die Wand gelehnt, stehe ich endlos lange in der Küche. Wieder eine Erfahrung, mit der ich rausfinden muss, wo ich sie hin stecken soll. Ob ich ihn anrufe? Nee, lieber nicht. Wenn er mit mir hätte reden wollen, hätte er mich angerufen. In meinem Schlafzimmer, welches voller Erinnerungen von ihm ist, lege ich mir Bruce Springsteen ein und lasse mich aufs Bett fallen. Immer noch glaube ich nicht daran, mich in allem getäuscht zu haben. Ich glaube aber auch nicht daran, dass es jemanden gibt, der mich bedingungslos lieben würde. Meine Stimmung wird immer melancholischer. Ich träume davon, abzuhauen, meine Haare im Wind wehen zu lassen

und vor meiner Haustür ein Topf Blumen „Vergiss mein nicht!" stehen zu haben.

Mein Handyklingeln holt mich wieder zurück. Ein Blick auf die Uhr - es ist nach Mitternacht. Mark ruft mich an. Ich bin so im Gleichgewicht, dass mir alles nichts ausmacht. „Hi, na du", sage ich leise.

„Hallo, ich bin's."

„Und wie gehts dir?", frage ich höflich.

„Ich vermisse dich", sagt er ganz leise, „und ich habe einen Knoten im Kopf".

Grinsend drehe ich mich auf die Seite. „Du warst heute hier."

„Ja. Du aber nicht. Eigentlich wollte ich nicht einfach nur mit dir telefonieren. Ich wollte dich sehen." Seine Stimme ist so anders. Ich glaube er hat sich betrunken. „Oh Nine, was soll ich nur sagen? Was machst du mit mir?" Ich möchte gar nichts sagen, nur stumm abwarten, was er mir noch alles sagt. Denn jetzt geht für mich die Sonne wieder auf. So hört es sich nicht an, wenn man etwas beendet. „Hey", sage ich mit tiefer ganz ruhiger Stimme, „dann lass uns doch wieder sehen." Jetzt ist es an ihm mir etwas vorzuschlagen.

„Ich kann nicht zu dir kommen. Ich bin schon total betrunken. Und dann die Entfernung. Sorry." Ich sage gar nichts. Ohne Vorwurf. Einfach nur, weil es dazu nichts zu sagen gibt. „Ich vermisse deine Küsse, deinen Mund.", flüstert er ganz leise in sein Telefon. Mein Lächeln wird größer.

„Ich vermisse dich auch. Vermisse, wie wir uns verknoten und wie wohl ich mich in deiner Nähe fühle."

„Janine das ist echt harter Tobak, den du mir da erzählt hast.", raunt er mir ganz leise durchs Telefon zu. „Aber ich kann dich einfach nicht, nicht wiedersehen."

Ihm geht`s wie mir! Unglaublich! Er fühlt auch diese Anziehungskraft zwischen uns. „Hey Mark, ok heute nicht", gebe ich ganz leise von mir obwohl ich auf meinem Bett hüpfen und laut kreischen will, weil er mir so viele schöne Sachen gesagt hat. „Wie wäre es mit Morgen?"

„Ok.", ruft er fest entschlossen. „Aber mach dich darauf gefasst, dass wir reden. Ich muss dir auch etwas sagen." Mein Puls beschleunigt sich wieder. Oh nein, er will doch hoffentlich nicht doch alles beenden. Nee, dann hätte er es mir doch schon gesagt. Oh man Janine, komm runter. Ich atme tief aus und flüstere: „Ok, dann bis morgen. Ich freue mich auf dich!" Damit ich keine Antwort mehr hören muss, lege ich schnell auf. Morgen mehr. Und ich rede mir die ganzen Stunden ein, dass es nur ein Miteinander, kein Ohneeinander geben wird.

Heute will ich natürlich perfekt aussehen. Wenn schon ernste Gespräche, dann mit harten Geschützen. Meine Jeansshorts sitzen auf den Hüften, mein Top lässt ein wenig Bauch frei und meine Haare lasse ich einfach offen. Gerade frisch geduscht riechen sie einfach fantastisch und ich finde, so kann ich vielleicht gewinnen. Ich bin nervös und habe überhaupt keine Lust, ihm zu sagen was, wann, wie und wo war. Ich hasse es, über mich in dieser Intensität zu reden, aber wahrscheinlich komme ich nicht drum herum. Mal wieder rauche ich eine. So kurz hintereinander, dass ich mir einbilde, die Kippen könnten mich beruhigen. In Wirklichkeit hilft mir nur malen oder gute Musik hören. Ja! Das ist die Idee. Ich mache mir schöne Musik an. Am besten wieder die Bruce Springsteen. Zu der habe ich  mir gestern so einen Kopf gemacht, dass die Musik für mich durch wäre, wenn wir das hier heute nicht positiv wieder umkehren könnten.
Kurz bevor er zu mir kommt, gehe ich vor die Tür, ich genieße die Luft und frage mich, ob ich überhaupt Lust habe, hier zu wohnen und dort zu arbeiten. Ich bin froh, dass meine Scheidung hinter mir liegt und ich mir hier meinen eigenen Rückzugsort geschaffen habe. Andererseits könnte ich auch direkt wieder weiterziehen. Ich hab so das Gefühl im Bauch, dass hier noch längst nicht

meine Endstation ist. Dann endlich sehe ich wie dieser atemberaubende Mann mit diesem fantastischen Auto um die Ecke kommt. Ich stehe auf und grinse über das ganze Gesicht. Seine Augen fixieren mich und fangen ebenfalls an, über das ganze Gesicht zu strahlen.

„Hey, du sollst doch nicht hier draußen auf mich warten, was wenn einer von deiner Firma hier auftaucht und checkt, dass wir uns treffen?" Er packt mich an die Hand und zieht mich zärtlich, aber schnell ins Haus. Drinnen in meiner Wohnung angekommen sieht er mir auf meine lächelnden Lippen, dann küsst er sie. Erst lieblich, zärtlich, bis wir beide immer drängender und fordernder werden. Während wir küssen, stolpern wir gleichzeitig in mein Schlafzimmer. Er schubst mich aufs Wasserbett, nur um kurz darauf auf mir zu liegen und mich weiter zu küssen. Unsere Arme und Beine verschlingen sich wieder automatisch miteinander. Es fühlt sich an, als ob sich zwei alte Seelen wieder vereinen würden. Ich atme ihn und kann es nicht glauben, dass er ohne mir Fragen zu stellen oder einen Vortrag zu halten mit mir aufs Bett gefallen ist. Ich zwinge mich, nicht an unser baldiges Gespräch zu denken, sondern diesen Moment zu genießen. Wir lassen uns beide mit einer Intensität aufeinander ein, dass mir die Tränen kommen. Ich zeige sie ihm nicht, aber es nimmt mir die Luft. Er fühlt sich so bekannt an, so unglaublich vertraut und das nach dieser kurzen Zeit. Ich sehe mit geschlossenen Augen, wie er sich fühlt. Irgendwie geht es ihm auch unter die Haut. Ich nehme ihn in den Arm drücke ihn und lasse mich fallen. An diesem Abend und bei diesem Mann traue ich mich zum ersten Mal mich zu berühren. Seine Augen leuchten und bestärken mich immer wieder darin ihn und mich selbst zu berühren, bis wir gemeinsam zum Orgasmus gelangen. Fast muss ich wirklich weinen, mir zerreißt es das Herz, dass ich mit meiner Vergangenheit vielleicht so einen wundervollen Mann vergraulen könnte. Er sieht meine Tränen, rutscht an mir hoch, streicht sie sanft weg. „Hab ich dir weh getan?", flüstert er ganz leise. Ich schüttle mit dem Kopf und habe einen dicken Klos im Hals.

„Nein. Hast du nicht."

„Was ist dann?"

„Du hast gerade mein Herz berührt" antworte ich leise.
Er dreht sich von mir runter und stütz seinen Kopf ab. Seine Miene ist so ernst. Ich würde am liebsten schreien - ‚Egal was du sagen willst, sag es nicht! Du kannst unser Feuer nicht aufhalten, du kannst uns beide nicht stoppen' aber was dann? Was wenn er zu viele Fragen stellt und mir danach nicht mehr in die Augen sehen kann, geschweige denn eine Hand reichen will?

Er rollt sich auf den Rücken und starrt an die Decke. Die Kerzen und kleinen Leuchten lassen sein Gesicht unendlich traurig scheinen. Irgendetwas bedrückt ihn.

„Ich habe eine kleine Tochter" sagt er ganz leise.

„Sie war und ist mein ein und alles. Ihre Mutter, meine Ehefrau hat sie mitgenommen. Ich vermisse sie jeden Tag, jede Minute. Monika, also ihre Mutter, hat mir gesagt, dass sie gehen will und alles mitnehmen würde. Wir hatten wieder und immer wieder großen Krach aber dieses Mal war er so, dass wir uns gegenseitig nichts mehr geschenkt haben. Eines Tages bin ich Heim gekommen und sie hat ernst gemacht. Meinen Hund hatte ich immer mit, aber meine Kleine musste natürlich in den Kindergarten, deshalb habe ich es nicht wahr haben wollen oder geglaubt. Wir hatten uns wieder gestritten, sie sagte wieder, wie sehr sie es bereut hat, mich geheiratet zu haben und dann komme ich von der Arbeit nach Hause und das Haus ist leer." Seine Stimme stockt. Er holt unendlich tief Luft und spricht heiser weiter:

„Es war so unglaublich still und verlassen. Kein Ton im ganzen Haus. Ich bin in die Knie gegangen, Janine."
Ich sehe, wie in seinem Augenwinkel eine Träne schimmert und denke mir, dass er im Leben nicht vor mir weinen würde, denn das macht doch nie ein Mann. Aber die Tränen laufen ganz leise über

seine Wange. Er starrt zur Decke, mit Bildern seiner kleinen Tochter vor Augen. Ich würde mit ihm weinen, aber mein Gefühl sagt mir, dass er kein Mitleid will. Er will nach Vorne schauen.

Ich flüstere nur ganz leise „Oh shit!", atme meine Lungen frei und streichle ihn ganz sanft.

„Und jetzt? Wo sind sie jetzt?"

„Im gleichen Ort. Aber sie hat sich eine Wohnung gesucht, in der es meiner Tochter nicht gut geht. Nicht nur, dass sie immer nach mir fragt und viel weint, sondern sie kann es nicht verstehen warum ihr Papi nicht mitgekommen ist."
Wieder laufen lautlose Tränen über sein Gesicht.

„ Ich sag dir das, weil du mich berührst und glaub mir, davon gibt es nicht viele Menschen in meinem Leben. Du berührst mich richtig tief und das nach dieser kurzen Zeit. Aber ich habe zu meiner Frau gesagt, wenn du gehst, gehst du. Ich hab fest daran geglaubt, dass sie zu mir hält und unsere kleine Familie schützt. Trotzdem ist sie gegangen. Ich kann es immer noch nicht fassen. Auch, wenn ich sie jetzt nicht zurück holen würde, würde ich ihr und meiner Kleinen immer die Tür aufmachen sobald sie wieder davor stünde. Bitte versteh mich, du bist ein Geschenk. Ich fühle mich wohl, ich bin ich selbst und genieße jeden Augenblick, aber ich könnte nicht alles hinter mir lassen und mich umdrehen. Dafür bedeutet mir das viel zu viel."

Leise liege ich neben ihm und lasse alles sacken. Lasse es so tief, dass ich nicht durch meine jungen Jahre geblockt bin, sondern mit meinem Herzen sehen kann. „Wie heißt deine Tochter und wie alt ist sie?"

„Lisa-Marie, so wie von Elvis Presley die Tochter", erwidert er mit einem kleinen Lächeln im Gesicht.

„Und wie alt ist sie?"

„Fast drei Jahre". Sein Lächeln wird etwas breiter.

„Und du musst dir mal diese wunderschönen braunen Rehaugen von ihr ansehen. Lisa erobert von allen das Herz im Sturm!"
Meine Beklemmungen um den Brustkorb werden wieder schlimmer. Wie sollen unsere Welten nur zueinander passen. Er seriös und Familienvater und ich geschieden und ehemalige Doll-House-Tänzerin. Mir schwindet immer mehr der Mut.

„Bedeutet das, du bist heute Abend hier um Abschied zu nehmen?" Ganz tapfer halte ich meine Mimik und verkrampfe stattdessen meinen Körper, ohne, dass er es merkt. „Hey, es ist ok. Wir haben doch gesagt, dass es uns nur um Spaß geht", füge ich noch hinzu.
Seine Augen starren mich an. Ich kann in ihnen den inneren Kampf sehen, leider jedoch nicht, wie unsere Geschichte weiter geht. Ich rufe ganz

leise meine Rebellin herbei um gefestigt und cool reagieren zu können, egal was er mir jetzt eröffnet. Er dreht sich zu mir, bleibt aber auf der Seite liegen und mustert mich einfach nur stumm. Seine Augen gleiten über meinen nackten Körper immer wieder, so als ob er damit Kreise oder einen Bann einprägt. Ich stehe auf, werde immer nervöser. Ich kann überhaupt nicht einschätzen was jetzt geht und was nicht, deshalb stehe ich auf, und suche mir Musik auf verschiedenen CDs raus. Ich werde mich jetzt einfach auf den Boden setzen eine Zigarette anzünden, eine CD nach der anderen hören. Mit dem Plan rolle ich mich vom Bett, schenke ihm und mir etwas zu trinken ein und stehe auf. Meine Zigaretten liegen auf der Anlage, ich stecke mir eine in den Mund, nehme zeitgleich eine CD und lege sie ein. Erst als das Lied angeklungen ist, stecke ich sie mir an. Langsam inhaliere ich, setzte mich auf den Boden an die Balkontür gelehnt. So verstreicht das erste Lied bis Mark fragt

„Rauchst du immer nach dem Sex?"

Ich lächle schief und erwidere „Bisher kannte ich nur Raucher." Meine Schulter zuckt schon fast automatisch. Wenn er sowieso alles Schlimme von mir weiß oder noch erfahren soll, kann ich erst recht über solche Banalitäten sprechen.

„Ich rauche gerne. Sehr gerne. Den Geruch finde ich auch gut und da ich immer mit Freunden zusammen bin, die auch rauchen, denke ich nicht viel darüber nach. Morgens klingelt der Wecker, ich stecke mir eine Kippe an. Wenn der Kaffee durchgelaufen ist, stecke ich mir eine weitere an und stelle mich gerne ein paar Minuten auf den Balkon um den Tag zu starten."

„Was? Du stehst auf und rauchst?"

„Rauchst du überhaupt nicht?" Wir blicken uns an und ich merke, dass auch hier eine Grenze bei ihm fällt. Wenn schon ehrlich, dann eben ganz.

„Jedenfalls keine Zigaretten", erwidert er mit einem Schmunzeln. Was immer das auch heißen mag. Mir ist es zu müßig bei all den komplexen Themen mich über das Rauchen zu unterhalten.

„Im Endeffekt ist es mir egal ob rauchen oder nicht. Ich kann ohne Probleme am Arbeitsplatz den ganzen Tag ohne auskommen, dann freue ich mich aber nach Feierabend wieder darauf." Auch seine Augen schweifen ab, woraus ich schließe, dass dieses Thema fürs erste abgehakt werden kann.

„Hast du Kinder mit deinem Ex-Mann?"

„Nein. Er wollte welche haben, aber meine innere Stimme hat immer gesagt, dass die Zeit noch nicht reif ist."

„Du wärest auch ziemlich jung dafür gewesen."

„Ja, das war auch mit ein Punkt. Aber letzten Endes war es das Bauchgefühl, welches nein gesagt hat."

„Seit wann bist du geschieden? Ich meine wie alt bist du? 23, 24? Wann hast du geheiratet und was ist passiert, dass jetzt schon wieder alles vorbei ist?"

Ich lächle ihn bitter an. „Die Kurzform?" frage ich rhetorisch. „Also: Es gab einen Stiefbruder der toll aussah und eine wunderschöne Freundin hatte. Eines Tages regte sich in mir der Wunsch selbst so einen Mann wie ihn zu finden, der toll aussieht und zu mir passt. Wie das Schicksal es so will, tanze ich eines Abends im Doll-House und er kommt rein. Ich war 18 oder bin gerade 19 geworden, also würde ich sagen ich habe ihn vor ca. 5 Jahren näher kennen gelernt. Jedenfalls hat meine 20-Minütige-Runde auf der Bühne soeben erst gestartet, weshalb ich aus dieser Situation nicht raus konnte. Anfangs fühlte ich mich unbehaglich und habe mich geniert, dann war es mir zu doof, mich für meine eigene Entscheidung, dort zu tanzen, zu schämen. Ich habe alles geben. Alle Register aufgefahren, weil ich fand, dass wenn mich schon jemand aus der ‚Familie' sieht, dann wenigstens in Bestform. Nachdem die Zeit rum war, stieg ich atemlos von der Bühne und begrüßte ihn. Völlig atemlos hob und senkte sich mein Brustkorb immer und immer wieder. Er betrachtet mich von oben bis unten, was mir ehrlich schmeichelte. Er stellte mir seinen Kumpel Stefan vor und naja ein Wort ergab das andere und letzten Endes trafen wir uns ein paar Abende später nach meiner Arbeit. Wir trafen uns immer öfter und weil ich damals dachte, so einen möchte ich später auch einmal haben, fing ich an daran zu glauben, dass genau er derjenige, welcher sein könnte. Zunächst dachte ich, er könnte ein Problem mit meiner Arbeit haben, aber ihm schien es nichts auszumachen.

Nach Wochen und Monaten hatte ich keine Lust mehr auf meinen Job, sondern wollte meinen Abschluss nachholen. Mit Anfang 19 ging ich also wieder zur Schule und fing an zu lernen. Weil aber ohne mein sonst reichliches Geld auf einmal alles enger und komplizierter wurde, suchte ich mir einen Nebenjob in einem Kaffee. Er war mit einem Fuhrunternehmen selbstständig, welches im Winter schon immer rote Zahlen schrieb. Er war also frustriert und hilflos und ich wollte unbedingt endlich diesen Abschluss, wofür ich viel lernte und den Rest der Zeit arbeitete. Dies war der erste Winter in dem wir kaum miteinander zurechtkamen.

Im Sommer bekam ich meinen Abschluss und hatte wieder Luft. Natürlich wollte ich mehr. Mehr lernen, arbeiten, verdienen, und darstellen. Wieder ging ich auf ihn zu und erzählte ihm von meinen Träumen. Aber er redete nur von seiner Firma. Die Schulden, die Arbeitslosigkeit und die Rechnungen welche schon zum 3. Mal angemahnt worden sind. In dieser Zeit war es mein Vorschlag ihm aus der Krise heraus zu helfen, indem ich in einer anderen großen Stadt, wieder im Doll-House tanze. Ich wollte keinen Stillstand. Keine Privatinsolvenz und schon gar nicht mit fast 20 für einen erwachsenen Mann sorgen. Er stimmte gerne zu. Meine Arbeit für seine Rechnungen. So lief es Woche um Woche. Irgendwann reichte mir unser Verhältnis zueinander nicht mehr. Wieder und wieder habe ich ihm Vorschläge für die Wintermonate und eine andere Arbeit gemacht. Ich erzählte ihm, dass ich mehr als nur Tänzerin werden möchte und habe mir letzten Endes einen Ausbildungsplatz gesucht. Einerseits wollte er es mir nicht verwehren und andererseits hat er es mir übel genommen, dass ich keine Stripperin mehr sein wollte. Jedenfalls hat er dann tatsächlich auf mich gehört und im nächsten Winter einen Nebenjob angenommen. An Wochenenden und im Urlaub half ich immer aus und so habe ich doch noch meinen Abschluss und meine Ausbildung geschafft."

Während meiner letzten Worte lege ich eine andere CD ein. Die Musik passt zu meiner Stimmung und erinnert mich an viele Situationen noch vor diesem Leben mit diesem Mann. Meine Rebellin in mir leistet starke Hilfe. Sie hält die Maske aufrecht, mit der ich diese kurzen Szenen meines so endlos langen Lebens wiedergebe. Nach einem Schluck Weißwein setze mich wieder zu Mark aufs Bett. Dieses Mal ihm gegenüber, im Schneidersitz. Natürlich werden Fragen kommen, deshalb rede ich einfach weiter, bis ich glaube, alle ersten Fragen im Keim erstickt zu haben.

„Zurück zu deinen Fragen. In diesen Phasen meiner Bildung haben wir uns immer weiter voneinander entfernt. Während der ganzen Zeit sind seine sexuellen Gelüste immer weiter gediehen oder auch ausgeufert. Vieles war nicht mehr nach meinem Geschmack und mein Herz wurde von Mal zu Mal mehr in Mitleidenschaft gezogen. Kurz vor meinem 21. Geburtstag brachte er mich dann dazu, auf seinen Heiratsantrag mit Ja zu antworten. Leider hat er mir nicht viel Zeit gelassen. Da mir schon damals alles wie ein Lauffeuer vorgekommen ist, habe ich ihn den Termin bestimmen lassen.
Wir heirateten im Oktober vor drei Jahren und schon einen Tag später redeten wir wieder über irgendwelche Probleme. Ich weiß nicht mehr was genau ich erwiderte, nur, dass es nichts Schlimmes war. Doch er hob seinen Blick, sah mir fest in die Augen und sagte: ‚Ich bereue, dich gestern geheiratet zu haben.‘ Dieser Satz verletzte mich damals ungemein. Ich schmiss die Kleidung auf die Erde und stürmte aus dem Raum. Mir ist es irgendwie gelungen so zu tun, als ob ich ihm das

verziehen habe. Aber tatsächlich war das erst der Anfang von Gemeinheiten.

Ein paar Wochen später fand ich Nacktbilder von mir auf seinem Computer. Anfangs hab ich mir nichts dabei gedacht doch bei näherem Hinsehen sah es so aus, als ob Flecken darauf sind. Als ich mich durch die von ihm angelegte Datei geklickt habe, fand ich Nacktfotos mit Kommentaren von fremden Männern. So sinngemäß wie: Danke für deine Frau. Hab für dich drauf gespritzt bevor ich es eingescannt habe." Ich schweige kurz, denn jetzt muss ich unbedingt meine Rebellin wieder auf den Plan rufen um nicht meine starke Fassade verrutschen zu lassen.

Ich hole tief Luft. „Dies und einiges mehr ist geschehen, bis ich dann nach einem guten Jahr aufgegeben habe und erklärte, dass ich mich mit seinen Fantasien nicht anfreunden kann, kaputt gehe und lieber getrennte Wege gehen möchte. Dann bin ich zu meiner Schwester gezogen. Einmal noch kurz habe ich versucht, dieses Versprechen

‚Für immer und ewig, in guten und schlechten Zeiten zu leben' umzusetzen, aber ich war innerlich zerbrochen. Nach dem zweiten kurzen Versuch, die Ehe aufrecht zu erhalten, habe ich ihn ein weiteres Mal verlassen. Dieses Mal endgültig. Ja nun - und deine letzte Frage. Unser Trennungsjahr ist vor drei Monaten erfüllt worden, zeitgleich haben wir uns durch einen gemeinsamen Anwalt scheiden lassen."

Ich stehe auf, zünde mir eine Zigarette an und drehe mich zur Balkontür. Der Schmerz sitzt tief. Es kostet mich viel Kraft das hier mal eben so alles zu erzählen und zeitgleich hinter mir zu lassen. Es würde mich fertig machen, solche Fotos zufällig im Web zu finden. Ich rauche tief und hastig, will mich nicht wirklich mit meiner Vergangenheit beschäftigen, diesem Mann aber, aus einem bestimmten Gefühl heraus, von Anfang an die Wahrheit über alles erzählen.

Mark schweigt anfangs, bis er ungläubig fragt:

„Er hat Fotos von dir ins Netz gestellt?"

Ich sehe in sein entgeistertes Gesicht.

„Er behauptet nicht, und bei all meinen Recherchen habe ich bisher unter meinem Namen auch nichts gefunden. Deshalb wage ich zu hoffen, dass er nur per Mail seinen Fantasien nachgekommen ist." Über meine Arme zieht sich langsam eine Gänsehaut. Deutlich habe ich vor Augen, welche Seiten er besucht, wie er sich immer wieder als meine Person ausgibt. Wie viele Abende er vor seinem Computer gesessen hat.

„Wie hast du es rausgefunden? Ich meine, er war doch nicht von heute auf morgen so, oder? Hast du nichts gemerkt?" Es ist ihm anzumerken, dass er diese ganze Sache richtig übel findet und dabei haben wir immer noch nicht über meine Arbeit im Doll-House gesprochen, deshalb nehme ich

mir ein Herz und frage: „Mark, wie ernst ist das

zwischen uns? Ich kann dir nicht so viel von mir erzählen und dann spazierst du zur Tür raus. Versteh mich, am Anfang dachte ich wirklich wir könnten einfach Spaß haben und für mich war es undenkbar jetzt nach so kurzer Zeit wieder in eine feste Beziehung zu gehen. Aber das wiegt nichts gegen meine Vergangenheit auf. Du hast mir überhaupt keinen Anhaltspunkt gegeben, ob und wie es mit uns weiter geht. Und jetzt hast du auch noch Frau und Kind, Haus wahrscheinlich auch." Immer noch ist meine Fassade stark. In mir wächst das Gefühl, diese Situation bewusst klären zu müssen. Zusammen weiter, oder alleine weiter. Klar kann ich das nicht so einfach von mir geben, aber mein Inneres pocht vehement darauf, hier nach Vorne zu gehen.

„Wenn ich dich nicht mehr hätte sehen wollen, wäre ich gar nicht erst hergekommen. Für Spiele bin ich nicht zu haben. Mich beeindruckt man mit Ehrlichkeit und Authentizität. Andererseits um selbst ehrlich zu sein, weiß ich nicht, wie ich reagieren würde, wenn meine Frau auf mich zugehen würde. Viel hängt davon ab, was jetzt in der Zwischenzeit geschieht. Sowohl zwischen uns, als auch in dem Leben meiner Frau und meiner Tochter." Er ist todernst. Es ist ihm anzusehen, dass er diesen Ausgang niemals angestrebt hat und trotzdem steht er jetzt hier.

‚Ob die sich einfach auseinander gelebt haben? Oder vielleicht ist auch irgendetwas vorgefallen....' Ich mache hinter all diesen Aussagen gedanklich einen Haken, weil ich damit einverstanden bin und fahre fort.

„Sein Name ist Ralf. Bis vor ein paar Monaten war er noch mit einem Fuhrunternehmen selbstständig. Da er den ganzen Tag selbst gefahren ist und mir die Bücher sowieso mehr gelegen haben, hab ich für ihn den ganzen Bürokram erledigt. Eines Tages suchte ich eine bestimmte Rechnung und stolperte dabei über einen Dateinamen der irgendetwas mit Sex oder Frauen oder so zu tun hatte. Ich klickte die Dateien an und fand massenhaft Fotos von Frauen. Nicht seine, sondern irgendwelche aus dem Web. Es war alles dabei. Mit Männern von vorne und von hinten. Dann breitbeinig mit viel Samen überall verteilt, mit alten Männern, an allen möglichen Orten und am schlimmsten war, dass ich einen Blog gefunden habe, in dem er sich für mich ausgab. Ich war sprachlos. Entsetzt. Dann hab ich mir jedes Bild ganz genau angesehen um zu wissen, ob ich eine erkenne oder ob mich irgendetwas davon anturnt. Aber in mir rührte sich nichts mehr. Ich konnte es nicht fassen, dass er eine Frau wie mich hat, die im Doll-House strippt, nach Hause kommt und nicht nur Hausfrau ist, arbeiten geht, seine Sachen fertig macht, sondern ihm auch im Bett so ziemlich alle Freuden schenkt. Es dämmerte mir, wenn ich kaputt vom langen Tag war, saß er abends vor dem Computer und hat sich einen runter geholt. In den Wintermonaten hat er Stunden in diesem Büro zugebracht.

Jedenfalls habe ich ihn darauf angesprochen, was ich gefunden habe und er stritt alles ab. Wie hat

er gesagt: ‚Keine Ahnung wie das da drauf

kommt. Bestimmt ist das zufällig mit irgendeiner anderen Datei abgespeichert worden.‘ Der hat mich auch noch für so dumm erklärt, oder vielleicht war er auch einfach nur feige, um mich so anzulügen und alles abzustreiten. Erst, als ich ihm vorgeworfen habe, sich als meine Person auszugeben, war ihm klar, dass ich die eine wichtige Datei geöffnet hatte. Im Nachhinein erwähnte er, diesen Moment bewusst abgewartet zu haben um zu erfahren, was ich gesehen hatte.

Jedenfalls wollte ich mein Ja-Wort nicht einfach so hinter mir lassen. Wir redeten Stunden und Tage, in denen er sich entschuldigte. Mehrmals versicherte er mir, dass es schon sehr lange her sei, dass er auf diese Art im Web unterwegs war und dass es tatsächlich eine Neigung war, die er wirklich gerne ausprobieren wollte. Manches Mal entschuldigte er sich, ein anderes Mal versuchte er es mir schmackhaft zu machen. Immer mal wieder habe ich Dateien gesehen, die er sich abgespeichert hatte, selbst jedoch habe ich keine gelöscht. Ich fand mir stand es nicht zu, ihn in

dieser Form zurechtzuweisen oder zu sanktionie-
ren. Wochen und Monate vergingen, in denen ich
ihm viele sexuelle Gefallen erfüllte. Leider fühlte
ich mich währenddessen oder danach immer richtig mies. Ich versuchte in ihm einen gutmütigen
liebevollen Menschen zu sehen, der dafür da sein
soll, mich zu beschützen. Aber mit jedem Gefallen mehr, den er von mir einforderte, sank seine
Stellung bei mir. Dann, nach Zeitraum X irgendwann, habe ich mich auf meine Schule vorberei-
tet. Ich saß am Computer und legte eine CD von
einer Schulfreundin ein, auf der Prüfungsaufga-
ben gespeichert waren. Als ich das Fenster öffnete, um zu speichern, öffnete sich ein Dateivor-
schlag, darin befanden sich Fotos von mir. Ich
war geschockt. Natürlich kann ich mich an die
Situation auf unserem Bett zu Hause erinnern, als
er mich bat Fotos machen zu dürfen. Damals
dachte ich: ,Klar, der kennt mich doch sowieso in
und auswendig.' Doch als ich diese Datei sah,
wurde mir klar, dass er das Ganze für seine eigenen, ganz besonderen Zwecke missbraucht hatte.
Auf den Fotos waren an den verschiedensten Stellen Flecken. Eine Nanosekunde lang hoffte ich, er
wollte Teile schwärzen, um mich zu schützen.
Stattdessen habe ich die dazugehörige Nachricht
gefunden. Ein Mann teilte ihm mit, wie sehr er
Ralf dafür dankte, seine Frau mit ihm zu teilen.
Er hat alle Fotos vor sich ausgebreitet und extra
viel drauf gewichst, danach wieder eingescannt

und hofft damit Ralf nicht nur Freude zu bereiten, sondern, dass er sich darauf auch noch mal einen runter holt. Ich hab alles gelöscht. Jedes Bild, jede Datei, jeden Blog einfach alles. Tja, dann kam er irgendwann nach Hause. Wieder konfrontierte ich ihn und wieder wusste er von gar nichts. Ich hab ihm gesagt oder vielmehr ihn angeschrien, dass alles gelöscht ist. Aber immer noch behauptete er, er wisse von nichts. Der war - ist so ein elendiges Weichei."

Ich schüttle ununterbrochen mit meinem Kopf, bin wieder in dieser Situation gefangen und kann es immer noch nicht fassen. Nach ein paar Zügen an meiner Zigarette will Mark wissen: „Wieso hast du ihn geheiratet? Warum?" Er ist sprachlos. Ich glaube er kann sich kein anderes Leben als seins vorstellen. Er wirkt nach außen so unglaublich spießig, oder auch seriös. Keine Ahnung, was er erlebt hat. Aber wahrscheinlich ist er als Mann immer einen ehrbareren Weg gegangen, als mein Ex-Mann.

„Er hat mich bei dem Heiratsantrag erpresst", gebe ich ganz ruhig zur Antwort.

„Wie bitte?", antwortet er entsetzt. „Er hat dich erpresst?" Ich fasse es nicht. Was hat er denn gesagt?"

„Dass er mich heiraten will."

„Und warum sagst du trotz der Geschichten ja?"

„Möchte ich nicht drüber reden."

„Du erzählst das alles und willst mir nicht sagen, womit er dich erpresst hat?"

„Nein, will ich nicht."

„Ok. Also du hast ihn geheiratet und willst mir nicht sagen warum - ok."
Irgendwie kommt er mir atemlos vor. Wahrscheinlich hat ihn diese Geschichte schon sprachlos gemacht. Wenn es nicht so wehtun würde, könnte ich lachen. Lachen über mein Leben, meine Eltern, Familie, Arbeit, Sex und meinen Ehemann. Ein Mann, dem man Vertrauen sollte, von dem man ein Versprechen bekommen hat. Nun aber erwidere ich mit gefasster Miene: „Wie du hörst ist es mir nicht besonders ergangen. Tue mir einen Gefallen und geh immer mit mir den Weg der Wahrheit."

„Ich hab keine Wahrheit. Ich weiß nicht was morgen ist. Meine Frau tut mir weh und das wegen weitaus weniger." Er reibt sich die Augen, setzt sich wieder gerade hin. Scheinbar hat ihn bis jetzt alles berührt.

„Ok Mark. Lass uns einen Deal machen: Keine anderen Frauen, keine anderen Männer solange wir uns sehen. Es gibt nur eine einzige Ausnahme und die ist deine Frau. Wenn Sie wieder zurück-

kommen möchte oder du dir die Mühe machen
möchtest, sie trotz allem wieder zu bekommen,
werfe ich das Handtuch. Ich lasse dich ohne wenn
und aber sofort deiner Wege ziehen. Mit allem
anderen jedoch, kann ich nach meinen Erfahrungen nicht mehr leben. Ich brauche einen, einfach
nur einen einzigen und vor allen Dingen keine
Spiele mehr und keine Lügen."
Er steht auf, kommt auf mich zu und küsst mich
mit seinen weichen Lippen auf meinen Mund.
Dann geht er ins Bad. Bestimmt will er nur Zeit
schinden denke ich mir, doch sobald er fertig war,
kommt er raus, schenkt uns Weißwein nach und
küsst mich wieder. Immer intensiver. Erst bin ich
total erstarrt und in meinen Erzählungen gefangen, bis sich ein abgrundtiefer Seufzer löst und
ich ihn fest in die Arme nehme. Seinen Kuss genieße ich einfach nur, alles andere werden wir
gleich oder morgen oder irgendwann festlegen.
Einmal mehr falle ich in seinen Armen auf mein
Bett, verknote meine Beine mit seinen und öffne
meine Seele. Aus irgendeinem unerfindlichen
Grund fühle ich mich zu ihm bedingungslos hingezogen.

Um kurz nach Elf verabschiedet Mark sich von
mir mit einem zärtlichen, weichen Kuss.

„Wir sehen uns! Schlaf gut", flüstert er mit etwas
belegter Stimme. Ich schließe die Tür hinter ihm,
lehne mich daran und fasse an meinen Mund.

Seine Lippen kann ich immer noch spüren, genauso wie seine Zunge und seinen warmen Atem. Wieso nur fühle ich mich so zu ihm hingezogen? Warum kann ich ihn so unglaublich gut riechen? Wo ist in diesen ganzen Stunden mein Verstand geblieben? Ich wollte nicht so viel Zeit mit ihm verbringen. Ich wollte nichts von meinen ganz privaten Sachen erzählen und schon gar nicht, dieses Gefühl für die Situation oder auch für ihn haben. Was ist nur mit mir los? Von Anfang an wollte ich mich bewusst auf nichts und niemanden mehr einlassen. Lediglich mein eigenes Leben leben, eigene Wünsche und eigene Wege gehen. Warum hab ich ihm das von Ralf erzählt? Ich glaub es nicht. Ich seufze, und fahre mir mit den Händen durchs Gesicht. Immer noch stehe ich an meinem Platz hinter der Tür und kann nicht glauben, was für eine Eigendynamik diese Situation heute hatte. Fast als ob mich irgendetwas antreibt, ihm alles von mir auf dem Silbertablett zu kredenzen.

Ich stoße mich von der Tür ab und schmeiße mich auf mein kuscheliges Wasserbett. Auf der Seite gedreht betrachte ich die Muster der Bettdecke, des Fußbodens und das ganze Zimmer aber ohne etwas wirklich wahr zu nehmen. Meine Gedanken driften zu der Zeit mit meinem Ex-Mann. Wie wir gewohnt haben, wo ich gearbeitet habe. Wie viel ich dafür getan habe um einen vernünftigen Abschluss zu haben und mein eigenes Geld zu verdienen. Im Grunde bin ich so eine starke Frau, dass ich mich selber dafür schäme ihm so oft so viele Gefallen getan zu haben. Immer und immer wieder habe ich geglaubt, zu prüde zu sein. Oder eine Spielverderberin. Im Leben hat mir keiner erklärt, wie unterschiedlich die Menschen für einander fühlen können oder wie gerne man mit dem einen Partner etwas macht und es sich niemals im Leben mit jemanden anderen vorstellen könnte. Wie anders mein Gefühl jetzt mit Mark ist. Es ist so anders… meine Gedanken driften immer weiter ab, bis ich wieder in meiner Ehe mit Ralf stecke, mich wieder in einer Situation befinde, die schmerzt. Ich sehe genau vor Augen, wie wir in der Küche am Tresen sitzen und frühstücken. Er würde bald Geburtstag haben und ich frage ihn, ob er sich etwas wünscht oder ich ihn überraschen soll. In diesem Jahr habe ich eine gute Idee und freue mich, dass er sich wahrscheinlich wie jedes Jahr wieder überraschen lassen will. Doch dieses Mal hat er einen eigenen Wunsch. Er war schon vor der Äußerung so vorsichtig in seiner Gestik und Mimik, dass ich Sorge bekommen habe, was kommen würde. Mit festem Blick habe ich ihm in die Augen gesehen…

‚Ähm ich würde mir wünschen, dass wir noch mal etwas ganz neues ausprobieren.‘ Er räuspert sich nervös ‚Du kennst doch die Annette von der

Tankstelle… Also ja mit der habe ich in letzter Zeit ein bisschen gequatscht…' seine Augen huschen unruhig durch den Raum bis er wieder Worte findet ‚Sie ist doch allein und da hab ich sie mal gefragt ob sie Lust hätte mit dir und mir einen Abend zu verbringen.'

‚Ja ist doch gut. Dann feiern wir zusammen.'

Er wird zusehends unruhiger ‚Ähm ich dachte daran mit ihr und dir intimer zu werden…'

‚Intimer?' Von jetzt auf gleich schießt mir Hitze durch den Körper und es fröstelt mich. ‚Du willst einen Dreier?' die Mitteilung seines Wunsches, nämlich einen Dreier mit einer ganz bestimmten Frau, fühlte sich an wie eine Ohrfeige.

‚Ja äh, da hätte ich Lust drauf. Ich hab Annette jetzt so oft gesehen und sie ist wirklich in Ordnung. Irgendwie sind wir Freunde geworden und sie würde gerne so etwas ausprobieren.'

Meine Stimme ist leise und ungläubig ‚Heißt das du hast schon mit ihr gesprochen?'

‚…hmm ja irgendwie schon. Sie wollte nur deine Zustimmung erst hören und sich dann mit uns auf einen Kaffee treffen.'

Ich bin sauer. Fassungslos und entsetzt lasse mir aber nichts anmerken. Wie praktisch das er sich seinen Wunsch als Geburtstagswunsch erfüllen lassen will. Damit ist der schwarze Peter definitiv auf meiner Seite.

‚Ralf warum denn mit ihr? Lass uns doch zusammen jemanden finden.'

‚Sie findet mich gut. Es schmeichelt mir, dass sie mich für einen tollen und gut aussehenden Mann hält…' er windet sich nach seinen Worten weil er genau weiß, wie sehr er mich gerade verletzt. Seine Liebe ist nicht groß genug um mich zu schützen. Nein seine Liebe erwartet von meiner Liebe ihm diesen Gefallen zu erfüllen.

In seinen Augen war abzulesen, dass er meine Gefühle kennt und dennoch meint er unverblümt

‚…Nine du brauchst mir kein schlechtes Gewissen machen. Du hast gefragt was ich mir wünsche und ich habe es dir gesagt. Wenn du keinen Bock darauf hast fahre ich jetzt runter zu Annette und sage ihr ab.'

‚Absagen? Heißt das, es steht schon alles?'

‚Jetzt frag doch nicht so doof. Klar steht alles sonst hätte ich dich nicht gefragt.'
In dem Moment wurde mir klar, dass es ihm egal war ob ich vorgab eine Person seiner Wünsche zu sein oder ob ich ich selber war.

Ich spreche mir Mut zu und sage ‚In Ordnung. Dann versuchen wir es.'

Im selben Moment erstrahl sein ganzes Gesicht. Voller Eifer steht er auf, ruft sie an und teilt ihr die freudige Botschaft mit. Bis dahin war mir gar nicht klar, dass er ihre Nummer hat. Mir gefriert der Magen. Er war mein Ehemann, hatte ihre Nummer, mit ihr schon alles ausgemacht und grinste über das ganze Gesicht.

Mir war es wichtig, ihm niemals zu zeigen, wie scheiße ich die ganze Aktion fand. Für mich war er ein Verräter.

Auf meinem Bett liegend habe ich wieder exakt diesen Abend mit Annette vor Augen. Nach dem Abendessen konnte mein Mann es überhaupt nicht erwarten, dass es los ging. Er hatte auch keinerlei Hemmungen es in unserem Ehebett statt finden zu lassen. Anfangs waren beide noch schüchtern und darauf bedacht mich mit einzubeziehen aber nach schon relativ kurzer Zeit haben sich die beiden so ziemlich alleine vergnügt. Ich sehe vor meinem geistigen Auge, wie sie die Beine breit machte und er in sie eindrang. Er genoss es, schaute während dessen zu mir und streichelte mich ganz kurz. So kurz, dass es noch nicht einmal den letzten kleinen Funken in mir zum Glühen bringen konnte. Er war so konzentriert auf Annette, dass ich zur Zuschauerin wurde. Ich sah beide vor mir und fand es zum kotzen. Sie stöhnte, er stöhnte und ich blieb wieder einmal komplett auf der Strecke. Um die Fassade zu wahren versuchte ich mich noch einmal etwas halbherzig an der Geschichte zu beteiligen aber innerlich war ich völlig unberührt. Beide hatten ihren Spaß und mir wurde damals einmal mehr klar, dass ich von meinem Lebenspartner enttäuscht war.

Heute ist mir bewusst, dass ich mich zu sehr verbogen habe. Heute weiß ich, dass ich ihn noch nicht einmal so gut riechen konnte wie Mark. Ihn nicht so gerne geküsst habe wie Mark und schon gar nicht so ein intensives Körpergefühl zu ihm hatte, wie zu Mark. Und das alles nach so kurzer Zeit. Ich habe Angst. Vor meiner Zukunft, vor meinen Gefühlen, vor meinem Leben und inzwischen auch vor Mark.

## 6

Mark ist witzig, humorvoll und hin und wieder auch etwas übermütig. Wenn er bei mir ist, habe ich seine Aufmerksamkeit zu hundert Prozent. In mir drin tobt jeden Tag ein neuer Kampf. Einerseits möchte ich ihm nicht vertrauen, mich ihm nicht öffnen und keine feste Beziehung mit ihm haben, weil ich gerade erst wieder mein eigenes Leben entdeckt habe. Andererseits kommunizieren wir auf einer zwischenmenschlichen Ebene, die nicht alltäglich zu finden ist. Es ist sowieso schon faszinierend, wie gut sich unsere Körper ergänzen, wie viel Freude wir an Sex haben und daran den anderen einfach zu betrachten. Außerdem ist es aber auch noch so, dass vieles zwischen uns niemals irgendwelcher Worte bedurft hätte.

Instinktiv haben wir unsere Handlungen aufeinander abgestimmt. Verstehen Gesten, Blicke und das miteinander Schweigen. Und dennoch fechte ich jeden Tag einen neuen Kampf aus. Was ist denn, wenn seine Frau mit der Kleinen auf einmal wieder auf der Matte steht? Was wenn er wieder zu ihr zurück geht? Wie lange will ich den Lückenbüßer spielen? Natürlich schwärmt er von mir; alles was neu ist, ist interessant. So cool ich ihm gegenüber auch erscheinen möchte, sitzt mir seine Ehefrau doch ständig im Nacken. Am

Liebsten würde ich ihm ein Ultimatum setzen, ihn zwingen sich zu entscheiden. Aber gleichzeitig bin ich mir darüber im Klaren, dass das nur aus einem Machtgehabe heraus entstehen würde. Ich will ihm nichts vorschreiben und er soll es im Gegenzug auch nicht mit mir machen. Im Grunde habe ich Zeit. Zeit die ich ihm und mir geben kann, miteinander zu wachsen. Situationen miteinander zu erleben, die unvergesslich bleiben. Wenn ich warten kann, spielt die Zeit vielleicht für mich. Trotzdem seine Frau mit ihm ein Haus gebaut hat, er eine Tochter gezeugt hat und mit seinem Vater in der Firma arbeitet, glaube ich ihn von mir beeindrucken zu können. Ich weiß, dass ich durch meine Lebenserfahrungen Stärke besitze, die es mit einem erwachsenen Mann dieser Art auf sich nehmen kann. Alles was ich brauche ist Geduld und Zuversicht. Das traue ich mir zu. Bewusst treffe ich soeben die Entscheidung mehr in die Konstellation Mark und Janine zu investieren.

Schon einen Tag später wurde ich mit meiner „Investition" auf die Probe gestellt. Ich erhielt einen geheimnisvollen Anruf von Mark, in dem er mich darum bat, mir ein langes Wochenende Urlaub zu nehmen, weil er eine Überraschung für mich hätte. Das Gefühl wirklich gar nichts zu wissen war neu. Fast schon befremdlich. Trotzdem gehe ich zu meinen Vorgesetzten, bitte um

Urlaub mit der Begründung über meinen Geburtstag bei meiner Schwester zu sein und bekomme ein Einverständnis. Meine Schwester Rachel hat natürlich im Traum keine Ahnung davon, mein Alibi zu sein. Aber Becki muss ich unbedingt fragen, was ich machen soll.

„Hi Nine! Schön dich zu hören."

„Dito. Wie ist die Lage?"

„Welche? Die Arbeitslage? Die Eltern-Lage? Die Sascha-Lage?"

„Äh, keine Ahnung. Alle?!"

Sie gackert los: „Quatsch, war nur ein Scherz. Was gibts?"

„Kannst du reden? Wie viel Zeit hast du?"

„Ja passt. Schieß los!"

In den nächsten Minuten schildere ich ihr, wie ich mich mit Mark versöhnt habe, dass ich mich entschieden habe, mich ihm zu öffnen und dass er nun eine Geburtstagsüberraschung für mich hat, von der ich keine Ahnung habe, was es beinhaltet.

„Was ist, wenn er mich kidnappt?"

Wieder gackert sie los. „Du hast echt einen

Knall!" und gackert immer weiter. „Hey Janine, du glaubst doch nicht wirklich, dass ein Familienvater, der für die Versicherungen deines Arbeitgebers zuständig ist, dich kidnappen würde." Sie macht immer noch so doofe Lachgeräusche bei denen ich mich total behämmert fühle.

„Bist du fertig? Mann, ich kenne diesen Typen überhaupt nicht. Stell dir mal vor, was alles mit Ralf abgegangen ist. Meinst du ich habe Lust wieder irgendwelche miesen Überraschungen irgendwo am Ende dieser Welt zu erleben? Und woher willst du wissen, wo du mich finden kannst?"

„Meinst du das jetzt ernst? Du hast Angst davor, was passiert?"

„Ja, Mann. Klar!" Ich bin total entrüstet, dass sie mich so durch den Kakao zieht. Ich kann mich einfach nicht in die Hände von einem fremden Mann begeben, ohne zu wissen was rechts und links ist. Ruhiger sage ich: „Becki, bin ich wirklich so verkorkst? Kann ich ihm nicht einfach sagen, dass du unbedingt wissen willst wo es hin geht, damit du immer weißt, wo du mich findest?" Ich weiß, ich höre mich verzweifelt an aber so viele Variablen kann ich nicht ertragen.

„Janine, nicht alle Männer sind wie Ralf. Er wird dich hoch halten und auf dich aufpassen. Aber wenn du willst, gib mir seine Nummer und ich verpasse ihm eine Ansage."

„Nein, bloß nicht. Hinterher hast du noch seine Frau oder irgendeine Angestellte am Telefon. Ich werde ihm schreiben und bitten mich anzurufen."

„Mach das, wenn es dich beruhigt. Aber ganz ehrlich, du könntest dich ruhig einfach überraschen lassen."

„Ne, ist mir noch zu frisch."

„Ok. Ich verstehe dich, auch wenn ich lache." Wir floskeln noch ein wenig rum, dann verabschieden wir uns.


Mark findet meine Rückfrage ebenso amüsant. Er zieht mich auf eine Art auf, die mich stark an meine Schwester erinnert und mich ernsthaft fragen lässt, ob die beiden vielleicht unter einer Decke stecken. Letzten Endes jedoch verrät er mir, dass er mit mir zusammen nach Sylt fahren möchte.

„Sylt?! Wie ist es dort?"

„Du warst noch nicht dort?"

„Nein noch nie. Meine Mutter und Opa und Oma kommen alle aus Wilhelmshaven. Wenn wir zusammen Urlaub gemacht haben, dann immer dort oder in Jever. Manches mal auch Norderney. Aber andere Reisen konnten sich meine Eltern nicht leisten."

„Ok. Dann wird es dir gefallen. Meine Eltern sind mit meinem Bruder und mir schon oft dort hin gefahren. Ist zwar eine kleine Strecke, aber die Aussicht und die Dünen lohnen sich."

„Du hast noch einen Bruder?"

„Ja klar. Ich dachte, das wüsstest du. Wenn du ihn kennen lernst, verliebst du dich bestimmt sofort in ihn."

„Hä, wieso sollte ich?" Mir kommt es total befremdlich vor, dass mein quasi Freund, mir so etwas sagt.

„Er sieht fast aus wie Tom Cruise!"

„Ja und? Ich verliebe mich auch nicht in Brad Pitt oder George Clooney!"

„Nicht? Ich dachte alle Frauen finden diese Typen toll."
Ich bin mir langsam nicht mehr sicher, ob er mich jetzt auf die Schippe nimmt oder ob er tatsächlich der Meinung ist, dass man sein Leben nach einem Superstar ausrichtet.

„Naja, vielleicht treffen wir einen auf Sylt, dann kannst du uns ja verkuppeln."
Am anderen Ende der Leitung ist es still. Ich grinse und versuche nicht laut zu lachen. Mann, der ist mir ja so was von leicht auf den Leim gegangen. Gut zu wissen. Innerlich freue ich mich und schmeiße meiner Rebellin einen Zwinker-

Smily zu. Das lässt sich bestimmt noch mal in der einen oder anderen Situation gebrauchen.

„Hey, das war ein Scherz! Und deinen Bruder kannst du auch behalten."

„Dachte ich mir schon." Er ist auf einmal kurz angebunden. Mit einem Mal steht im Raum, wie offen zwischen uns beiden immer noch alles ist. Wir organisieren, wann und wo wir uns treffen um nach Sylt zu fahren und beenden bald das Gespräch.

In den kommenden Tagen sehe und höre ich ihn so wenig, dass es mir vorkommt, er würde absichtlich wieder eine Distanz zwischen uns bringen um unserer Beziehung, die keine ist, wieder die Ernsthaftigkeit zu nehmen. Ich verfalle von Tag zu Tag nicht in Freude, sondern in einem Gleichgültigkeitsmodus. Wenn es passt, dann passt es und wenn nicht, werde ich tatsächlich meine Schwester überraschen.
Am Mittwoch wundere ich mich schon, dass wir uns drei Tage nicht gesehen und kaum gesprochen haben. In mir wächst immer mehr der Verdacht, dass er sich mit seiner Frau und seiner Tochter wieder versöhnt hat und mit denen diese Zeit auf Sylt verbringen wird. Abends klingelt mein Telefon und Mark ist dran.

„Ja, hi! Ich bin's", meldet er sich.

„Hey, wie geht es dir?"

„Bin gerade bei einem Kumpel und trinke mit ihm ein paar Bier."

„Ok. Also gehts dir gut." Meine Stimme klingt nüchtern. Ohne Emotionen und ohne einen Hauch von Hinweis darauf, was ich in den letzten Tagen in meinem Kopf für Szenarien durchgespielt habe.

„Ja ganz ok. Und schon alles eingepackt?" Sein Stimme hört sich lallend an. Bestimmt hat er schon einen sitzen.

„Ach das Packen. Wenn ich wüsste was ich mitnehmen soll. Irgendwie finde ich, meine Kleidung passt nicht zu deiner."

„So ein quatsch! Im Urlaub ist man um sich wohl zu fühlen." Er sagt das so überzeugt, dass ich ihm fast schon glaube, dass auch er in einer Jogging Hose irgendwo hingehen würde.

„Pack einfach ein paar Blusen und Hosen ein, dann bist du fertig."
Während er das sagt stehe ich vor meinem offenen Kleiderschrank. Ich habe sage und schreibe eine Bluse. Jetzt wird es schwierig.

„Ok mache ich. Und Mark?"

„Ja, was denn?"

„Heißt das du wirst mit mir zusammen nach Sylt fahren?"

„Hä? Klar. Hab ich doch gesagt."

Ich grinse von einem Ohr zum anderen. „Schön. Ich freue mich auf unsere Zeit." Von ganzem Herzen sogar, würde ich ihm am liebsten noch sagen, aber statt dessen verabschiede ich mich und lege auf. Mir ist es lieber, er merkt nicht, wie sehr ich ihn vermisse.

Wieder sehe ich in meinen Kleiderschrank. Wenigstens habe ich alles gewaschen und gebügelt. In Gedanken gehe ich durch, welches Oberteil auch mit Tuch gut aussieht, was ich in vier Tagen alles brauche und was Mark vielleicht vergessen haben könnte, ich aber dafür eingesteckt habe. So verbringe ich meinen Abend, mit Vorfreude auf meinen kurzen Trip mit meinem Freund, der nicht mein Freund ist. Zumindest nicht, wenn seine Ex-Frau ihn wieder haben will. Meine Rebellin ohrfeigt mich rechts und links. Sie ist der Meinung ich sollte mit diesen blöden Gedanken aufhören und mich auf morgen freuen. Einmal mehr ist sie mein Fels in der Brandung.

In meiner aufgesetzten gleichgültigen Art wäre ich sogar bereit, ihm jetzt wieder einen Laufpass zu geben. Ich bräuchte mir nicht mehr Gedanken darüber machen, was mit seiner Familie ist und er wäre mich los geworden ohne großes Tamtam. Doch innerlich sagt mir irgendetwas, dass ich das sein lassen soll und ihn für mich zurückgewinnen muss.

Im Auto ist es still. Mark fährt und schaut schon seit über einer Stunde so konzentriert auf die Straße, dass ich mich gar nicht traue ihn anzusprechen, geschweige denn anzufassen. Durch diese Monotonie verfalle ich meinen eigenen Gedankengängen. - Was, wenn er mich eigentlich gar nicht dabei haben will? Vielleicht bin ich nur der Ersatz? Oder ihn nervt es, dass er keinen Rückzieher mehr machen kann, weil er mich schon gefragt hat? Ich steigere mich immer mehr in diese negative Idee hinein, dass dies nicht ist, was er wollte. Doch es wäre mir zu wider nur der Lückenbüßer zu sein. So beschließe ich mit meiner Rebellin zusammen, ihn von uns fasziniert zu machen. Kein einfaches Spiel, wenn man jedoch an der wahren Persönlichkeit bleibt und davon nur die guten, witzigen, spontanen und ein wenig kindlich verrückten Seiten präsentiert, ist es meist eine Mischung, die Neugier weckt. Mit neuer Entschlusskraft drehe ich meinen Kopf und sehe ihn an. Er ist immer noch so ernst und still, dennoch schaue ich ihn weiter an. Danach folgt ein riesiges Grinsen. Ein echtes! In meinem Kopf, Bauch und Herzen freue ich mich hier zu sein. Ich will mit ihm weg und ich will, dass er mit mir weg will, also zeige ich ihm mein strahlendstes Lächeln. Er blickt zur Seite und sieht mein Grinsen.

„Was ist?", fragt er mich mit einem kleinen Hauch von Unsicherheit.

„Nichts!", erwidere ich ganz enthusiastisch. „Ich freue mich."

„Worüber?"

„Wegzufahren. Mit dir Zeit zu verbringen. Einen anderen Ort zu entdecken. Neben dir zu sitzen. Ach, und noch so ein paar andere Dinge." Meine Erwiderung fasst nicht mal annähernd zusammen, wie viel mir dies alles bedeutet. Sollte ich ihm dies jedoch jetzt oder bald anvertrauen, wird er mit Sicherheit in Null-Komma-Nichts das Weite suchen.

„Du freust dich?"

„Natürlich! Das ist der Oberhammer. Bis soeben habe ich gar nicht geglaubt, dass du wirklich mit mir weg fährst."

„Wieso das denn nicht? Ich hab dich doch gefragt."

„Ja klar. Aber da sind noch Frau und Kind."

„Stimmt. Wenn ich dich jedoch nicht dabei haben wollen würde, hätte ich dich auch nicht gefragt." So entschlossen und unternehmungslustig habe ich ihn bisher noch nie empfunden. Vielmehr hatte ich den Eindruck ein Zeitvertreib zu sein. Vielleicht auch eine nette Ablenkung. Aber mit Sicherheit hatte ich noch nicht das Gefühl in seiner ideenreichen und disziplinierten Welt einen kleinen Platz zu besitzen.

„Das ist ja interessant." Wieder ein riesiges Lächeln in meinem Gesicht. „Bedeutet das, dass du immer sagst, was du meinst?"

Er schaut mich an. „Komische Frage. Klar sage ich, was ich meine."

„Es gibt so viele Menschen, die die Wörter der deutschen Sprache verwenden und einen ganz anderen Sinn da rein implizieren. Ich liebe Rhetorik und den richtigen Gebrauch von Worten. Also ich mache keinen Scherz. Mir ist es nur noch nicht oft passiert, dass der Gegenüber genau über das nachdenkt, was er sagt und tut."

„So gesehen hast du recht. Ich bin nicht anders. Bis jetzt gerade hätte ich das so nicht unbedingt in Worte gefasst, aber mir ist es wichtig ein Mann der Taten zu sein."

„Der Taten? Wir haben doch gerade von Rhetorik gesprochen."

„Ja, ganz genau. Viele reden und reden, handeln aber niemals oder später irgendwann mal. Ich rede, wenn ich weiß, dass ich handeln will und kann. Andernfalls spreche ich nicht drüber."

„Redest du darum so wenig?"

„Wieso wenig? Wir reden doch schon die ganze Zeit."

„Die ganze Zeit? Ich habe fast eine Stunde neben einem schweigsamen und ernsten Mann gesessen."

„Echt? Na ja, beim fahren muss ich mich eben konzentrieren."

„Konzentrieren?"

„Ja! Man muss immer für alle mitdenken."

Ich grinse ihn an, er grinst zurück. Mein Gefühl ist in diesen paar Minuten bis in den Himmel gestiegen. Meine Gedanken sind mal wieder mit mir Achterbahn gefahren. Alles nur halb so schlimm. Mein starkes Gefühlsleben bringt mich das eine oder andere Mal wirklich ins Schwitzen, heute jedoch beschließe ich meiner romantischen und verträumten Seite etwas mehr Raum zu schenken.

Unsere Ankunft ist leider im Dunkeln. Dann muss Mark zu einer Häuserreihe fahren um uns einen Schlüssel zu besorgen. Trotzdem ich allem aufgeschlossen sein will, kann ich diesem Ort hier bisher noch überhaupt nichts abgewinnen. Klar, es ist super cool mit dem Autozug auf die Insel zu fahren, aber die Insel selbst sieht bis jetzt aus, wie jede Stadt. Ich verbiete mir selbst so zu denken und weise meine Rebellin zurecht, mal wieder etwas umgänglicher zu sein. Schließlich kann ich nicht davon ausgehen, dass alle so sind wie mein Ex-Mann oder meine Eltern.
Nach ungefähr 10 Minuten kommt Mark endlich wieder zur Tür raus und auf unser Auto zu. Beim Einsteigen meint er: „Jetzt ist es nicht mehr weit."
„Nicht mehr weit? Wieso, gehts noch weiter?"
„Klar! Hast du gedacht in so einem Haus will ich bleiben? Das hier sind nur Verwalter. Die geben an alle Urlauber die Schlüssel raus und kümmern sich um das Aufräumen etc."
„Ach so", entfährt es mir total erleichtert. „Ähm. Ich wollte nicht undankbar sein, fand die Gegend aber nicht besonders einladend."
„Wart es nur ab", meint er grinsend.

Wie es aussieht, bin ich ihm total auf den Leim gegangen. Letzten Endes parkt er vor einem richtig süßen kleinen friesischen Häuschen. Die Dächer sind alle reetgedeckt, die Gartenpflanzen schützen die Nordseiten und drum herum sieht man Buchs, Hortensien und viele andere schöne Büsche.

„Wow! Wie schön!", entfährt es mir.

„Ja, oder? So oft ich schon hier war, ist es mir trotzdem noch nie genug gewesen."

„Es ist traumhaft. Und alles so urgemutlich." Ich bin wirklich begeistert. Im Leben hätte ich nicht damit gerechnet, dass eine Urlaubs-Miet-Wohnung so eingerichtet sein könnte. Es ist alles so stilvoll, dass ich mich einerseits wie in einem gemütlichen liebevollen zu Hause fühle und andererseits sofort denke, dass ich nicht gut genug hierfür bin. Vielleicht nicht mein Charakter, aber mein eigener Stil. Was, wenn ich nicht gebildet genug bin? Oder was, wenn ich mit meinen Anziehsachen total daneben aussehe? Leise gehe ich von Raum zu Raum. Es ist definitiv traumhaft. Irgendwie muss ich es schaffen, in dieser Zeit nicht wie die letzte Idiotin auf ihn zu wirken. Na ja, vielleicht klappt es, wenn ich mir immer ein Beispiel an ihm nehme.

Schon nach dem ersten Tag wird mir klar, dass mal wieder mein starkes Gefühlsleben mit mir durchgegangen ist. Mark ist nicht irgendein Schnösel, der einen auf Wichtig machen will. Er kleidet sich sportlich schick, ist umgänglich und witzig. Mir fällt es leicht mich zu kleiden, neben ihm zu sein und mich wohl zu fühlen. Und genau das ist es, was mich immer wieder aufs Neue erstaunt. Zu keiner Zeit habe ich das Gefühl, nicht hier sein zu wollen oder mich für ihn verbiegen zu müssen. Es ist als ob unser innerer Radar aufeinander abgestimmt ist. Mal brauchen wir Ruhe, mal Witz, mal Wellness. Dann mal wieder frische Luft und einen Spaziergang. Wir lieben beide kulinarische Genüsse. Mark ist so ein Feinschmecker, dass er Speisen mit Gewürzen bis ins Detail erklärt. Wie sie zubereitet werden, wie sie gewürzt werden und wie man sie servieren sollte. In diesem Zusammenhang erfuhr ich, dass er gelernter Koch ist. Trotzdem es mich erstaunte, begriff ich jetzt woher er seine disziplinierte, aber auch ideenreiche Persönlichkeit her hatte. Seinen Schilderungen nach musste man als Koch nicht nur Stunde um Stunde zu jeder Tages- und Nachtzeit seinen Dienst antreten, sondern immer in Perfektion arbeiten. Er hatte das Glück und Pech zugleich strenge, maßregelnde Personen über sich zu haben, welche immer eine Gelegenheit gefunden haben, ihn zu ärgern und zu triezen. Jedenfalls beschloss er nach meinem neuen Erstaunen, mir das eine oder andere Mal etwas zu kochen und vielleicht sogar Kniffe und Tricks beizubringen. So vergehen die ersten zwei Tage. Wir lernen uns beide etwas besser kennen, genießen die Zeit richtig miteinander und zumindest meine Person hat zu keinem Zeitpunkt das Gefühl, nicht mit ihm zusammen hier sein zu wollen. Nur eins macht mir immer wieder zu schaffen. Der morgige Tag. Mein Geburtstag. Genau genommen mein 24. Geburtstag. Mit keinem Wort haben wir noch einmal von diesem Datum gesprochen. Ganz zu Anfang habe ich ihm den Tag genannt. Aber zu der Zeit sollte alles nur Spaß bedeuten. Was, wenn er morgen den Tag vergisst? Oh Mann! Oder wie soll ich erklären, dass ich ihn zum Essen einladen möchte? Keine Ahnung. Vielleicht sollte ich heute noch einmal Andeutungen machen? Andererseits wünsche ich überhaupt nicht, dass sich deswegen an diesem Tag auch nur irgendetwas ändert. Mir wäre lieber einen weiteren ganz normalen Tag mit Mark zu verbringen. Ich beschließe deswegen kein Wort darüber zu verlieren.

Aber wie ich nun einmal so bin, grinse ich schon beim Aufstehen. Zu dem Zeitpunkt konnte ich Mark noch erklären, dass es nur daher kommt, an so einem schönen Ort neben ihm aufzuwachen, was ja genau genommen auch stimmt. Ich habe eben nur weggelassen, dass es mein Geburtstag ist. Wir frühstücken und planen den Tag. Heute möchte er mir eine weitere schöne Ecke von Sylt zeigen, etwas Essen und Trinken gehen und später lieber mal mit mir einen Abend hier im Haus verbringen. Für mich klingt das super, wenn auch danach, dass er meinen Tag doch vergessen hat. Umso besser! Jetzt kann ich ihm mal etwas

runterkommen lassen. Wir laufen, lachen, trinken,
reden, essen und genießen die Zeit miteinander.
Überhaupt ist es ein Gefühl für einander geboren
worden zu sein. Die Vertrautheit nach so kurzer
Zeit auf so engem Raum ist für mich kaum nach-
zuvollziehen. Vielleicht hat er das schon einmal
erlebt, aber bewusst hat er sich hierzu noch überhaupt nicht geäußert. Jedenfalls haben wir einen
wunderschönen Tag hinter uns, liegen faul und
zufrieden im Bett und überlegen was wir noch im
Fernsehen schauen wollen. Mit einem Mal sieht
er auf die Uhr:
„Oh, ist ja schon kurz vor zwölf."
„Ja. Das macht doch nichts. Morgen haben wir
doch auch noch frei."
Trotz meiner Erwiderung steht er auf und geht
raus. Mein erster Gedanke ist, dass er sich bettfer-
tig machen will doch schon nach nach einer Minute ist er wieder zurück. In der Hand hält er ein
längliches Papp-Rohr, was sehr bedrohlich wirken würde, wenn nicht diese Schleifen darum
gewickelt wären.
„Oh nein! Was machst du?" Etwas beschämt und
auch grinsend sehe ich ihn an. Mir ist klar, dass er
rein gar nichts vergessen hat.
„Ich hab noch etwas für dich." Er reicht mir die
Rolle und setzt sich wieder mit ins Bett.
In diesen weißen weichen Betten versinken wir
mit samt des Geschenks. Innerlich schüttle ich
den Kopf und laufe rot an. Äußerlich grinse ich
und fange unbeholfen an, das Geschenk auszupa-

cken. Nach den Schleifen, folgt der Deckel, hiernach eine Ladung Bonbons, danach eine Rolle Papier, ebenfalls mit einer Schleife drum. Als ich zum Schluss noch einmal das Rohr umstülpe, weil meine Hand mit Arm nicht rein passen, regnet es nur so von Bonbons und Schnuckekram.

„Ok?! Willst du mich dick machen?", frage ich grinsend.

„Nein. Ich brauchte etwas, um mein Geschenk einzupacken und mir viel nichts anderes ein."

„Dein Geschenk?"

„Ja, die Rolle hier." Er nimmt die kleinere Papierrolle in die Hand und reicht sie mir. Für einen Moment stelle ich mir vor, wie ich reagieren soll, wenn das nun ein Liebesbrief an mich ist. Ich kann mich nicht entscheiden, ob ich das gut oder schlecht finden würde. Während ich immer noch ein Grinsen im Gesicht habe (das habe ich ständig, wenn ich verlegen bin), öffne ich die Schleife und rolle das Papier auseinander. Meine Augen erfassen Bilder von anderen Orten, welche ausgeschnitten und aufgeklebt sind. Erst dann nehme ich die Worte auf. Die Überschrift lautet: Zeit zu Zweit.

„Mein Geschenk an dich ist, mit mir Zeit zu verbringen." Sanft streichelt er über mein Gesicht.

„Es fühlt sich gut an, dich bei mir zu haben. Ich fühle mich dadurch ganz anders, nehme mich selbst ganz anders wahr."

Ich lächle ihn an, konzentriere mich dann wieder auf dieses Blatt Papier. Wieder lese ich die Überschrift. Dann sehe ich die Bilder: Strand, Pool, Hotel und einen Sitzplan. Jetzt schaue ich genauer hin. Der Sitzplan ist von einem Flugzeug. Flugzeug?

„Flugzeug? Fliegen?" Irgendwie habe ich doch immer noch nichts verstanden. Er schaut mich an und wartet einfach nur darauf, dass ich alles lese und aufnehme. Wieder senke ich meinen Kopf. Noch einmal sehe ich seine Randnotizen. Inne im Sand mit ‚Das bist du' oder neben dem Foto vom Hotel ‚unser Reich' und auf dem Sitzplan des Flugzeuges sind Markierungen neben denen steht ‚…hier sitzen wir'

Noch immer habe ich es nicht richtig verstanden. Wieder fange ich an oben zu lesen. ‚Zeit zu Zweit' dann registriere ich darunter Buchungsbestätigungen von Mark und mir. Mein Name, Wohnort und Geburtsdatum und darunter steht es endlich schwarz auf weiß ‚Urlaub'. Ich lese weiter während mein Herz anfängt zu klopfen. Ich war erst zwei Mal im Urlaub, Mallorca und Hurgada. Jetzt vielleicht ein 3. Mal? Ich hebe den Kopf und lächle ihn an. Schon jetzt freue ich mich über das Geschenk obwohl ich den Inhalt noch nicht richtig begriffen habe. Ich umarme ihn stürmisch und küsse ihn. Dann höre ich wieder auf um weiter zu lesen.

Das Reiseziel ist Jamaika.

Obwohl ich es schwarz auf weiß vor mir sehe und meine Mimik nicht einen Zentimeter verrutscht, kann ich es doch nicht richtig glauben. „Heißt das, du willst mit mir in einen richtigen Urlaub?"

„Ja!" ruft er grinsend. „Klar, warum nicht?"

„Wir kennen uns doch gar nicht. Was wenn wir uns überhaupt nicht verstehen?"

„Wieso? Läuft doch gut hier."

„Hier?"

„Ja. Ich bin mit dir hierher gefahren um zu sehen, wie es mit dir im Urlaub ist. Für mich klappt es gut."

Ich strahle über das ganze Gesicht. Er fühlt sich auch wohl, jippie! „Ich finde es auch super. Dachte aber die ganze Zeit, das du vielleicht lieber jemanden anderen hier habe würdest."

„Ach Janine. Mach dir nicht immer so einen Kopf. Genieße einfach die Zeit. Wir sind jung und sollten unser Leben genießen. Ernst wird es sowieso noch oft genug sein."

„Also - ich freue mich riesig über das Geschenk aber ich kann es nicht glauben. Hier steht es ist im Februar, das sind noch 5 Monate. Was wenn dann alles anders ist zwischen uns? Was wenn du mich dann nicht mehr magst?"

„Ich mache dir doch nicht so ein Geschenk um dann einen Rückzieher zu machen. Du kannst mir schon glauben, dass ich mir das richtig gut überlegt habe. Wenn du jedoch nicht fliegen willst, dann sag mir ehrlich bescheid. Mit einer Umbuchung oder so könnte ich das früh genug noch ändern aber um es verfallen zu lassen ist es mir zu teuer." Irgendwie wirkt er enttäuscht. Vielleicht über meine Zweifel an ihm, vielleicht auch darüber, dass ich nicht bedingungslos begeistert über die Idee mit ihm zwei Wochen auf Jamaika zu verbringen bin.

„Hey, es tut mir leid. Dein Geschenk ist der Wahnsinn. Ich bin es einfach nicht gewohnt, dass es jemanden gibt, der mich so verwöhnt, wie du es tust. Natürlich möchte ich mit in den Urlaub!"

Ich umarme ihn, küsse ihn und versuche ihm mit meiner zärtlichen Nähe einen Eindruck meiner Gefühle für ihn zu geben. Es ist zu früh ihm zu sagen, wie sehr ich in ihn vernarrt bin aber mein Körper und meine Augen dürfen für sich sprechen. „Mark, du bist einfach der Hammer" flüstere ich ganz leise in sein Ohr. Er umarmt mich fester, küsst mich noch intensiver. Wir fühlen, was der andere denkt. Es ist schön miteinander und beieinander zu sein. Es fühlt sich immer mehr so an, als ob sich zwei sehr bekannt Seelen wieder zu einer getroffen hätten. Wir sind ernst und doch verspielt, wir genießen und probieren, wir lachen und toben - wir sind echt.

Langsam wird mein Bewusstsein wach. Ich registriere etwas Licht durch die Vorhänge und die weiche Bettwäsche. Um auf die Uhr zu sehen, müsste ich mich drehen aber dafür bin ich noch zu faul. ‚Oh, Urlaub auf Jamaika!' fährt es mir durch den Kopf. ‚Mark liegt neben mir' ist ein anderer Gedanke. Ich öffne meine Augen und betrachte seinen Hinterkopf. Er atmet ganz leise und scheint noch tief zu schlafen. Allein das ruhige und leise Atmen finde ich an ihm fantastisch. Wir können uns nebeneinander legen und keiner stört den anderen mit Schnarchgeräuschen oder Schnaufen, was auch immer. Ein kleines Lächeln umspielt meinen Mund, dann werde ich wieder ernst. Warum sollte er mir einen Urlaub auf Jamaika schenken? Was ist, wenn er wie Ralf immer noch irgendwelche extra Wünsche hat, für die ich mich verbiegen muss? Mein Gefühl wird richtig schlecht. Er liegt leise schlafend neben mir, so unschuldig. Dennoch kennen wir uns nicht wirklich. Für mich steht in jedem Fall fest, dass ich mich für jemanden anderen in dieser Form nicht mehr verbiegen kann. Es würde mich selbst zerstören. Ich drehe mich auf die andere Seite, betrachte das zusammengerollte Papier und lese mir noch einmal alles durch. Er hat es mit soviel Details angefertigt, dass entweder ich oder der Urlaub ihm viel bedeute. Ich bin mir mit meiner Rebellin einig, dass ich vor der Reise rausfinden muss, wieso er mir so ein Geschenk macht. Wie gerne würde ich jetzt eine rauchen, was jedoch hier neben Mark oder im Haus, selbst draußen vor der Tür undenkbar ist. Ich beschließe aufzustehen und zum Bäcker zu gehen, auf dem Weg kann ich rauchen und nachdenken. Meine Rebellin ruft mir leise zu, dass ich soeben angefangen habe, mich für ihn zu verbiegen. Sie würde hier rauchen, komme was da wolle. Ich argumentiere, dass Mark rauchen hasst und das es mir lieber ist, heute Morgen nicht direkt einen Streit vor dem Zaun zu brechen. Sie beharrt dennoch darauf, dass ich eigentlich gar nicht raus oder zum Becker möchte. Ok, dann ist es eben so. Ich ziehe mich trotzdem an.

Erst am Nachmittag ergibt sich endlich eine Gelegenheit, mit ihm zu reden. Nachdem wir in der Sansibar ein sehr gutes Essen zu uns genommen haben, sind wir zum Strand runter um ein par Meter zu gehen. Der Wind fegt uns um die Nase und es ist kalt. Vielleicht sind deswegen nur wenige Leute unterwegs. Ganz leise gehen wir beide nebeneinander her, genießen das Meer und die Sonne. Ich betrachte die Gischt, die Möwen und den Himmel. Mit dem Sand unter meinen Füßen wird mir klar, dass das hier soeben zu meiner Medizin geworden ist. Meine Seele regeneriert sich, meine Rebellin kommt zur Ruhe und ich finde endlich Zeit, mich Mark zu stellen.

Ganz unvermittelt frage ich: „Mark?“

Er sieht mich an: „Ja?!“

„Warum hast du mir diesen Urlaub nach Jamaika geschenkt?“

„Wieso? Willst du nicht?“ Er sieht verstimmt aus. Ein Indiz dafür, dass er keine Vorstellung von meinem inneren Krieg hat.

„Doch ich würde sehr gerne. Ich war noch nie so weit fort.“

„Dann passt es doch.“

„Kommt drauf an, was du von mir erwartest.“

„Von dir erwarten? Verstehe ich nicht?“

„Du lädst mich ein, trotzdem ich dir all die Dinge über mich verraten habe. Das ich verheiratet war, im Doll-House gearbeitet habe und mich zu meinem Vorgesetzten hingezogen gefühlt habe. Ich stelle mir die Frage, ob es für diesen Urlaub einen Grund gibt."

„Klar gibt es einen Grund. Wir verstehen uns gut und ich muss hier raus. Das ist der Grund, mehr nicht."

„Warum fliegst du dann nicht alleine?"

„Alleine? Was soll ich zwei Wochen lang machen? Jeden Tag eine andere Frau aufreißen? Oder mich betrinken?"

„Und was willst du dann mit mir machen?"

Er schaut mich an, als ob ich ein Knall hätte. „Na alles was Mann und Frau im Urlaub eben so machen."

„Mehr nicht?"

„Janine, ich verstehe dich gerade nicht. Was ist dein Problem?"

Rumdrucksen kann ich jetzt nicht mehr. Ich schaue zum Meer und rufe meine Rebellin hervor. Diese Situation kann ich ohne sie nicht durchstehen, eher würde ich einen Rückzieher machen. „Muss ich dir einen Gefallen tun, wenn ich mitkomme?"

„Hä? Einen Gefallen?"

„Ja. Irgendwelche?"

„Ich verstehe dich immer noch nicht." Er schaut mich an und sieht wirklich total verwirrt aus. Seine Augen sind so offen und klar, dass ich langsam zu glauben beginne, dass er mich wirklich ohne jegliche Hintergedanken mitnehmen wollen würde.

„Bisher war ich zwei Mal im Urlaub. Mit meinem Ex-Mann. Das erste Mal sind wir nach Mallorca geflogen. Dort hat er mir mitgeteilt, dass er eine Gruppe Männer auftun will, mit denen ich einen Gang-bang haben sollte. Es gab Streit, weil ich mich geweigert habe. Den zweiten Urlaub habe ich ebenfalls mit meinem Mann verbracht. Er suchte Hurgada aus, weil ich schon immer von Ägypten fasziniert war. Schon vorher erklärte ich, dass ich auf keinen Fall irgendetwas von seinen Sexfantasien hören wollen würde. Wir flogen dort hin und ab dem ersten Tag begann er auf mich einzureden, wie alle mich ansehen würden, mit meinen blonden langen Haaren, ob ich nicht doch Lust hätte mit jemandem dort etwas Spaß anzufangen und so weiter. Er hat es sogar so weit getrieben, dass er es vor anderen gesagt hat, sodass ich nur noch abhauen konnte."

„Was? Nein! Niemals würde ich von irgendeiner Frau verlangen, fordern oder mir wünschen, dass sie mit anderen Männern irgendetwas anfängt. Was war das für ein Typ, dein Mann? Und wie kommt er überhaupt auf die Idee, dir zu sagen, dass du das tun sollst?"

„So wie du auch kommen könntest."

Wieder schaut er mich total verwirrt und perplex an. „Ich soll auf so eine Idee kommen? Warum?"

„Weil ich dir vom Doll-House erzählt habe."

„Was hat das damit zu tun?" Jetzt ist er schockiert, starrt mich gerade heraus an. „Hast du dort etwa doch mehr gemacht als nur für Geld zu tanzen?"

„Quatsch! Nein, natürlich nicht!" Oh mann, dieses Gespräch ist so scheiße. Irgendwie läuft es überhaupt nicht auf einer Wellenlänge ab. Jetzt muss ich von mir erzählen, mehr preisgeben, als ich wirklich will.

„Dann erzähl mir, wie du überhaupt dazu kommst, dort zu arbeiten. Und wieso haben deine Eltern nichts dagegen gesagt oder getan? Was ist mit deinen Geschwistern? Und dein Ex-Mann, wie stand er zu deinem Job?"

Mein Blick schweift über das Meer, beobachtet eine Möwe die plötzlich aufkreischt. Der Wind fegt mir in die Haare und lässt mich tief einatmen. ‚Am Besten einfach raus mit der Geschichte‘, denke ich mir. ‚Nur wo anfangen?‘.

Mark bemerkt mein Zögern. „Janine, wir haben Zeit. Wir gehen einfach immer weiter hier den Strand hinauf. Irgendwann kommen wir zur nächsten Gaststätte und können einen schönen Tee mit Kluntje trinken. Und wegen mir musst du dir keine Sorgen machen. Alles was du mir erzählst, bleibt auch unter uns."

‚Ja klar, so weit so gut. Nur, dass du dann auch deine Meinung über mich ändern wirst‘, denke ich für mich. Es ist ein innerer Kampf, denn wofür öffne ich mich ihm? Vielleicht verurteilt er mich nicht, aber dann kommt irgendwann doch wieder seine Frau und will mit ihm zusammen sein? Oder bin ich nur ein Zeitvertreib, der zwar interessant ist, aber eben nicht lebensnotwendig? Gerade will ich mich immer tiefer hineinsteigern als mir meine Rebellin gegen die Schulter boxt. ‚Hey vergiss nicht, dass du nichts zu bereuen hast. Dein Ex war der Idiot und deine Eltern waren diejenigen, die dich im Stich gelassen haben.‘ Bevor ich noch einen Rückzieher machen kann, fange ich an zu reden. „Das einfachste ist, ich fange damit an, wie ich überhaupt dort hingekommen bin.

Meine Eltern haben sich nach 25 Jahren scheiden lassen. Anfangs haben meine drei Geschwister und ich noch bei unserer Mutter gelebt. Ich war 14 als sie mir meine Sachen in gelben Säcken vor die Haustür gestellt hat. Meine Lieblingsschwester wurde damals runter geschickt, um mir mitzuteilen, dass ich meinen Vater anrufen sollte um bei diesem zu wohnen. Der Wechsel war einerseits leicht und andererseits auch wieder nicht.“ Mitten drin stockt mir meine Stimme. Es ist, als ob es heute wäre, als mir meine Herz-Aller-Liebste-Schwester sagte, dass sie keinen Kontakt mehr mit mir will, weil ich sie im Stich gelassen hätte. Mein Herz schlägt so wild, dass ich es in meinem Kopf hören kann. Ich will hier und jetzt vor Mark nicht weinen. Ich will stark sein. Ihm zeigen, dass ich zu meinen Entscheidungen stehe. Etwas leiser erzähle ich weiter:

„Mir fehlten meine Geschwister, und meine Stiefmutter war eine eben eine Stiefmutter. Immer wenn es darauf ankam war sie nett und zuvorkommend. Aber zu anderen Zeiten war sie richtig eklig. Mir wurden Dinge unterstellt, die ich nie getan habe, habe dafür Strafarbeiten erledigt und wochenlangen Hausarrest bekommen. Das ging ein paar Monate so, bis sie selbst ein eigenes Kind bekam. Danach war nichts mehr wie vorher. Jeden Tag wieder, ließ sie mich fühlen, wie sehr ich sie störte. Ich zog mich immer mehr in mir zurück, was bewirkte, dass sie immer wütender wurde. Irgendwann wurde mir dann nicht mehr die Haustür geöffnet. Ich klingelte Sturm, sowohl zu Hause als auch bei ihren Eltern, die unsere Nachbarn waren aber es öffnete niemand. Mir blieb nur übrig mich an meinen damaligen Freund zu wenden. Er hieß Dirk und hat mir richtig viel bedeutet, meine erste große Liebe, wenn man so will. Leider hatte er kein richtiges Elternhaus. Er wusste mir nicht zu helfen, weil er selbst in einem Jugend-Wohnheim untergebracht war. Jedenfalls durfte ich dort nicht übernachten und darum blieb mir nur noch der Weg zum Jugendamt. Zu dem Zeitpunkt war ich 15 Jahre alt. Hierzu gibt es eine Menge zu erzählen aber um es abzukürzen nur so viel: Es wurde alles so geregelt, dass ich zum Schulbeginn meines Fachabis im August in einer anderen Stadt ein kleines eigenes Zimmer hatte. Ich beantragte Bafög, und besorgte mir einen Job um mich neben der Schule über Wasser zu halten." Wieder halte ich inne, weil es mich eine wahnsinnige Anstrengung kostet, diese wilde, ruhelose und schutzlose Zeit in so kurzen und knappen Worten zu schildern.

Sein Blick sucht meine Augen. Er sieht zögernd und zugleich sprachlos aus. „Bedeutet das, du hast schon mit 15 ganz alleine gewohnt?" Seine Augen sehen mich fassungslos an.

„Ja. Genau das." Ich halte kurz inne um dann weiter zu erzählen:

„Im ersten Jahr lief es gut. Ich war fleißig, pünktlich, wissbegierig und fand etwas Halt in den neuen Freunden, welche ich durch meinen Kneipenjob gefunden hatte. Es entwickelte sich eine Routine in der ich mich stark genug empfand um zu glauben, keine Eltern zu brauchen. Im zweiten Jahr wurde alles schwerer. Mein Jahrespraktikum fiel weg, was bedeutete sechs Tage die Woche nur noch Schule zu haben. Gleichzeitig wollte ich meinen Führerschein machen, was bedeutete mehr arbeiten zu müssen. Ich schob mehr Schichten, kam spät in der Nacht nach Hause und fiel kaputt ins Bett. Anderen Tag klingelte der Wecker um sechs damit ich mit dem Zug um sieben zur Schule konnte. Na ja, um es kurz zu sagen, ich habe es nicht geschafft. Mir war der Führerschein und die Arbeit wichtiger, deswegen habe ich das zweite Jahr nicht mit Abschluss bestanden."

Ich hielt inne. Mir steht wieder vor Augen, wie entsetzt ich von mir selbst damals war. Nicht nur von mir, sondern von dem Bewusstsein, nicht zu wissen, wie es jetzt weitergehen sollte. Ich fühlte mich so unendlich gedemütigt, dass es mir unvorstellbar erschien das Jahr noch einmal zu wiederholen.

„Anfangs verdrängte ich das Problem. Aber meine Freunde und Bekannten fingen an zu fragen, wann ich meine Prüfungen hätte oder wie es gelaufen ist. Irgendwann musste ich dann damit raus rücken, dass ich durchgefallen bin." Wieder habe ich vor Augen, wie mitleidig oder entsetzt mich damals einige angesehen haben.

Ich schaue zur Seite und möchte gerne wissen was Mark denkt. Von mir, von allem was er bis jetzt gehört hat. Seine Augen blicken mir in diesem schönen strahlenden braun entgegen. „Ja und? Janine, wen interessieren die Anderen? Die sollen ihr Leben selbst auf die Reihe bekommen. Und erst Recht, wenn man bedenkt, dass du zu dem Zeitpunkt noch minderjährig warst."

„Vor den Leuten habe ich immer so getan, als ob es mir egal wäre. Und um ehrlich zu sein, würde ich auch jetzt gerade dir gegenüber lieber so tun, als ob mir alles gleichgültig ist. Es fällt mir schwer, mich zu öffnen. Die Wahrheit, meine ganze Wahrheit einfach so zu erzählen. Mein größtes Problem ist, dass du mich mit Sicherheit verurteilst, mich nicht mehr sehen oder kennen möchtest."

„Das ist quatsch! Das liegt doch alles in deiner Vergangenheit. Wer hat dich denn beschützt?

Keiner war da, und niemand hat dir gezeigt, wie das Leben funktioniert. Wenn du dich für etwas schämen willst, dann bestimmt nicht für dich selbst. Eher Fremdschämen, am Besten für deine Eltern." Mark hat sich so in Rage geredet, dass ich richtig verwundert bin. Bisher kenne ich niemanden außer meiner Schwester, die nur ansatzweise meine Seite der Geschichte verteidigt hätten.

„Naja, jedenfalls erzählte ich damals allen, ich bräuchte keinen Abschluss um Geld zu verdienen. Die Schichten in der Kneipe konnte ich, wann immer ich gebraucht wurde, erledigen. Es war gutes Geld, vor allem an den Wochenenden das Trinkgeld. Es ging eine ganze Weile so, bis ich mich dann eines Abends mit meiner damaligen Freundin Nick verabredete. Ein mit ihr bekannter DJ sollte im Doll-House auflegen und hatte sie gebeten mitzukommen. Sie wiederum fand es spannender mich ebenfalls mitzunehmen. Den Abend stylten Nick und ich uns zusammen. Wir hörten unsere Lieblingsmusik und waren beide so gespannt darauf, wie DAS Doll-House sein würde. Wir hatten schon so viel gehört. Wir wussten Männer lieben diesen Club. Wir beide jedoch waren bis zu diesem Tag niemals dort drin. Wir sind beide den Abend zum ersten Mal in einem Table-Dance-Club gewesen. Als wir zu Tür rein kamen, wurde wir von den Bodyguards gemustert. Später an einem der runden Tische wurden wir auch noch von den Bedienungen gemustert.

Anfangs kamen erst die Männer und fragten uns, ob wir uns für Geld einen Strip anschauen wollten. Aber nach dankender Ablehnung kam keiner mehr zu uns. Jonny, der uns damals begleitete, hatte die Gelegenheit wahrgenommen, sich alleine einen Tanz geben zu lassen. Wir empfanden beide diesen Ort nicht als widerlich, sondern geschmackvoll. Das Licht gedämmt, die Nischen und Theken sauber und ordentlich. Die Musik passte zu den Tänzerinnen und hätten sich dort nicht immer mal wieder Frauen und Männer für Geld ausgezogen, wären mit Sicherheit viel mehr Leute dort gewesen. Jedenfalls entspannten wir uns nach einiger Zeit. Wir waren uns einig, dass es nicht schwer war, genauso zu tanzen wie die Stripperinnen auf der Bühne. Irgendwann hatten wir unserer Meinung nach auch den Besitzer ausgemacht und waren uns ebenfalls einig, dass er fast wie ein Zuhälter aussehen würde. Wir wollten beide Bestätigung. Zum nächsten unserer Lieblingssongs tanzten wir aufreizend. Wir wollten unbedingt eine Reaktion. Leider bekamen wir keine. Jonny machte seinen Job und nach Feierabend fuhren wir wieder zurück."

Ich sehe Mark an, drehe mich um 180 Grad und laufe rückwärts. Es ist ein absolut beschwingtes Gefühl, die einzelnen Wendepunkte im eigenen Leben zu reflektieren.

„Danach war nichts! Und hätte ich es dabei gelassen, hätte ich heute eine andere Vergangenheit."

„Es ist müßig sich über Dinge zu unterhalten, die nicht zu ändern sind."

„Müßig, was ein doofes Wort. Es ist interessant. An dem Punkt meines Lebens hätte ich alles ändern können."

„Heißt das, du bereust deine Vergangenheit?"

„Meine Vergangenheit? Nein! Ich bereue nur einen falschen Mann geheiratet zu haben." Immer noch rückwärts laufend gehe ich neben ihn. Mein Blick fixiert ihn und so wie er aussieht, bereut auch er einiges in seinem Leben.

„Was ist mit dir? Würdest du heute etwas ändern wollen?"

Seine Augen blicken mir mit einer Intensität entgegen, die mich sprachlos macht. Mein Bauch weiß auf einmal wieder, warum ich hier bei Mark bin. Zwischen uns ist eine magische Anziehungskraft, ein durchsichtiger Faden der uns miteinander verknüpft. Seine Körpersprache ist reserviert aber in seinen Augen kann ich lesen wie in einem offenen Buch.

Mit leiser Stimme antwortet er: „Gib mir noch ein paar Tage, dann sage ich dir, was ich alles ändern wollen würde."

Ich drehe mich wieder während des Laufens um 180 Grad. Im Laufschritt mit Mark driften meine Gedanken ins nirgendwo. Neben ihm, hier draußen an der frischen Luft und am Wasser, fällt es mir leicht mich zu entspannen, zur Ruhe zu kommen und mich selbst wieder zu finden. Ich höre dem Meer zu, den Möwen und der Gischt.

Der Wind streicht über mein Gesicht, mein lächelndes Gesicht. Jetzt in diesem Moment möchte ich für kein Geld der Welt an einem anderen Ort sein.

„Da vorne ist eine Gaststätte. Komm lass uns rein gehen und etwas essen und trinken."

Mark geht auf einen Weg zwischen den Dünen zu. Mich überkommt auf einmal Übermut. Ich sprinte los, springe in die Luft und lande genau auf seinem Rücken. Meine Hände und Beine klammern sich an ihn fest. Mein glucksendes Lachen wird immer lauter, als er sein Gleichgewicht verliert und mit mir in den Sand plumpst. Schnell rolle ich auf ihn, lehne meinen Kopf an ihn und drücke ihn ganz fest.

„Was machst du", fragt er mich mit schräger Stimme.

„Nichts. Nur hier liegen" erwidere ich gespielt gleichgültig.

„Warum liegen wir?"

„Na weil du uns nicht gehalten hast."

„ICH? Du meins wohl, weil du uns zum fallen bringen wolltest."

„ICH? Niemals." Meine strahlenden Augen suchen seine. Unbedingt muss ich mein Gefühl befriedigen, ihm mit meinen Augen meine Zuneigung zu zeigen. Seine Augen glänzen, stahlen, und glitzern schalkhaft. Dann kitzelt er mich. Beziehungsweise er versucht mich zu kitzeln.

„Was machst du?" frage ich gespielt überrascht.

„Dich kitzeln."

„Und sehe ich kitzelig aus?"

Er grinst über beide Ohren. „Nicht wahr. Eine Frau, die nicht quiekt, wenn sie gekitzelt wird." Amüsiert betrachtet er mich. Hinter seinen Augen sehe ich es richtig arbeiten. Schon jetzt weiß ich, dass er sich etwas anderes überlegen wird um mich zum ‚quieken' zu bringen.

„Keine Chance! Ich bin nicht kitzelig" triumphiere ich grinsend.

„Ich habe Zeit. Mir fällt schon noch etwas anderes ein." Mark steht auf, hält mir die Hand hin und hilft mir auf. Wir klopfen uns den Sand ab, laufen die letzten Meter hoch über die Dünen und blicken dann auf eine größere Gaststätte. Rundherum aus Holz und viele Fenster zu allen Seiten.

„Wo sind wir hier" frage ich hinter ihm hergehend.

„Das hier ist die Weststrandhalle." Er blickt mich strahlend an „Komm mit, das Essen ist fantastisch."

Beim Eintreten schlägt uns warme Luft und ein herrlicher Essengeruch in die Nase. Bedienungen flitzen herum und bedienen die vielen Leute an großen Esstischen.

„Hier ist ja was los!"

„Hmhm. Da drüben ist noch was frei, komm!"

Kaum sitzen wir, werden wir auch schon bedient. Verlegen blättere ich in der Speisekarte weil ich einfach keine Ahnung habe ob und wieviel ich bestellen soll. Mark hingegen studiert in aller Seelenruhe die Karte und wirkt auf mich stark beeindruckend und irgendwie auch weltmännisch. Neben ihm fühle ich mich unglaublich jung, fast schon ahnungslos. Natürlich möchte ich ihm nicht davon erzählen. Ich rufe meine Rebellin auf den Plan. Mit Ihrer selbstsicheren und draufgängerischen Art, komme ich vielleicht etwas weiter. Mark redet derweil mit dem Kellner und scheint sich mit dem gut zu verstehen. Sie blödeln ein wenig rum, bis Mark ihn fragt:

„Trinkst du n Schnaps mit uns?"

„Schnaps während der Arbeit, geht leider nicht" antwortet er.

„Ach egal! Los, bring drei Schnaps. Die werden schon nicht schlecht" antwortet er grinsend.

Meine Rebellin findet die Idee sehr gut. In Null Komma nichts würde ich wieder etwas auftauen.

„Was wollt ihr denn trinken?"

„Am liebsten Haselnuss oder Marille. Haste was Schönes da?"

„Klar. Beides"

„Und was würdest du nehmen" fragt Mark den Kellner ganz unverblümt.

„Eher den Haselnuss, ich finde den etwas leckerer."

„Ok, dann drei davon. Janine, was willst du essen?"

„Den Gulasch, bitte"

„Für mich bitte den Tafelspitz mit Salzkartoffeln. Eine Flasche Wasser und noch ein Wein…" Er sieht mich fragend an, als ob ich ihm beantworten könnte, welcher Wein in Frage käme. Ich ziehe nur leicht meine Schultern hoch und schaue ihn mit großen Augen an.

„Magst du lieber roten oder weißen?"

„Ehrlich? Ich habe keine Ahnung. Bisher trinke ich immer Whisky oder Rum mit Cola, Ginger Ale oder auch Red Bull."

„Kein Wein?" Ich schüttle nur den Kopf. Mir steht überhaupt nicht der Sinn danach mich hier vor dem Kellner noch weiter darüber zu unterhalten.

„Dann bringen Sie mir bitte einen Riesling…" Mark bestellt eine ganz bestimmte Sorte, die ich mir nicht merken kann. Hoffentlich lässt mich meine Rebellin nicht im Stich und gibt gleich nach dem probieren die richtige Antwort. Der Kellner zieht mit der Bestellung los und lässt mich mit Mark alleine zurück. Ohne sich mit mir zu unterhalten fangen seine Augen an durch den Raum zu wandern. Manches Mal bleiben sie an Gegenständen oder Personen haften. Ich fühle mich gerade ziemlich unwohl. Vielleicht hat ihn meine kurze Reise in die Vergangenheit gelangweilt oder abgestoßen. Während meine Gedanken um diese Überlegungen kreisen, blicken mich seine braunen Augen mit einem Mal wieder ganz intensiv an.

„Wie gefällt es dir hier?"

„Ganz gut. Bist du öfters hier?"

„Schon irgendwie. Mit meinen Eltern sind wir schon als Kinder hierher gefahren und mittlerweile komme ich zwei, drei manchmal sogar vier Mal im Jahr hierher."

„Kann ich gut verstehen." Ich lächle ihn an. Wenn er mich so anschaut, wird mein Herz gleich wieder viel wärmer. „Es ist eine wunderschöne Insel."

„Ja, genau."

Seine Antwort fällt kurz und knapp aus. Seine Augen wandern wieder durch den Raum und erfassen andere Personen. Als eine Kellnerin an unseren Tisch kommt, spricht er sie an. Nicht um etwas zu bestellen, sondern einfach nur um sich mit ihr zu unterhalten. Meine Rebellin würde ihn am liebsten würgen. Wie kann er, nachdem was ich ihm gerade alles erzählt habe, mich so ignorieren und auch noch mit einer wildfremden Kellnerin quatschen. Dieser Mann ist für mich das reinste Rätsel.

„Wo sind denn hier die Toiletten" falle ich beiden ins Wort.

„Genau am gegenüberlegenen Raum dann rechts" antwortet mir die Kellnerin.

„Ich stehe auf und gehe zu den Toiletten. Vor dem Spiegel sehe ich mir ins Gesicht, meine Rebellin in mir spricht mir Mut zu. Sie sieht in mir die hübsche junge Frau, die alles schaffen kann. ‚Wenn der Typ mit dir Spielchen spielen will, kannst du das schon längst'. Auffordernd starrt sie mich an. ‚Los geh raus und lass dein sexy Girl raus sonst mach ich gleich mal ne richtige Ansage.'

Wieder zurück am Tisch ist mein Ausschnitt etwas tiefer und meine Lippen von den eigenen Bissen darauf dunkelrosa. Ich fixiere erst ihn mit den Augen, spiegele dann aber sein komplettes Verhalten. Meine Augen schweifen durch den Raum. Ich fixiere Stühle, Tücher, Jacken und Teller. Hin und wieder tue ich so, als ob mich eine Person sehr interessieren würde. Nach einigen Minuten kehrt Mark seine Aufmerksamkeit wieder zurück. Es fällt mir leicht ihm schöne Augen zu machen und gleichzeitig die Stärke in mir zu fühlen, auch anderen schöne Augen machen zu können. Mir fällt es immer leicht in Rollen zu schlüpfen, glücklich macht es mich jedoch nicht. Wir sind zu kurz zusammen um mit ihm darüber zu sprechen, also bin ich der Vamp, der ihn fasziniert und warte auf den Moment in dem ich ihn fragen kann, warum er eben noch so abweisend war.

Nach dem Essen, bei dem er mir dann doch noch seine volle Aufmerksamkeit geschenkt hat, sind wir mit dem Taxi zurück in unser Apartment gefahren. Er wollte sich gerne etwas hinlegen und schlafen, später dann noch mal mit mir um die Häuser ziehen. Mir ist es recht. Ich bin aufgewühlt und ruhelos. Meine Rebellin schlägt vor noch zehn Minuten zu warten und dann raus zu gehen um endlich mal wieder eine zu rauchen. Mit meinem Kaffe, den Zigaretten und einer kuscheligen Decke setze ich mich draußen in den

Strandkorb. Während der ersten Zigarette habe
ich noch ein schlechtes Gewissen zu rauchen
doch es kommt keiner um mich zurechtzuweisen.
Mit dem Kaffe in meiner Hand betrachte ich die
Bäume, das Häuschen und die Umgebung. Hier
ist alles so, wie ich es mir für mein Leben wünschen würde. Es ist im Norden. Klein. Gemütlich.
Ein Traum wäre es hier mit einem Mann zu leben, der mich lieben würde. Kinder würde ich in
so einem Leben auch gerne haben.
Meine Rebellin schüttelt diese Gedanken ab. Sie
greift nach der Zigarettenpackung, zündet sich
eine neue Kippe an und trinkt den Kaffe mit einem Schluck aus. Während ich mich zurücklehne,
lehnt sie sich ebenfalls zurück. Hier draußen unter diesem Himmel, neben diesem Haus und dem
Mann der darin schläft sind wir eins geworden.
Während ich in die Baumwipfel schaue verschwindet das Bild vor Augen. Vor fünf Jahren
bin ich ein weiteres Mal mit der gleichen Freundin und dem gleichen DJ ins Doll-House gefahren. Wieder haben wir getrunken, gelacht und
getanzt. Die Stripperinnen und Stripper fanden
wir cool, haben uns mit ihnen unterhalten und
nach Details der Arbeit gefragt. An diesem
Abend war es für uns uninteressant, wem der
Club gehört. Wir wollten einfach Spaß haben. Die
Erinnerung wie wir bezahlten, uns von allen ver-
abschiedeten und zum Ausgang wollten kommt
wieder hoch. Wir scherzten noch mit dem Türste-

her als ich aus dem Augenwinkel sah, dass ein etwas kleinerer untersetzter Mann auf uns zukam. „Hey, ihr seid doch die Mädels, die letztens schon mal hier waren." Seine Stimme war ruhig, sein Blick warm, fixierend aber auch berechnend. Nick antwortete ihm, dass wir tatsächlich schon einmal hier waren und dass es ein Club ist, in dem man gut Spaß haben kann.

Während des Gespräches schaute er uns beide an und das er sich einfach so mit uns unterhielt schien mir sehr seltsam. „Ich habe euch das letzte Mal tanzen sehen…" Er ließ den Satz unbeendet im Raum stehen. Offenbar wollte er durch unsere Reaktionen eigene Schlüsse ziehen. Und dann ohne darüber nachzudenken plapperte ich los „Cool. Wir dachten uns, dass es eh nicht so schwierig ist, wie die Frauen hier zu tanzen. Wollten selbst nur mal abchecken, ob wir es auch drauf hätten."

Nick schaute mich richtig finster an. Das war definitiv nicht die Antwort, die sie raus hauen wollte. Unbeeindruckt zuckte ich mit den Schultern denn wem wollten wir etwas vormachen? So war es doch.

Er sah mich wieder an „Ich bin Addi. Wenn ihr mal einen Job braucht, dann meldet euch bei mir."

Ich nahm seine Karte entgegen „Danke aber ich denke nicht, dass es die Arbeit ist, die wir brauchen."

„Nicht? Heb einfach die Karte auf. Vielleicht passt es irgendwann doch mal." Damit drehte er sich um und ging wieder.

Nick war stinksauer auf mich. Wie ich so etwas sagen konnte und warum ich überhaupt die Karte angenommen hätte aber die Rebellin in mir fand alles wahnsinnig aufregend.

In meinem Strandkorb muss ich kurz lächeln. Ich weiß noch wie gestern, wie ich mich gefühlt habe. Als ob mir die ganze Welt gehören könnte. Es war einer der Momente, in denen ich mich lebendig und besonders gefühlt habe. Ein süchtig machendes Gefühl. Wann, wieso und warum ich irgendwann die Karte gegriffen und die Nummer gewählt habe, ist längst aus meinen Erinnerungen verschwunden. Das 1. persönliche Gespräch oder Kennen lernen hat sich jedoch in mein Gedächtnis eingebrannt.

Ich sollte mich damals mit Addi (wie sich später heraus stellte war er der Chef) im Doll-House treffen. Ich hatte ihm am Telefon zunächst nach einem Job an der Bar gefragt, doch dieser war schon dauerhaft belegt. Trotzdem ich nicht glaubte den nötigen Mumm zu haben, sagte ich zu, ihn persönlich zu treffen. Mein Styling an dem Abend war Körperbetont aber schlicht. Meine Rebellin hielt sich tapfer, steckte aber auch von Zeit zu Zeit den Kopf zwischen die Schultern. Ich schätze die Mischung aus uns beiden hat mich bis zu der Eingangstür gebracht.

Beim betreten schlüpfte ich in meine Rolle - Nine
+ Rebellin + Vamp + eine ganze Portion voller
Angsthase.

Ich begrüßte den Bodyguard und erklärte dass ich
zum Gespräch mit Addi da wäre. An der Bar sollte ich mich nach ihm erkundigen und konnte direkt Bekanntschaft machen mit der hübschen
Frau die dauerhaft hinter der Theke arbeitete.
Damals hatte ich einen Kloß im Hals, bei dem
Gedanken sie nach Addi fragen zu müssen. Irgendwie war sie für mich seine Frau und konnte
meiner Meinung nach, zwischen all diesen Jungen Menschen, nur traurig sein. Jedenfalls
druckste ich rum, bis sie von sich aus fragte, ob
ich zu IHM wollte. Ich nickte, schaute ihr in die
Augen und stellte verwundert fest, dass es wohl
das Natürlichste der ganzen Welt für sie war.

Eine andere junge und sehr hübsche Frau kam auf
mich zu. „Hallo, ich bin Mäggi." Freundlich lächelte sie mich an und wartete darauf, dass ich
mich vorstellte. „Hallo, ich bin Janine aber fast
alle nennen mich Nine."

„Ok. Schön dich kennen zu lernen. Ich habe gehört, du möchtest mit Addi über einen Job sprechen."

„Ja genau. Eigentlich dachte ich, ich könnte an
der Theke arbeiten."

„Ach so. Nun da muss ich dich enttäuschen. Wir
suchen nur junge Frauen und Männer die Tanzen
und Strippen."

„Aber das habe ich noch nie gemacht."

„Umso besser. Die meisten Männer freuen sich über unerfahrene Mädchen. Außerdem kommt beim Tanzen das Meiste von ganz allein."

„Ich bin mir nicht sicher. Könnte ich nicht erstmal mit Addi sprechen und nach Arbeit fragen?"

„Klar. Natürlich. Hier bitte entlang."

Wunderschöne hüftlange schwarze Haare trug sie leise vor mir her und Schuhe, die so hoch waren, dass ihre Beine meterlang wirkten.

Die Tür zum Chefbüro öffnete sie so selbstverständlich, als ob es ihr zu Hause wäre. Addi, genau derjenige von dem Nick und ich damals schon dachten, dass er wie ein Zuhälter wirkte, schaute auf und betrachtete mich von oben bis unten. Unter diesem Taxieren fühlte ich mich richtig unwohl. Was wenn wir recht hatten und er nicht nur wie ein Zuhälter aussah sondern einer war? Was wenn er mich auf den Strich schicken wollte. Oh Gott! Nein, nein und noch mal nein. Diese Erkenntnis jagte mir eine heiden Angst ein. Andererseits waren wir in Deutschland und es konnte einfach nicht sein, dass hier irgendetwas illegales passierte. Ich redete mir ein, dass es nur legale Prostitution geben könnte und er mich bestimmt nicht zwingen würde, Dinge zu tun, die ich nicht wollte.

„Komm doch rein." Freundlich lächelte er mich an. Ich war mir nicht sicher, ob ich meinem Bauchgefühl trauen konnte denn das sagte mir, dass der Typ ganz in Ordnung wäre.

Ich trat ein und stand ratlos in seinem Büro. Sprechen konnte oder brauchte ich nicht, weil mir nichts einfiel.

„Schön dass du dich gemeldet hast. Magst du dich setzen?"

Beim setzen rief ich meine Rebellin auf den Plan denn sie war ebenfalls beteiligt gewesen bei der Entscheidung hier aufzukreuzen.

„Hallo, ja danke."

„Nach dem wie ich dich mit deiner Freundin tanzen gesehen habe, hätte ich nicht gedacht, dass du schüchtern sein könntest."

„Bin ich auch nicht. Nur unsicher, weil ich nicht genau weiß ob ich dich auch duzen soll und welchen Job genau du für mich hast."

Mit einem breiten Lächeln im Gesicht antwortete er „Sag einfach Addi! Alle nennen mich so. Bei dieser Art von Business ist es normal, sich beim Vornamen zu nennen. Wenn ich genauso direkt sein darf wie du - nachdem ich dich tanzen gesehen habe, würde ich sagen, es liegt dir im Blut. Also, ich habe einen Platz für eine Tänzerin zu besetzten und darüber wollte ich mit dir reden."

Während Addi sprach wendete er sich zur Seite „Das hier ist Mäggi. Sie ist für die Koordination aller Tänzerinnen zuständig. Sie kümmert sich um Unterkünfte, Events und Planungen aller Art. Wenn du zusagst, wird sie dich überall einführen und dir alle Fragen jeglicher Art beantworten."

Mein Blick schweift zwischen beiden hin und her.

Laut meiner inneren Stimme kann ich den Sprung wagen und ein Abenteuer erleben, laut meinem Elternhaus und allen Freunden sollte man tunlichst die Finger von so einem Angebot lassen.

„Meinst du die Go-go-Girls auf den Bühnen?"

„Ja und nein. Hier ist jedes Mädchen für beide Bereiche zuständig. Alle 20Minuten wechseln die Bereiche. In der übrigen Zeit kann jede dann zu den Tischen gehen und sich eigenes Geld verdienen."

„Heißt das, man kann aber muss nicht?"

Mäggi lächelt mich an „Du brauchst keine Sorge haben, weil du das noch nie gemacht hast. Du könntest auch erst nur schauen, wie die anderen alles machen und deine 20 Minuten auf der Bühne tanzen. Richtig Addi."

„Ja schon. Wenn aber ein Gast fragt, ob du für ihn tanzen würdest, müsstest du es auch versuchen."

In meinen Schuhen krallten sich die Zehen zusammen. Die Entscheidung musste sofort getroffen werden. „Ich kann so tanzen wie auf der Tanzfläche damals aber was ist mit dem Ausziehen? Und solche Kleidung und Schuhe wie die anderen besitze ich auch nicht."

„Zum anziehen suchst du dir einfach deine liebsten Sexy-Klamotten aus und wenn du magst, könnten wir uns ansehen wie du tanzt und eine Show lieferst und dir danach Tipps geben."

Mäggi lächelte mich aufmunternd an. Sie schien nicht so eine Hexe zu sein, wie man es unter lauter Frauen erwarten würde. Er hingegen lehnte sich zurück und musterte mich. Kein Ton, wie er etwas sagen oder machen würde.

Mir zitterten die Knie. Ich überschlug meine Beine und steckte meine eiskalten Hände zwischen die Oberschenkel. Jetzt sollte ich mich entscheiden, konnte es aber nicht.

Addi sprach zu mir, wobei ich vor lauter Gedanken die ersten Gesprächsfetzen nicht wahrnehme „… viel Geld verdienen. Einen Teil deiner Gage erhalte ich aber von jedem dir zugesteckten Dollar und von einem Tabledance erhältst du mehr als die Hälfte."

Ja das Geld. Das brauchte ich ohne Arbeit und ohne Schulabschluss definitiv. Mir fiel ein, dass ich auch noch das Bafög zurückzahlen musste. Mir blieb nur der Weg nach vorne.

„Ok, ich versuche es." Mit Knoten im Bauch, kalten Händen und verkrampften Füßen zwang ich mich noch den Rest meiner Gedanken laut auszusprechen. „Für mich ist es nicht nur das erste Mal sondern auch alles was ich bereit bin zu tun."

Er schaut mich an „Wie meinst du das?"

Ich genierte mich, antwortete aber mit festem Blick „Ich werde niemals und unter keinen Umständen mit anderen ins Bett gehen."

Er lächelte breit, vielleicht wegen meiner Wortwahl „Hier geht keiner mit irgendjemanden ins
Bett."
Mäggi bekräftigte ihn „Nine. Ich darf doch Nine
sagen? Wir sind ein Stripp-Club kein Bordell
oder Puff. Alle die hier arbeiten verpflichten sich,
niemals mit den Kunden nach Hause zu gehen
oder sich an der intimsten Stelle anfassen zu lassen."
Mir fiel eine Zentnerlast von den Schultern. „Oh
gut."
„Dann ist ja jetzt alles geklärt. Mäggi ist der
Tisch hinten links gerade frei?"
„Ich sehe mal nach."
Sie verließ den Raum und mit einmal war ich mit
‚dem Addi-Zuhälter' allein.
„Wie alt bist du eigentlich? Du siehst so jung
aus."
„In drei Monaten 18."
„Du bist noch nicht Volljährig?" Er war richtig
schockiert. „Dann kannst du jetzt noch gar nicht
für mich arbeiten." Ihm war anzusehen, wie sehr
er mit sich haderte, ein gesetzliches Risiko einzu-
gehen. Ich hingegen wollte nichts sagen, denn
ohne Geld konnte ich nicht lange überleben. In
dem Moment kam Mäggi zur Tür herein und in-
formierte ihn über einen freien Tisch. Mir blieb
nichts anderes übrig, als beiden zu folgen. Hyper-
nervös überlegte ich ob ich mich wegen des Jobs
freuen, oder kehrt machen sollte aus Angst in
einen Abgrund zu stürzen.

Auf dem Weg zum Tisch versuchte ich Blicke auf andere Stripperinnen zu erhaschen um eine Idee zu bekommen, wie es ablaufen könnte. Einen kurzen Moment sah ich, wie eine ihr Höschen auszog. Oh mein Gott. Sie stand ohne alles da oben. Shit! Shit! Shit!

Am Tisch angekommen setzten sich beide und blickten mich an. Gerade als ich mich zu ihnen setzen wollte, bedeutete Addi mir auf den Tisch zu steigen.

„Hier hoch? Einfach so?"

„Ja, mach einfach mal."

„Ähm, ich habe das noch nie gemacht."

„Nine, das ist nicht schlimm. Alle fangen irgendwann mal neu an." Mäggi lächelte mich an und wollte mir wohl Mut machen. In meinem Kopf überschlug sich alles. Nicht nur, das ich mich einfach nicht traute, nein ausgerechnet heute musste ich auch noch meine Days haben. „Muss ich wirklich alles ausziehen" fragte ich beschämt. Addi wurde sichtlich ungeduldig. „Klar musst du irgendwann alles ausziehen. Fang einfach an, hör die Musik und den Rest schaffst du schon."

Mit ernstem Blick fixierte er mich. Er dachte ich bringe es nicht. Diese kleine Regung ärgerte mich sosehr, dass ich unbeholfen die drei Stufen zu dem Tisch hinauf stieg.

In mir machte sich zwar Verlegenheit breit aber zu meinem Glück spielte der DJ einen Song, auf den ich gut tanzen konnte. Anfangs unsicher dann immer mutiger fing ich an, mich im Rhythmus der Musik zu bewegen. Mit Gedanken bei dem Abend hier zu Gast und wie Nick und ich getanzt hatten, versuchte ich eine ähnliche Show hinzulegen. Mir fiel es unendlich schwer meine beiden Zuschauer immer mal wieder anzusehen. Sie wirkten so kritisch mit ihrer Musterung meines Körpers. Scham stieg in mir auf aber aufgeben kam nicht in Frage. Öfter als notwenig drehte ich mich deswegen immer wieder um. Von meinem Platz aus konnte ich genau sehen, was die anderen Stripperinnen gerade machten. Eine absolute blonde Schönheit war mit dem ausziehen etwas weiter vorangeschritten. Ich versuchte sie zu imitieren ohne dass meine Zuschauer etwas bemerkten. Die obere Kleidungsschicht abzulegen gelang mir noch ganz gut aber in Unterwäsche vor diesen wildfremden Menschen zu stehen hatte mir unendlich viel Haltung abverlangt. Die peinliche Berührtheit wollte ich mir unter keinen Umständen anmerken lassen. Trotzdem wollte ich nicht, dass er mich nackt sieht. Am liebsten hätte ich ihn gefragt, ob er nicht kurz weggehen könnte. Dann schoss mir durch den Kopf wie absurd meine Gedanken waren. Sollte ich diesen Job bekommen, würde ich mich vor noch ganz anderen Männern ausziehen müssen. Bevor meine Fassade bröckeln konnte, drehte ich mich wieder und zwang mich der Musik zuzuhören. Zu meinem Entsetzen war keine Frau mehr auf irgendeinem Tisch zu sehen. Was sollte ich tun? Mit Unterwäsche bekleidet drehe ich mich beschämt um

„Ich weiß jetzt nicht weiter" sage ich kaum hörbar.

Addis setzte sich auf und wedelte mit seiner Hand vor mir rum „zieh das Zeug einfach aus. So als ob du es für deinen Freund tun würdest."

„Das hab ich aber noch nie."

Mäggi merkte wohl, dass ich hier fest steckte und ihr Chef wenig davon angetan war.

„Hey es ist nicht schwer. Am Anfang musst du dir am Besten vorstellen alleine zu sein damit du nicht so viel nachdenkst. Und wenn du dein Höschen ausziehst, verdeckst du mit einen deiner Hände alles. Keiner darf und soll deinen Intimbereich sehen, ok? Und jetzt versuch es einfach."

Sie lächelte mich mitfühlend an was mich bewegte weiter zu machen. Um nicht die Reaktion von beiden zu sehen drehte ich mich ein weiteres Mal um meine eigene Achse und zog langsam den BH aus. Mit gestreckten Rücken und eingezogenen Bauch drehe ich mich wieder zu ihnen um. Meine Rebellin rief mir zu, dass ich spitze aussah und das Granaten-stark machte. Mit Fokus auf meiner Rebellin lies ich langsam die Hände sinken und wiegte gleichzeitig meine Hüften im Takt der Musik. Die Hürde mit dem Höschen machte mir riesige angst. Im Grunde wollte ich das überhaupt nicht. Und schlagartig wurde mir hier oben klar, dass ich richtig schlechte Eltern hatte. Wenn ich in meinem Leben irgendetwas brauchen würde, müsste ich mich darum selber kümmern. Und wenn ich das schaffen könnte, würde ich es auch schaffen hier einen vernünftigen Eindruck zu hinterlassen. Während ich tanze schaue ich mich wieder um. Wenn ich mich jetzt mit dem Rücken zu denen drehe, könnten die mir zwischen die Beine gucken. Oh shit! So ein Scheiß man. Ich will nicht. Kotze. Blöd. Man, man, man. Mein Blick schweifte und fand endlich einen Licht-blick. Gerade erhaschte ich am Rande einen Blick auf einen Tänzer, der seine Unterhose fallen ge-lassen hatte ohne sich zu bücken. Langsam drehte ich mich wieder zu den beiden, zog abwechselnd an den Seiten meines Höschens. Irgendwann saß es so locker, dass es bei der nächsten Drehung von allein über die Beine nach unten rutschte.

Ich hatte es geschafft.

Schnell stolperte ich von dem Tisch, die kleine Treppen hinunter. Ich bedeckte mich mit meinen Händen, fühlte mich nicht stark sondern be-schämt.

Mäggi hielt mir einen Mantel hin. „Hier, den tra-gen alle nach einem Table-Dance. Wenn du dich jetzt gerade nicht wohl fühlst, ist das verständlich. Mit der Zeit wird es leichter."

Dankbar wand ich mich in den Satin-Mantel. Er trug die Aufschrift Doll-House, womit ich scheinbar ebenfalls zum Team gehörte.

Addi schaute mich die ganze Zeit nur an. Jetzt wo ich wieder etwas anhatte, fand ich den Mut ihm mit einem starken Blick zu begegnen.

„Dein Alter und deine zurückhaltende Art sind dein Bargeld."

Fragend sah ich erst zu Mäggi dann wieder zu
Addi. „Ich verstehe nicht."
„War das wirklich dein erstes Mal hier oben?"
„Ja. War es." Nach dem Adrenalinschub wurde
mir kalt. Mit Mühe versuche ich mein zittern zu
verbergen.
„Du warst gut. Und wenn du viel Geld verdienen
willst, dann style dich wie kleine Mädchen.
Schulmädchen zum Beispiel. Eine Menge Männer würden sich das ansehen."
„Aber ich bin nicht so. Ich hasse Männer, die
etwas mit kleinen Mädchen anfangen."
„Du sollst dich nicht anbieten. Ich sagte nur etwas
in der Richtung anziehen. Du siehst so jung aus,
dass mit passender Kleidung sich jeder Vorstellen
könnte, dass du 15 oder so bist."
Mir fiel dazu nichts ein. Ich blickte ihn an und
wartete einfach ab.
„Komm, nimm deine Sachen. Hinten sind die
Umkleiden, da kannst du dich in Ruhe anziehen
und auf die Toilette wenn du möchtest." Mäggi
führte mich einmal schräg durch den Raum, ein
Moment in dem mir bewusst wurde, dass nicht
nur die beiden sondern alle hier anwesenden mich
soeben betrachten konnten. Eine andere Tänzerin
mit gelockten fast schwarzen Haaren ging ebenfalls mit einem Mantel nach hinten.
„Hallo Ramona. Wie läuft es heute?"
„Ganz gut. Muss gleich wieder raus, hab noch
zwei Tische vor meiner nächsten Runde."

Wir standen in einem quadratischen Raum. Hell beleuchtet, an drei Wänden mit Spiegel verkleidet. Davor standen Stühle, die meisten mit irgendwelchen Kleidungsstücken darauf. Überall lag Schminke, standen Schuhe und hängten die gleichen Doll-House-Mäntel, so wie ich ihn trug. An der vierten Seite standen ungefähr zehn oder zwölf Spinds. Einige offen andere geschlossen. In diesem durcheinander fühlte ich mich auf einmal wieder pudelwohl. Es war so aufregend, so spannend. Ich sah etwas, was nur ein par Menschen zu sehen bekamen. Und ich sah es freiwillig, nicht weil mich jemand gezwungen hattte. Mir fiel es leicht, die hübsche junge Frau anzulächeln, zu sagen wusste ich aber immer noch nichts.

„Hey, wer bist du?"

„Nine."

„Hallo. Wenn du magst, kann du den Stuhl dort vorne nehmen. Der ist noch frei. Und kannst dich ruhig in Ruhe umziehen, hier dürfen nämlich keine Männer rein." Schelmisch lächelte sie mich an. Vielleicht hatte man mir doch angesehen, wie unwohl ich mich fühlte. Ach egal. Sie rauschte wieder raus, sah wirklich fantastisch aus, und ich blieb mitten im Raum zurück.

„Ich muss auch zurück. Wenn du fertig bist, komm gleich einfach an die Bar." Mäggi lächelte und machte sich wieder auf den Weg.

Inmitten von all diesen Kleidern, Schuhen, Schminktischen und Mädchenkram fragte ich mich ob ich das jetzt gut oder schlecht finden sollte. Ob ich bleiben oder gehen sollte. Ob ich lachen oder schreien sollte. Ob ich verrückt oder bei Verstand war.

Meine Nacktheit wollte ich noch keinem anderen zeigen, selbst wenn es nur Frauen waren. Ich beeilte mich wieder in meine zweite Haut zu schlüpfen und hatte auf einmal das Gefühl, alle begeistern zu können. Ach was, die ganze Welt zu begeistern. Schmunzelnd über meinen eigenen Übermut entschließ ich mich, sofern man mich haben wollte, zu diesem Job ja zu sagen. Die Frage war nur, ob Addi mich trotz meinen 17 Jahren schon buchen würde.

## 7

Neben mir höre ich ein leises Geräusch. Ich drehe meinen Kopf und sehe Mark auf mich zukommen.

„Hier bist du."

„Hey" erwidere ich mit einem Lächeln. „Gut geschlafen?"

„Dachte du würdest auch ins Bett kommen."

„Jetzt schlafen? Du machst wohl Scherze. Nee dafür war ich viel zu aufgewühlt nach unserem Gespräch am Strand."

Er kommt auf mich zu, nimmt mein Gesicht zwischen seine Hände, schaut mir in die Augen und nähert sich ganz langsam meinem Mund. Er küsst mich so unendlich zärtlich, dass meine Rebellin den Abzug antritt.

„Komm lass uns rein gehen" flüstert er ganz leise. Ich folge ihm ins Schlafzimmer, genieße die Umarmung und die Zärtlichkeit in seinem Kuss. Es fühlt sich an, als ob er mir auf diese Art mitteilen möchte, dass er mich gerne hat. Der Eisklumpen um mein Herz fängt an etwas zu schmelzen. Außer meiner Lieblingsschwester kenne ich keine Person, die mir ohne zu sprechen so viel mitteilen kann. Ich lasse meine Seele los, lasse mich in seinen Armen sinken und genieße die Intensität. Immer öfter fühle ich mich bei ihm, als ob ich zu Hause angekommen wäre. Meine Seele redet mit seiner. Beide übernehmen unsere Körper als ob sie sich aus einem anderen Leben schon kennen würden.

Dieses Gefühl ist so neu, dass in mir alles aufhorcht. Jeder Teil meiner Person nimmt das ebenfalls wahr. Was ist das? Wo kommt das her?

Die Tage vergehen im Flug. Ehe ich mich versehe stehe ich wieder vor meiner Wohnungstür und winke Mark zum Abschied. Ich drehe mich zur Tür, schließe auf und trete in meine dunkle, kalte Wohnung. Die Einsamkeit umschließt mich sofort. Erinnert mich daran, dass ich eine geschiedene junge Frau bin, die hintergangen, belogen und betrogen wurde. Ich zünde mir eine Zigarette an, starte die Kaffeemaschine und lege Musik ein. Damit ich gar nicht erst meinen Gedanken nachhängen kann, mache ich gleich auch noch alle Lichter und den Fernseher an, drehe die Heizkörper hoch damit wenigstens die Kälte verkriecht. Die Tasche ist schnell ausgepackt, bleibt noch Wäsche und der Einkauf. Während ich alles erledige rasen meine Gedanken ‚Wie kann er mir nur so ein Geburtstagsgeschenk machen? Nach Jamaika!? Das würde doch bestimmt tausende von Euros kosten. Wer weiß, was er dafür von mir verlangt. Klar anfangs sagen immer alle, Kostet nichts, aber irgendwann später kommt der Haken an der Sache. Außerdem ist da immer noch seine Ex. Bestimmt nimmt sie die Kleine und erpresst ihn. Dann war ich nur ein Zeitvertreib. Andererseits wenn ich wirklich nur so ein Spaßhäschen sein soll, kann ich auch mit in den Urlaub fliegen, dann habe ich wenigstens für mein ganzes Leben etwas davon.' So geht es die ganze Zeit in meinem Kopf. Für und wider, hin und her, ja und nein. Wenn ich jedoch auf meinen Bauch höre, weiß ich, dass dieser Mann etwas Besonderes ist. So vergehen die Stunden. Abends sitze ich auf meinem Sofa und frage mich, ob es zu aufdringlich wäre, mich heute noch mal bei ihm zu melden. Ich muss mir selbst eingestehen, dass ich ihn vermisse. Gerne wäre ich jetzt in seiner Nähe, würde seinen Witz, seinen Charme und seinen Dickkopf ‚atmen'. Andererseits möchte ich für ihn auch interessant bleiben. So beschließe ich, darauf zu warten, ob und wann Mark sich wieder bei mir meldet.

Mitten in der Nacht werde ich von meinem Handy wach geklingelt. Mit einem Blick auf dem Display registriere ich verschlafen, dass Mark mich anruft.

„Hey" flüstere ich leise und verschlafen.

„Selber hey."

„Du bist noch wach?"

„Ja, war bei nem Kumpel. Wieso hast du dich nicht gemeldet?"

„Hmmm?" ich bin noch zu verschlafen um auf so eine komplexe Frage zu antworten.

„Den ganzen Nachmittag und Abend habe ich darauf gewartet, dass du dich meldest."

„Ähm, keine Ahnung."

„Hat es dir keinen Spaß gemacht? Oder war was nicht in Ordnung?"

„Quatsch! Alles ist und war gut." Langsam aber sicher werde ich immer wacher, wundere mich darüber, dass er so spät noch anruft und genau wissen will, weshalb ich wie gehandelt oder besser, nicht gehandelt habe.

„Ich habe heute Nachmittag alles erledigt, was anlag. Wäsche, einkaufen etc."

„Und abends? Warst du unterwegs oder warum hattest du keine Zeit?"

„Mark, mach dir doch nicht so einen Kopf. Du hast dich jetzt gemeldet, ich bin wach und freue mich dich zu hören."

„Trotzdem doof. Ich sitze alleine hier und - ach keine Ahnung."

Er hält inne. Irgendwie werde ich das Gefühl nicht los, dass er ebenso wenig von sich und seinen Gefühlen preisgeben will, wie ich. Mein Bauch und mein Herz möchten ihn aufmuntern:

„Ja stimmt. Ich finde es auch komisch, hier alleine zu sein. Die Zeit mit dir war sehr schön. Für mich überraschend zwanglos und locker."

Am anderen Ende der Leitung ist es still. Ich merke richtig gehend, wie sehr ihn meine ehrlichen Worte aus der Bahn gebracht haben.

„Ich fand es auch sehr schön." Das sagt er so ernsthaft und liebenswürdig, dass mir in dem Moment bewusst wird, dass auch bei ihm mehr im Kopf, Bauch und Herzen ist.

„… und deinen Körper. Wie gerne würde ich dich jetzt anfassen."

War klar, dass er jetzt ablenkt. Innerlich muss ich lachen.

„Oh ja. Ich hätte auch nichts dagegen deinen Körper hier bei mir zu haben."

„Was hast du denn an?"

„Nichts."

„Nichts? Ich dachte du schläfst nur ohne Wäsche wenn ich bei dir bin."

„Ne" ich muss lachen „ich schlafe immer nackt. Egal ob ein Mann in der Nähe ist oder nicht."

„Das habe ich ja noch nie gehört. Die meisten Frauen frieren immer und haben eher mehr als weniger an. Oder am Anfang ganz tolle leichte Sachen und nach Jahr für Jahr immer mehr an."

„Oh jetzt sei nicht so pessimistisch. Alle Frauen sind bestimmt ebenfalls bereit, die Hüllen bei passenden Gelegenheiten fallen zu lassen." Ich muss über das ganze Gesicht lachen. Er ist so urkomisch. So verallgemeinernd.

„Sehr witzig. Jetzt mal im Ernst. Du schläfst immer ohne Nachtwäsche?"

„Nachtwäsche? Was ist das denn für ein Wort?" Jetzt muss ich richtig lachen „Ja absolut. Mich macht es verrückt, wenn sich im Bett Nachthemden, Unterwäsche oder Schlafanzüge um mich wickeln. Oder alles verknautscht sich und macht definitiv unter meinem Bauch, Bein, Brust oder Arm - wo auch immer - einen dicken Wulst."

Während ich das alles schildere muss ich immer mehr lachen. Ich freue mich riesig darüber, ihn zu hören, mit ihm zu plaudern und ein weiteres kleines bisschen von mir preis zu geben und von ihm zu erfahren. Ich beschließe in diesem Moment mit ihm zusammen nach Jamaika zu fliegen, vorausgesetzt bis dahin kommt mir nicht seine Noch-Frau in die Quere. Wir albern rum und verabreden uns nach einer Weile für das nächste Wiedersehen. Zum Ende hin, fällt es mir immer schwerer, die richtigen Abschiedsworte zu finden. Ich möchte so gerne etwas herzliches sagen; Liebesbekundungen sind aber zu früh. Ich mag dich finde ich unmöglich weil es sich so lauwarm anhört. Letzten Endes geht es ihm wie mir, deshalb bleiben wir dabei Gute Nacht zu sagen und uns schöne Träume zu wünschen.

## 8

Die Tage werden nach und nach immer kälter
und kürzer. Mark ist in seinem Job so eingebun-
den, dass wir uns nur noch zwei Mal in der Woche sehen können. Wie er mir erklärte war er mal
eben in Köln, Frankfurt, Nürnberg, Hamburg etc.
Bis dahin habe ich mir nie Gedanken darüber
gemacht, dass ein Versicherungskaufmann von
einer Saison abhängig sein könnte aber wie er mir
erklärte, hat der Staat jedem gestattet, einmal im
Jahr seine Kfz-Versicherungen zu kündigen. Da
dies eins seiner Standbeine im Gewerbe und In-
dustriebereich ist, würde er zum Ende des Jahres
hin immer sehr wenig Zeit haben. Das ist aber
auch der Grund, weshalb er gerne immer Ende
Januar oder Februar für längere Zeit an einen
schönen warmen Ort fliegt.
Für mich ist es ein leichtes die Zeit zu nutzen und
meinem eigenen Kram nachzugehen. Mark ist ein
kleiner Teil meines Lebens, das genieße ich voll
und ganz. Dieser kleine Teil ist zurzeit jedoch
noch relativ leicht mit meinem eigenen Leben zu
füllen. Ich gehe arbeiten, streiche ein Zimmer,
repariere Dinge in meiner Wohnung, gehe Einkaufen und vieles mehr. Immer wieder frage ich
mich was er wohl gerade macht, wie es ihm geht
oder ob er sich vielleicht doch wieder mit seiner
Frau vertragen hat. Sobald wir uns jedoch gegenüber stehen fallen wir übereinander her. Genießen

die Stunden ganz allein und öffnen uns nach und nach dem anderen. Mir wird bewusst, dass ich nach relativ kurzer Zeit zu Mark ein persönlicheres und intensiveres Gefühl habe, als jemals zuvor zu Ralf. Kopfschüttelnd nehme ich diese Tatsache war.

# Mark

‚Oh nein, nicht schon wieder Stau. Dieses rum
gegurke geht mir so richtig auf den Sack' Ich
wähle die Nummer in der Firma

„Ja Herr Hansen?"

„Ja, hallo? Den Termin um halb vier kann ich
nicht wahrnehmen. Ich stehe schon wieder im
Stau."

„Ok, dann rufe ich an und lasse Ihnen drei neue
Terminvorschläge zukommen."

„Gut. Gibt es sonst noch etwas?"

„Ne, nichts besonderes."

„Dann mach um fünf zu. Wir sehen uns morgen
wieder."

Ohne auf Ihre Antwort zu warten lege ich schon
auf. Mich nervt alles an. Die Autos vor mir, das
Wetter, gleich wird es schon wieder dunkler. Immer weiter steigere ich mich in meine brummige
Stimmung.

‚Wieso meldet die sich eigentlich so wenig?
Könnte ja auch mal Interesse an mir zeigen. Man,
mach mal halb lang. Will sie doch. Ich bremse sie
aus, aus schiss vor meiner bescheuerten Frau.
Wenn die checkt, dass ich so eine scharfe Braut
am Start habe, kann ich mir Lisa abschminken.
Ich fasse es nicht. Ganze zwei mal habe ich Lisa
letzte Woche zu Gesicht bekommen.'

Ich schüttle mit dem Kopf. Mir bricht wieder das
Herz als ich an die Szene im Kindergarten denke.

Die riesigen Kulleraugen von meiner Kleinen, als Sie zufällig sieht, wie ich das Tor zur Kita öffne. Mit ausgestreckten Ärmchen ist sie auf mich zu gerannt. Ist mir in die Arme gesprungen und hat mich gedrückt, wie tausend Elefanten. Meine Kleine! Mir schnürt es die Brust zu. Es hat sich so himmlisch angefühlt, sie einfach im Arm zu halten.

‚Papi, mein Papi' hat sie immer wieder gesagt. Leider kam dann die blöde Schwiegermutter. Sie hat alles kaputt gemacht. War kein bisschen daran interessiert ob Lisa mich sehen wollte oder mit mir Zeit haben wollte.

Ich schlage mit den Händen aufs Lenkrad ‚Was eine beschissene Frau!'

Wieder läuft vor meinen Augen der Film ab, wie sie Lisa einfach an ihre kleine süße Hand nimmt und mit sich zieht. Von der will ich mich nicht abschütteln lassen, wie ein nasser Hund. Und doch, trotzdem ich mit rein bin, hat sie mich so ignoriert, dass Lisa klar wurde, dass etwas nicht stimmt.

‚Kann mein Papi mitkommen?'

‚Ne Lisa. Der muss doch arbeiten.'

‚Papi, musst du arbeiten'

‚Nein, quatsch! Für dich meine Kleine habe ich immer Zeit.'

‚Siehst du Omi, er kann doch mit.'

‚Lisa, es passt heute nicht. Jetzt komm, wir müssen los' während sie diese herzlosen Worte von sich gibt, zieht sie meine Tochter einfach hinter sich her. Diese verdreht den Kopf, schaut mich mit ihren großen braunen Augen an. Ich bringe es nicht übers Herz, ihr weh zu tun darum bin ich für sie stark ‚Mach dir keine Gedanken mein Schatz. Ich spreche gleich mit Mami und dann sehen wir uns ganz bald wieder.' Ich hab einen Kloß im Hals und noch schlimmer wird es, als ich zusehen muss, wie Lisa sich sträubt ohne mich zu gehen. Sie versucht ihre Oma davon zu überzeugen mich mitzunehmen oder in meinem Auto mitzufahren, weil ich ihr gerade doch gesagt habe, dass ich Zeit habe.'

Wieder schlage ich mit den Händen auf das Lenkrad ein

„Könnt ihr Scheiß-Penner nicht endlich mal fahren!" Ich schreie, fluche und schlage um mich. Erst als ich mich einigermaßen beruhigt habe, rufe ich Monika an - sie geht ran aber redet noch nicht einmal mit mir.

„Monika? Hallo?"

„Ja."

„Warum sagst du nichts?"

„Hm."

„Wann kann ich Lisa sehen?"

„Keine Ahnung."

„Wie keine Ahnung? Morgen? Gleich? Am Wochenende?"

„Keine Ahnung."

„Was soll das?" Ich muss an mich halten nicht laut los zu brüllen. „Ich möchte Lisa gerne sehen."

„Auf einmal? Du warst doch sonst auch nie da."

„Nie da? So ein quatsch. Ich bin immer da. Nur weil ich arbeite und zu manchen Zeiten nicht kann behauptest du jetzt ich wäre nie da?"

„Mark, was willst du?"

„Ich will Lisa sehen!" Wenn die jetzt vor mir stünde, könnte sie sehen, dass meine Halsschlagader zum platzen gespannt ist. Ich würde ihr am Liebsten den Kopf waschen.

„Lisa hat sich verabredet. Sie hat keine Zeit."

„Oh man Monika, erzähl keinen Scheiß! Sie ist drei. Sie verabredet sich nicht."

Kaum habe ich den Satz ausgesprochen bereue ich ihn wieder. Sie wird dicht machen.

„Mark, es passt gerade nicht. Vielleicht findest du ja Zeit noch mal anzurufen."

„Hör auf! Ich möchte die Kleine sehen. Ich habe ein Recht sie zu sehen!"

„Das Recht war dir in den letzten drei Jahren scheiß egal, warum sollte ich mich jetzt dafür bemühen?"

„So ein quatsch. Du drehst mir alles im Mund um. Nur weil du Abend für Abend mit deiner Mutter bei uns rum gehangen hast, heißt das noch lange nicht, das ich nicht zu euch wollte."

„Das schon wieder. Ja, ja."

Ich könnte durchdrehen bei dieser gelangweilten gleichgültigen Art. „Monika, sag mir, wann kann ich Lisa sehen. Ich will sie bei mir haben, mich um sie kümmern und mit ihr etwas schönes machen."

„Weiß ich noch nicht."

Mir ist klar, dass sie mich provoziert. Kurz davor durchzudrehen sage ich nur „Monika, sie ist unsere Tochter. Sie wird immer einen Vater brauchen. Und egal was du sagst oder wie du handelst, sie wird immer nur mich als ihren wahren und echten Vater haben."

„Ja klar."

„Das ist alles? Mehr fällt dir nicht ein?"

„Doch aber ich will nicht mit dir reden. Für dich ist sowieso alle so wie es ist, weil es die anderen waren."

„Jetzt hör doch mal auf alles zu verallgemeinern! Wann kann ich Lisa sehen?"

„ Vielleicht am Wochenende, ich frage sie."

„Du fragst sie? Sie ist drei. Was soll sie antworten? Sie hat doch überhaupt keine Ahnung warum wir nicht im selben Haus schlafen."

„Na und. Ich frage sie. Sonst noch etwas?"

„Machs gut."

Ich lege auf und schmeiße mein Handy durchs Auto. So eine blöde Tante. Die ruiniert alles. Macht alles kaputt. Mit ihrer verschlossenen, gleichgültigen Art. Wenn Lisa nicht wäre…. Ich denke den Gedanken nicht zu ende. Lisa ist. Keine Ahnung wie ich damit umgehen soll. Ich kann mir nicht vorstellen, ohne meinen kleinen Sonnenschein zu Hause zu sein. Sie ist so - so schutzlos. Klein. Niedlich. Verletzlich. Lacht und vertraut so viel…

Ich hänge meinen Erinnerungen nach. Mir schießen die Tränen in die Augen. Wie sehr ich mir ein kleines Kind gewünscht habe. Wie glücklich ich war, während der Schwangerschaft und bei der Geburt. Danach, wie zart dieses kleine Wesen in meinen Armen gelegen hat. Und dann? Dann hat sich alles verändert. Für meine Frau, war ich nicht mehr die Nummer eins. Nicht mehr der attraktive Mann, nicht mehr interessant. Sie hat mich von dem Tag der Geburt an fallen gelassen. Keine Intimitäten, kein Interesse und kaum Worte der Zuneigung.

Ich drehe die Musik auf. Die Erinnerungen sind nicht auszuhalten.

Ich starre gebannt auf den Fernseher. Die neuen Charts sind echt cool. Die Tanzbewegungen und Outfits würde ich gerne kopieren.

„Klar am Ende der Welt…"

Ich muss grinsen, bei meinem Selbstgespräch. Manches mal geht es einfach mit mir durch. Dann ist mir der Raum, die Stadt und die ganze Welt zu klein. Mir schwant ein Gefühl im Körper, als ob ich noch alles rocken könnte.

Gerade als ich mir noch etwas zu trinken holen will, klingelt es an der Tür. Im Grunde habe ich keine Lust jemanden zu sehen, andererseits gibt es nicht viele Möglichkeiten, wer um diese Zeit hier stehen könnte. Eher nur eine. Ich reiße die Tür auf, in Erwartung meine Schwester vor mir zu haben, doch dort steht niemand.

„Häh?" murmel ich leise.

Ich schaue um die Ecke. Komisch. Mit einem Mal rennt ein helles Wollknäuel zwischen meinen Beinen rum.

„Hey, wer bist du denn?" Ich bücke mich, schaue mir den süßen Hund an.

„Das ist Franzi." Neben der Tür steht Mark. Überrascht starre ich ihn an.

„Kann ich rein kommen?"

„Klar!" Ich umarme ihn stürmisch. Freue mich riesig ihn zu sehen. Atme ihn. Und - bin im siebten Himmel. Mit einem fetten Lächeln im Gesicht reiße ich die Wohnungstür auf „Rein mit dir, äh mit euch beiden!"

Unschlüssig steht er im Flur rum.

Seine Aura ist ganz anders als sonst. Obwohl er nichts sagt, fühle ich seinen Ärger, seine Wut seine Machtlosigkeit. Für mich fühlt sich, was auch immer, verdammt ernst an.

„Ich habe es mir gerade im Wohnzimmer bequem gemacht." Während ich das sage, gehe ich vor, drehe aber meinen Kopf um zu sehen ob er mit mir kommt. In dieser Stimmung ist er mir noch nie begegnet. Als ob ich es geahnt hätte, kommt er nicht nach sondern geht in mein Schlafzimmer. Kompliziert, merkwürdig und komisch schießt es mir durch den Kopf.

Gleichgültig ist es mir aber auch nicht. Ich zünde mir eine Zigarette an und gehe raus auf die Terrasse. Vorgeblich nur um zu rauchen, wenn ich jedoch ein kleines Stück nach rechts gehe, kann ich in mein Schlafzimmer schauen. Dort liegt er, macht keinen Mucks und keine Bewegung. Ein Arm liegt über seinen Augen, der andere locker neben ihm. Komplett angezogen, nur Schuhe und Gürtel liegen in der Ecke. ‚Merkwürdig‘

Die Zigarette rauche ich in Ruhe zu ende, stelle mich während dessen so, dass ich ihn sehe aber nicht von ihn entdeckt werden könnte. Trotzdem ich mehrere Minuten brauche bewegt er sich keinen Zentimeter. Irgendetwas scheint nicht zu stimmen. Ein blick auf meine Uhr sagt mir, dass es zwar stock dunkel ist, gerade aber erst halb acht durch. ‚Von wo kommt er? Was ist los? Soll ich ihn in Ruhe lassen oder zu ihm gehen? Ich hab doch keine Lust mich um halb acht ins Bett zu legen.'

Nach ein par Minuten gehe ich rein, vorgeblich auf die Toilette aber eigentlich doch nur um mich zu waschen und meine Zähne zu putzen. Ein kleines Lächeln streift über mein Gesicht weil ich mich freue, ihn hier bei mir zu haben. Nach ein par weiteren Minuten und allen erledigten Dingen, entschließe ich mich zu Mark zu gehen. Es kostet mich Überwindung, denn so verändert wie heute, habe ich ihn noch nicht erlebet. Das bedeutet meiner Erfahrung nach ernstes.

Fast möchte ich glauben, er schläft. Doch tatsächlich sehe ich, dass er sich verstellt. Sein Arm liegt immer noch über seinem Gesicht, die Atmung geht aber nicht gleichmäßig sondern abgehackt.

‚Wenn ich jetzt noch einen Schritt weiter gehe, mich vielleicht sogar auf das Bett setzte und seinen Arm weg ziehe, trete ich in seine ganz persönliche Privatsphäre ein. Hab ich da wirklich Lust drauf? Hm. Ja. Ich will ihn, den echten Mark kennen lernen.'

„Mark?"

Kein Ton kommt von ihm.

„Mark, alles ok mit dir?"

Nichts. Keine Antwort. Keine Regung.

Ich gehe näher ans Bett, beuge mich über ihn und streiche ganz sachte über seinen Kopf. „Was ist denn los? Rede mit mir."

Er antwortet nicht. Schluchzt aber so gequält auf, dass ich Gänsehaut bekomme.

„Hey, Mark! Sag doch was."

Meine Stimme ist ruhig, etwas leiser, weil ich mir einfach nicht vorstellen kann, was ihn derart aus der Bahn werfen könnte. Ich versuche seinen Arm vom Gesicht wegzuziehen, er hält aber störrisch in der Position fest.

‚Dann eben nicht, Dickkopf'

Meine Rebellin meldet sich: ‚Was? Das war alles? Nur den Versuch seinen Arm zur Seite zu schieben? Wenn du ihn echt so toll findest, musst du schon ein bisschen mehr Gas geben.'

Kurzentschlossen krieche ich über das Bett bis zum Kopfteil, lege mich so neben ihm, dass ich ihn etwas streicheln und kraulen kann.

‚Wenn schon nicht reden, dann wenigstens da sein' denke ich mir.

Er merkt, dass ich nicht gehen werde. Ihn scheint meine Geste nicht geläufig zu sein, denn erst erstarrt er und nach ein par weiteren Sekunden dreht er das Gesicht in meine Armbeuge Trotzdem er seine Gefühle verbergen will, höre ich wie er weint. Bisher habe ich es noch nie erlebt, dass ein erwachsener Mann so weint. Irgendwie erschreckt es mich andererseits finde ich es unglaublich, dass er sich bei mir so fallen lassen kann.

Nach ein par endlosen Minuten in denen alle möglichen Horrorgeschichten durch meinen Kopf

kursieren, bin ich froh, dass er endlich wieder
sein Gesicht mir zuwendet.

„Magst du etwas trinken?"

„Nein."

„Magst du mir sagen was los ist?"

Wieder hüllt er sich in schweigen. Um ehrlich zu
sein, bin ich nicht nur ratlos, sondern meine Rebellin ist mittlerweile stinkig, weil sie immer
noch nicht weiß, was zum Teufel hier eigentlich
los ist. Um mir nichts anmerken zu lassen gehe
ich in die Küche um sehr wohl etwas zu trinken
zu besorgen.

„Mark. Ich hab dir was zu trinken mitgebracht."
Betont locker schmeiße ich mich wieder aufs
Bett. Er kann ja traurig sein aber so lange ich
nicht weiß was los ist, steht es mir zu, gute Laune
zu haben. Seine großen Augen blicken mich an.
Mir geht die Sonne im Herzen auf.

„Hey du. Langer Tag?"

„Ne, scheiß Tag." Immer noch blickt er mich mit
seinen großen braunen Augen an.

Ich lächle ihn an „Mein Tag war nicht spektaku-
lär. Ich kann dich ablenken oder du sagst mir, was
passiert ist."

„Ich kann gar nichts sagen. Ich würde dich nur
verletzen."

„Ich bin stark im nehmen. Los sag schon, was
bedrückt dich?"

Er sieht mich wieder an. Blickt von einem zum
anderen Auge „Die Zeit mit dir ist unglaublich.
Ich habe so etwas noch nie erlebt."

Mir stockt der Atem. Scheiße! Will der jetzt nen Abgang machen? Um nichts noch schlimmer zu machen, blicke ich ihn nur an.

„Janine, ich habe es echt noch nie erlebt. Und ich bin mehr als 10 Jahre älter als du."

Immer noch können mein Gehirn und meine Zunge keine Worte bilden. Es hört sich an, als ob gleich der Traum ausgeträumt ist.

„Um ehrlich zu sein, mir fehlt meine Familie so sehr. Ich bin so gerne hier bei dir, habe seit Jahrzehnten nicht mehr so ein Gefühl für eine Frau gehabt, wie für dich. Wenn ich jedoch an mein kleines Mädchen denke schnürt es mir die Kehle zu. Ich bin in den letzten Tagen durch die Hölle gegangen." Seine Stimme ist immer noch rau von seinem Gefühlsausbruch, wie es aussieht hat er sich aber jetzt so weit unter Kontrolle, dass wir reden können. Wenn er mir sagt, dass er seine Familie vermisst, gehört für mich seine Frau automatisch mit dazu. Das widerum bedeutet, dass ich ihm nicht das geben kann, was er braucht.

„Es ist doch normal, dass du deine Familie vermisst."

„Die mich aber nicht."

„So ein quatsch. Es ist niemals so wie es scheint. In keiner Situation und bei keinem Menschen."

„Janine, ich habe versucht meine Lisa zu sehen. Sie kommt nicht mit mir mit. Sie besucht mich nicht. Sie kann gar nicht. Ihre Mutter und meine Schwiegermutter blocken alles." Sein Atem gerät wieder ins Stocken. „Heute stand ich bei meiner

Frau und Lisa vor der Tür, weil ich sie einfach sehen musste. - Erst war nur Monika an der Tür aber Lisa muss meine Stimme gehört haben, denn sie rannte plötzlich um die Ecke und sprang mir in die Arme." Jetzt weint er wieder richtig. Mir bricht es das Herz, zuzuhören und zuzusehen, wie eine Familie zerbricht. Und das vielleicht nur wegen mir?!

Mit rauer Stimme erzählt er weiter „Sie sagte, Papi Papi, da bist du ja! Dann zog sie mich am Arm - sie wollte unbedingt, dass ich rein komme. Dann drehte sie sich zu ihrer Mama und meinte „Sieh doch, Papi ist da. Jetzt können wir wieder zusammen schlafen". Monika hat nur ihren Kopf weg gedreht, damit Lisa nicht sehen muss, dass etwas nicht stimmt. Und damit nicht alles schlimmer kommen konnte hab ich ihr gesagt, dass ich noch mal los muss." Tränen laufen lautlos über seine Wangen. Ich habe noch nie erlebt, dass jemand um sein Kind trauern muss. Meine Eltern sind mir noch nie mit so viel Gefühl gegenüber getreten. Und, leider habe ich keine Kinder und kann ihn somit nicht wirklich verstehen. Ihn jedoch so zerbrochen hier liegen zu haben, macht deutlich, dass Mark nicht ohne seine Familie sein will.

Ich drücke ihn ganz feste. Mir wird das Herz schwer, denn diesen Mann jetzt herzugeben, ist doch schwerer als gedacht. „Mark. Hey. Jetzt sei doch nicht so traurig." Meine Stimme ist leise und ruhig aber tief in mir drin tobt ein Orkan.

„Du hast leicht reden. Ich will sie bei mir haben! Ich heirate doch nicht, um mich zu trennen. Ich baue doch nicht ein Haus um darin alleine zu wohnen! Und schon gar nicht wünsche ich mir ein Kind, bekomme es und lass es dann bei getrennten Elternteilen aufwachsen."
Ihn so vehement zu erleben, verletzt mich ohne Ende. Mir wird deutlich, dass ich - wir - lange nicht so eine Bindung haben. Um mich selbst zu schützen, aber auch um immer Oberwasser zu haben entgegne ich deswegen:
„Ja verdammt. Sei nicht traurig! Ich habe dir gesagt, für deine Frau und deine Tochter gebe ich dich auf. Du bist ein toller Mann, Mark. Wenn du nicht schon so eine riesen Familiengeschichte am Start hättest würde ich mich freuen, mit dir zusammen zu sein. Aber zu diesem Preis? Geh zu ihr. Versöhnt euch. Eure Tochter braucht euch beide." Auf einmal ist es mir egal, dass er hier bei mir im Raum ist, ich hole meine Kippen und stecke mir eine an. Um ihn nicht ansehen zu müssen, öffne ich die Balkontür und lege Musik auf.
„Du hast Recht. Echt ein Scheiß-Tag." meine ich.
„Janine, ich will das mit uns nicht beenden."
„So ein quatsch. Du erzählst, wie sehr du beide vermisst, weinst sogar und willst mir weiß machen, diese Geschichte mit mir weiter aufrechterhalten zu wollen?" Ich schnaube empört. Wie kann er nur alles wollen?

„Es ist nicht wie du denkst. Ich vermisse Monika weil sie seit fast 15 Jahren in meinem Leben war. Wir kennen uns in und auswendig."

„Ich sage doch, fahr hin und versöhn dich." Ich merke wie meine Rebellin den Abzug antritt. Zurück bleibt eine verletzte Nine, die jetzt nur logisch funktioniert.

„Sie will mich doch gar nicht. Seit sie damals erfuhr, Schwanger zu sein, hat sie sich von mir distanziert. Kein Sex, keine Umarmungen, Intimität war zu hundert Prozent gestrichen."

„Mark, Sex ist nicht alles."

„Das habe ich mir auch immer und immer wieder gesagt. Aber werde du mal abgelehnt. Nicht einmal oder zweimal, nein erst über Monate dann über Jahre. Erst nur das körperliche, als es dann schwieriger wurde in der Firma und mein Vater auch noch Krebskrank wurde, hat sie sich komplett raus gezogen. Sie hat mich im Stich gelassen. Immer und immer wieder verlangte sie von mir, alles den Bach runter gehen zu lassen und dafür Nachmittags um 16 Uhr bei ihr und der Kleinen zu Hause zu sein."

„Natürlich ist das schwer, doch für Lisa, für eure gemeinsame kleine Tochter, müsst ihr es schaffen."

„Was denn schaffen? Ich kämpfe doch sowieso schon um alles ganz alleine. Immer habe ich meine Kraft daraus gezogen, mein Mädchen in den Armen zu halten. Wenn sie schon schlief bin ich zu ihr und habe ihr von mir und meinen Tag erzählt und wenn sie wach war, hat sie mir stolz gezeigt, was sie den ganzen Tag über gemacht hat."

Das Thema behagt mir überhaupt nicht. Ich bin sauer auf seine Frau, sauer auf ihn und sauer auf mein Schicksal.

„Mark, wir hatten eine schöne Zeit. Behalte sie in Erinnerung aber fahr nach Hause und rede mit ihr. Ich kenne mich nicht genug aus um dir mehr zu sagen. Meine Familiengeschichte ist so schmerzlich und traurig, dass ich nicht dafür verantwortlich sein möchte, eine ganze Familie zu zerstören."

Wieder stecke ich mir eine Zigarette an. So ein Scheiß-Tag!

„Ist das dein ernst? Du schickst mich jetzt weg?"

„Ich schicke dich nicht weg. Ich gebe dir den guten Rat, deine Familie wieder einzufangen."

„Diese blöde Kuh, beleidigt und verletzt mich ununterbrochen und ich soll wieder zu ihr. Sie davon überzeugen, mit mir ihr Leben zu führen?"

„Man, jetzt steigere dich nicht so rein. Versuch es. Ich habe dir gesagt, sie ist die einzige für die ich dich jemals wieder gehen lassen werde. Also denk darüber nach, was du willst."

Aufgewühlt, fast schon sauer, schnippe ich die nächste aufgerauchte Zigarette über die Balkonbrüstung. Im Zimmer ist es still, bis der nächste Song anspielt. Mir ist klar, dass jetzt alles von Mark abhängt und ihm dank meiner Worte ebenfalls.

Er steht auf, wendet sich zur Tür. Gerade als ich denke, er geht jetzt einfach, nimmt er die Tür ins Bad.

‚Puhhh, muss das echt so kompliziert sein?'

Nach einigen Minuten kommt er wieder raus.

Wie es aussieht hat er sich das Gesicht gewaschen. Direkt auf mich zukommend, blickt er in meine Augen. Er nimmt mein Gesicht zwischen seine Hände und küsst mich. Anfangs verhalten, als ihm jedoch Bewusst wird, dass ich nichts dagegen habe, ihm den Kuss sogar erwidere, wird er intensiver.

„Janine. Ich könnte niemals mehr, mich einfach so umdrehen und gehen."

„Was ist schon einfach? Möchtest du dir immer vorwerfen, nicht gekämpft zu haben?"

Mark antwortet nicht mehr. Er lässt alles im Raum stehen und küsst mich wieder. Seine Zunge streichelt meine, seine Lippen berühren zärtlich meine. In meinem Kopf tobt zeitgleich das Chaos. Ich fühle mich verlassen und verraten. Obwohl ich ihm gesagt habe, er soll wieder zu seiner Familie gehen, finde ich es zeitgleich zum kotzen, dass er mich überhaupt in so eine Situation gebracht hat. Andererseits möchte ich mir nicht anmerken lassen, was meine Empfindungen sind. Insofern lege ich meine Arme um seinen Nacken und gehe aufs Ganze. Küsse, streichle und genieße ihn - wahrscheinlich zum letzten Mal.

10

An diesem Abend ist er gegangen. Zwar mit einem liebevollen Blick, jedoch ohne ein Versprechen.

Tag eins. Keine Nachricht von Mark.

In mir toben unendlich viele Gefühle. Warum ist dieser Mann nicht für mich? Wieso lässt diese blöde Frau überhaupt so einen Mann los? Was will ich denn mit einem Kind aus erster Ehe? Mich wird er sowieso für viel zu jung empfinden. Meine Haare, meine Nägel, meine Kleidung; sind die überhaupt cool genug für sein Leben?

Tag zwei. Keine Nachricht von Mark.

Unglaublich, dass er sich wirklich nicht meldet. Bestimmt hat er meinen Rat befolgt uns ist zu seiner Familie um Frieden zu stiften. So eine doofe Frau. Erst verpisst die sich um mit ihm Spielchen zu spielen und dann kommt sie wieder an. Scheiße man! Irgendetwas muss sie aber haben, sonst wäre er nicht die letzten Jahre mit ihr zusammen geblieben. Vielleicht ist es nur Gewohnheit. Viele leben nur aus Gewohnheit mit einem Menschen, weil sie keine Lust haben sich zu trennen. ‚Ohhh Nine, Hör auf so einen Müll zu denken.‘ Ich zerstrubbel meine Haare, laufe von einem Raum in den nächsten. Seit Stunden kreisen meine Gedanken immer wieder um ihn. ‚Du wolltest doch unbedingt die Heldin spielen, die den wundervollen tollen atemberaubenden Mann, seiner Ehefrau wieder näher bringt. - Bescheuert!!!‘

Tag drei. Immer noch keine Nachricht von Mark. Nächste Woche ist der 1. Advent. Mir graut es jetzt schon davor, ein weiteres Jahr festzustellen, wie einsam ich bin. Mark fehlt mir. Jeden Tag sind meine Gedanken damit beschäftigt, sich daran zu erinnern wie er gelächelt oder geredet hat. Wie er mich umarmt und geküsst hat. Die ungezwungenen und herzlichen Stunden, sind mein heimlicher Schatz. Immer wieder verspreche ich mir, dass ich dieses Gefühl mit einem für mich bestimmten Mann noch einmal finden werde. Und Lisa - Lisa ist mein Anker, weshalb ich mich von Mark fern halte. Auf meine Art verbessere ich ihr leben, zumindest rede ich mir das ein. Da meine Rebellin mit dem Abschied von Mark, ebenfalls den Abzug angetreten hat, ist in meinem Kopf ruhe eingekehrt. Ich fühle mich zwar müde und kraftlos, freue mich aber zeitgleich, dass ich bei nächster Gelegenheit im Beruf richtig durchstarten kann. Ich mache Überstunden für meinen Chef und lasse mich am Wochenende wieder für alle Abendschichten einteilen. Überlege hin und her, ob ich nicht mal wieder ein neues Projekt starten soll. Vielleicht Studium oder in der Abendschule meine Betriebswirtin machen. Oder ich lasse mich auf einen Deal mit meinem Chef ein, der mich für die nächsten sieben Jahre fest anstellen will um mit mir eine Niederlassung in Frankfurt aufzumachen. Ich könnte auch ein ganz eigenes Projekt starten, wenn ich allein bin. Mein Leben ist so bewegt, dass ich ohne weiteres ein

Buch schreiben könnte. Ein Buch? Doof. Wer will schon lesen, wie doof meine Eltern sind oder was ich erlebt habe. Ich verdrehe innerlich meine Augen und sag mir selbst, dass es absoluter Schwachsinn ist.

Mit Jacke, Mütze, Schal und Handschuhe stehe ich vor meinem Auto und könnte fluchen, weil dieses blöde zugefrorene Türschloss nicht auf geht. In zwanzig Minuten muss ich im Geronimo sein um einen weiteren Abend am Wochenende tot zu schlagen. Während ich mit dem Feuerzeug am Schloss hantiere, denke ich an Mark. Frage mich, ob er sich mit seiner Frau heute einen schönen Abend macht. Bestimmt gehen die beiden Essen oder ins Kino. Die Tür geht endlich auf. Das Auto laufend, die Musik aufgedreht kratze ich die vereisten Scheiben frei. Schade, dass ich wieder Single bin. Im Grunde finde ich dieses Winterwetter richtig romantisch. Ich schüttle über mich selbst den Kopf, lächle und fahr los. ‚Alles wird gut' denke ich mir.
Die Arbeit war anstrengend aber gut. Um vier falle ich endlich zu Hause in mein Bett. Ich lese noch mal in einem meiner Lieblingsbücher, bin aber so kaputt, dass mir die Augen zufallen. Erst andern Tag merke ich, dass mein Buch gezwungen war, mit mir zu schlafen. ‚Auch gut' denke ich mir, ‚ich hab eben eine Beziehung zu meinen Büchern'. Langsam werde ich immer wacher, habe aber keine Lust aufzustehen. Mit Blick aus dem Fenster stelle ich fest, dass es ungefähr frü-

her Mittag sein müsste, aber auch das ist egal.

‚Was Mark wohl gerade macht? Vielleicht spielt er mit seiner Kleinen? Vielleicht machen die einen Familienausflug?' Meine Rebellin lugt zaghaft um die Ecke: ‚Findest du das nicht bescheuert, dich jeden Tag zu fragen, was er gerade macht?'

‚Man du hast echt keine Ahnung. Denkst du, wir könnten jeden Tag einen Mann kennen lernen, mit dem auf Anhieb alles passt?'

‚Was passt denn? Der ist doch nicht hier.'

‚Genau. Wenn ich seine Frau wäre, würde ich auch wollen, dass er sich immer wieder für mich entscheidet.'

‚Du bist aber nicht seine Frau. Du bist hier und zwar allein.'

‚Ja, weil ich es so wollte. Ich hab ihm extra gesagt, dass er zu seiner Familie gehen soll.'

‚So ein Schwachsinn. Du wolltest nur nicht, dass er dir irgendwann vorhält, seine Frau wegen dir aufgegeben zu haben.'

‚Na und?'

‚Eigentlich bist du feige. Wenn er wirklich der Wahnsinns-Mann ist, musst du auch kämpfen.'

‚Nein. Ich werde nicht einem kleinen Kind den Papa weg nehmen.'

‚Wenn dort alles im Lot wäre, hättest du überhaupt nicht bei ihm landen können.'

‚Ja, und wenn ich so toll wäre, hätte er sich schon längst gemeldet.'

‚Das ist so bei Männern, die wollen öfter mal Spaß haben. Gewöhn dich lieber dran.'

‚Kannst du deine bekloppten Gedanken mal für dich behalten? Es ist wie es ist. Sollte es anders sein, würde es anders sein.'

‚Du bist ja scheiße drauf.'

‚Wärst du auch, wenn du etwas mehr Gefühl mit dir rum tragen würdest.'

‚Ich hab Gefühl! Ich schmeiße mich nur nicht jedem erstbesten Mann direkt in die Arme.'

‚Kannst du mal aufhören, mich anzumachen? Ich schmeiß mich keinem in die Arme und du auch nicht. Entweder wir beide oder keiner.'

‚Dann mach was, und hör auf hier so blöd rum zu liegen.'

„Ok, ok." Ich schwinge die Beine aus dem Bett und starte den Tag. Aufräumen, Putzen und Wäsche waschen. Nebenbei läuft das Radio und hält mich in Schwung. Eigentlich könnte ich auch noch den Flur streichen, weil ich das sowieso schon seit meinem Einzug erledigen wollte. Ich hole mir Farbe, Pinsel und meine Malerkluft und drehe die Musik auf. Irgendwann läuft ein Song, bei dem mich ein par Textzeilen wahnsinnig an Mark erinnern…

„…stellst dein Zelt mitten in die Welt, spannst die Schnüre und wunderst dich wenn Nachts ein Mädchen drüber fällt…"

„…. mit deinem Mund redest du dich um Kopf und Kragen…"

Die Frauenstimme ist zwar tief aber durch die schnelle Musik, ist es kein trauriges oder deprimiertes Lied sondern hat Charme. Mir erscheint alles an Mark und meiner Situation auf einmal anders. Kurzentschlossen nehme ich mir mein Handy und texte ihm:
„ * "
Mehr möchte ich nicht schreiben. Mit jedem weiteren Wort würde ich zu viel von mir preisgeben. Entweder checkt er, dass ich ihn vermisse aber keine Ahnung habe, wie ich wieder zu ihm durchdringen kann oder er ist eben doch nicht der Richtige.

Stunde um Stunde vergeht; egal wie oft ich auf meinem Handy nachsehe, ich habe keine Antwort von ihm bekommen. ‚Vielleicht hat er gedacht, es wäre nur ein Versehen. Na ja, auch nicht verkehrt, dann brauche ich mich wenigstens nicht schämen.' Mein ärger über mich selber wird von Zeit zu Zeit immer größer. Ich hätte einfach nicht schreiben sollen. Die Wände sind gestrichen, die Pinsel noch auswaschen und dann - ja was dann? Was als nächstes? Ich setze mich in mein Malzimmer, steck mir eine Zigarette an und lasse den Raum auf mich wirken. Langsam komme ich zur Ruhe. Ich bin nicht hier, hier im Zimmer, hier in der Wohnung, hier in meinem eigenständigen Leben, um wegen Mark den Kopf zu verlieren. Tief einatmend stehe ich auf, beginne alles aufzuräumen und stelle mich dann unter die Dusche. Immer wieder sage ich mir: ‚Wenn ich ein Leben ohne Eltern meistern konnte, wenn ich eine Arbeit in einem Stripp-Club hinter mich bringen konnte, ohne anschließend dabei drauf zu gehen, wenn ich es aushalten konnte von meinem Ehemann betrogen und belogen zu werden und mich dann auch noch Scheiden zu lassen, dann werde ich alle weiteren Tage meines Lebens auch schaffen. Schlimmer oder schwieriger kann es nicht mehr werden. Solange ich ein guter Mensch bleibe, werde ich das Leben schon hinbekomme.

Die Dusche ist so heiß, dass meine Haut kocht. Knallrot steige ich heraus, nur um gleich wieder rein steigen zu wollen. Haare rubbeln, dann kämmen. Ein wenig Schminke und na ja vielleicht auch etwas schönes anziehen? Ich merke, wie meine Stimmung steigt. Die Dusche - mein Heilmittel. Ich muss grinsen. Na klar ziehe ich etwas schönes an!

Ich gehe in mein Schlafzimmer und schaue nebenbei auf meinem Handy „Jaaaahhaaaaaaa!" Ich quietsche und freue mich riesig, denn Mark hat mich soeben angerufen. So cool! Er hat angerufen! Wie blöd, ausgerechnet dann höre ich das Telefon nicht. Meine Finger sind schon über der Rückruftaste, doch einem Impuls folgend rufe ich nicht zurück. Erstmal möchte ich mich anziehen. Außerdem muss ich meine Verärgerung runter schlucken, dass er sich über Tage überhaupt nicht gemeldet hat. Das ich diejenige war, die es ihm nahe gelegt hatte, ignoriere ich geflissentlich.

Es vergeht eine Stunde, ohne dass ich etwas von ihm höre. Immer größer wird mein innerer Zwiespalt. Anrufen? Ignorieren? Ärgern? Die gerade neu entstandene Hoffnung versuche ich abzuschütteln, jedoch vergeblich. Ich schimpfe mich selbst aus, so unentschlossen zu sein. Entweder möchte ich ihn, oder nicht. Wenn ja, muss ich kämpfen, wenn nein muss ich ihn gehen lassen. So einfach ist das. Ja, wie einfach. Einfach eben. Nichts ist einfach!

Plötzlich klingelt es an meiner Wohnungstür. Auf dem Weg dorthin überlege ich, ob es eine Nachbarin sein könnte. Lieber wäre mir natürlich es wäre Mark, aber wo der gerade steckt, weiß der Teufel. Der Teufel? So übel ist Mark nun auch wieder nicht.

Mit Schwung öffne ich die Tür. Er sieht mich an und lächelt. „Hey Janine, wie gehts?"

Mein lächeln fällt etwas perplex aus. „Hallo Mark!"

„Lässt du mich rein?"

„Klar! Was machst du hier?"

„Dich besuchen."

„Mich? Oder warst du gerade nur in der Nähe?"

„Ne, wirklich. Ich hatte dich angerufen aber leider bist du nicht ran gegangen und ich dachte mir, ehe du deine Meinung wieder änderst, muss ich dich selbst direkt sprechen."

„Meine Meinung ändern?"

„Ja! Du hast mir geschrieben. Also willst du nicht mehr, dass ich mich von dir fern halte."

„Fern halten?" Ich kapiere überhaupt nichts. Während er eintritt schließe ich die Tür. Er geht jedoch nicht wie von mir erwartet weiter sondern dreht sich mir zu. Mit Blick in meine Augen nimmt er zärtlich mein Gesicht in seine Hände und Küsst mich behutsam auf den Bund. Sofort fallen mir die Augen zu. Alle meine Sinne sind auf ihn konzentriert. Sein Geruch, sein Atem, seine Lippen, seine Hände. Meine eigene kleine Mimose öffnet sich sofort.

„Ich habe dich vermisst" flüstert er ganz leise.

„Warum hast du dich dann nicht eher gemeldet" frage ich ebenfalls ganz leise.

„Weil du mich nicht wolltest."

„Natürlich wollte ich dich. Ich will dich immer noch."

„Und dann schickst du mich weg?"

„Ich dachte, du bist ohne deine Familie unglücklich."

„Bin ich auch. Aber das hat mit uns doch nichts zu tun."

„Klar! Natürlich hat es das. Ich will über Zeit und Raum nicht nur der Spaßfaktor sein."

„Das sollst du doch gar nicht."

„Vielleicht nicht heute, nicht jetzt aber keiner von uns weiß, ob ihr euch in ein par Wochen wieder vertragen werdet. Bald steht Weihnachten vor der Tür. Bestimmt wollt ihr mit Lisa zusammen feiern und dann werdet ihr euch ausreden und wieder zueinander kommen."

Er blickt mir tief in die Augen. „Ich wünschte so wäre es, Janine."

„Aber?"

„Zwischen Monika und mir ist zu viel vorgefallen. Wir haben uns unverzeihliche Dinge gesagt. Schon mit Beginn der Geburt von Lisa ist es zu Ende gegangen."

„Die Lebensgeschichte von Lisa wird euch aber wieder zusammen bringen."

„Wenn du es genau wissen willst: Ich war bei ihr. Ich habe versucht mit ihr zu reden."

„Gut!"

„Gut? An dem Gespräch war rein gar nichts gut. Sie, wir werden keine gemeinsame Zukunft haben. Auch nicht wegen Lisa."

„Ja aber du warst doch dort, dann muss sie doch verstehen, was dir eure Familie bedeutet."

„Sie sieht nur sich. Für sie bin ich nicht Mr. Right. Und unsere Tochter ist nicht Grund genug eine Farce weiter aufrecht zu erhalten."

„Aber du liebst sie, sonst wärest du nicht wieder zu ihr gegangen."

„Lieben? Was ist Liebe? Lisa liebe ich weil sie mein Fleisch und Blut ist. Männer, Frauen und Liebe? Ich glaube nicht mehr daran."

Mir sträuben sich die Nackenhaare. Wie kann man so eine Aussage machen? Was muss man erlebt oder nicht erlebt haben, um die Hoffnung auf DIE Liebe aufzugeben?

„Hey, ich verstehe dich. Bisher haben alle Menschen von denen ich geglaubt habe, geliebt zu

werden entweder mein Leben verlassen oder
mich betrogen und belogen. Ich möchte nur das
du weißt, die Zeit ohne dich war für mich nicht
schön. Und so ohne Grund möchte ich auch nicht
mehr, von dir sitzen gelassen werden. Es wäre
schön, dich öfter zu sehen, denn ich finde zwischen uns läuft es ganz easy. Und - für Monika
und Lisa kann ich dich wieder frei geben aber
nicht mehr für irgend eine andere Frau."
Er schaut mich mit großen Augen an. War wohl
doch etwas zu erschreckend direkt.
„Janine." Ich kann sehen, wie es in seinem Kopf
arbeitet, weiß aber schon, dass er mir jetzt nicht
das sagen wird, was ich mir wünsche.
„… es ist nicht so, dass ich die Anziehung zwischen uns nicht spüre aber können wir nicht einfach locker und unkompliziert miteinander die
Zeit verbringen? Ich will keine andere Frau, darum brauchst du dir keine Gedanken zu machen.
Es ist gerade alles so kompliziert, dass ich dir
einfach nichts versprechen kann."
Autsch! Ich hab es zwar angeboten aber diese
wagen Worte sind eine verbale Ohrfeige. Ich
möchte mich aber nichts anmerken lassen. Wahrscheinlich würde er dann einen Abgang hin legen
und nie wieder einen Fuß über meine Türschwelle
setzen.
„Ok. So machen wir es."
„Wie? Einfach ok."
„Ist doch nur fair. Weist du noch, was ich damals
kurz nach dem Anfang gesagt habe? Du solltest

dir nichts auf die Geschichte mit mir einbilden, weil sowieso alles nur ein bisschen Spaß sein sollte? Nun bittest du mich darum, mit mir genau das zu haben." Ich grinse ihn an. Komme ihm näher und umarme ihn. Jetzt werde ich ihn verführen und zwar nach allen Regeln der Kunst. Ihm soll der Atem weg bleiben. Ihm soll klar werden, dass eine Frau wie ich mehr ist als nur Spaß. Die Zeit bis dahin, nehme ich mir.

## Mark

„Mutter, dass mit Monika ist einfach durch. Halt dich da raus."

„Man schmeißt doch nicht einfach so seine Ehe weg. Und dann das Kind. Die Kinder leiden immer am meisten darunter. Vergiss das nicht."

„Denkst du ich wüsste das nicht? Denkst du wirklich die letzten Jahre mit meiner Frau habe ich nicht damit zugebracht, wieder Nähe herzustellen? Ständig hockt hier ‚Oma Inge'. Ich kann sie schon nicht mehr sehen."

„Dann rede mit ihr. Sag ihr, dass du nicht jeden Abend deine Schwiegermutter hier sitzen haben willst."

„Kannst du mal aufhören so zu tun, als ob ich das alles nicht wüsste und nicht schon längst ausprobiert habe? Sie ist ausgezogen. Sie hat Lisa mitgenommen. Sie hat die ganze, meine ganze Familie beleidigt. Soll sie sich doch verpissen. Wird schon sehen, wie es ohne mich ist."

„Ich kann sie ja mal anrufen, vielleicht redet sie mit mir."

„Tu was du nicht lassen kannst."

Ich tigere unruhig im Raum. Irgendwie nerven mich die Sprüche meiner Mutter aber wenigstens ist sie hier. Immer noch fällt es mir schwer zu verstehen, dass Monika alle Sachen gepackt hat und meine kleine Lisa mitgenommen hat.

„Mutter, es ist schon spät. Ich will mich mal hinlegen."

„Ach komm her mein Junge." Ob ich will oder nicht, sie zieht mich einfach an sich und drückt mich. Alles in mir sträubt sich gegen die Zärtlichkeit und doch fühlt es sich richtig gut an.

„Vielleicht solltest du einfach mal in den Urlaub fliegen und dich erholen."

„Die Idee hatte ich schon." Ich winde mich aus ihrer Umarmung. „Im Februar fliege ich für zwei Wochen weg."

„Na das ist doch gut. Du wirst sehen, die Zeit vergeht schneller als du glaubst."

„Ja wir werden sehen." langsam dirigiere ich sie zur Haustür. Meine Mutter kann ich aus unerfindlichen Gründen immer nur in homöopathischen Dosen ertragen.

„Dann schlaf gut! Ach komm, lass dich noch mal drücken." Wieder zerrt sie mich einfach an sich.

„Wenn du mich brauchst, dann melde dich. Ich könnte mal etwas kochen oder dir mit der Wäsche helfen."

„Ich komm schon klar. Tschüss Mutter, komm gut nach Hause."

Endlich fällt die Tür ins Schloss.

Leise atmend halte ich inne. Es ist so leise hier. Überhaupt nicht mehr wie ein Familienhaus. Alles erinnert mich daran, dass sie gegangen ist.

‚Sie hat mich im Stich gelassen. Hat einen herzlosen Abgang hingelegt, als es am schwierigsten war. So viel zu ‚Im Guten wie im Schlechten'.

Wenn es drauf ankommt verpisst die sich. Die braucht mir gar nicht mehr anzukommen. Die ist so etwas von durch.'

Die Stunden verstreichen, trotzdem komme ich nicht zur Ruhe. Nicht nur, dass sich meine Frau verpisst hat, nein, in der Firma geht auch alles den Bach runter. Ich wandere durch die Räume ohne anwesend zu sein. Mir fehlt die Kraft wütend zu sein. Mir fehlt die Kraft, mit meinem Vater über die Scheiße zu sprechen, die er in der Firma angestellt hat. Mein Bruder, der überhaupt nicht mehr zur Arbeit erscheint und trotzdem monatlich seine sieben Scheine nach Hause bringt. „So eine verfickte Scheiße" brülle ich plötzlich heraus. „Scheiße! Scheiße! Scheiße!" weiter brülle ich. Es ist sowieso kein Schwein mehr da, das mich hört. „Ihr Arschlöcher!" In mir drin wühlt es sich immer mehr auf. Ich merke wie mir die Tränen in die Augen schießen. Das macht mich noch wütender „Ihr könnt mich alle mal! Wer will schon so ne verfickte Schlampe haben, die sich verpisst! Du blöde scheiß Kuh! Das ist mein Kind, nicht deins! Du wolltest überhaupt kein Kind. Ich wollte Lisa, nicht du!"
Mir laufen die Tränen. Keine Ahnung ob Wut, Trauer oder Verzweiflung. Am liebsten würde ich alles kaputt schlagen. Ich schlage aufs Bett ein. Schlage und schlage und schlage. ‚Ich hasse alle. Die sollen sich alle verpissen. Ich lass mir mein Leben nicht kaputt machen. Keinem habe ich

etwas angetan, dass ich so bestraft werden müsste.'

Irgendwann schlafe ich endlich ein, habe ein Bild von Janine vor Augen. Sie lächelt mich an. Nicht ihr Mund, ihre Augen lächeln mich an. Ich sehe nichts anderes als ihre Augen und fühle mich besser.

## 11

„Also um ehrlich zu sein, er ist richtig stark." Meine Freundin Diana stochert jetzt schon seit zehn Minuten an mir rum, weil sie wissen will, was mir Mark bedeutet. Irgendwie kann und will ich ihr nicht alles bis ins Detail schildern.

„Stark? Was ist stark? Jetzt sag schon, ist es etwas festes mit euch?"

„Nee! Nur so zum Spaß haben."

„Aber er hat dir doch einen Urlaub auf Jamaika geschenkt."

„Na und. Da kann er mit jeder hinfliegen."

„Wieso sollte er. Er hat dich gefragt und es dir geschenkt."

„Ja, nur glaubt er nicht mehr an die Liebe, nur noch an Spaß haben. Dann bin ich lieber realistisch, genieße die Zeit und rechne damit, dass er mich jeden Tag sitzen lässt."

„Wie bescheuert ist das denn? Du hast was besseres verdient. Erst recht nach deinem Ex-Mann."

„Für mich ist dieser Weg, besser."

„Wenn du meinst." Ihre Stimmung wird immer reservierter. Sie würde mich gerne mit ihren Ratschlägen prägen aber dafür bin ich zu stark. Stark - ich muss grinsen über die Wortwahl. Vielleicht ist es ja gut, dass wir beide durch unsere erste Ehe verbrannt sind.

„Diana, jetzt sei nicht sauer. Lass mich das genießen. Es wird kommen, wie es kommen soll.

Außerdem kann ich gar nicht glauben, dass ich wirklich nach Jamaika fliege. Wer weiß ob er sich bis dahin nicht wieder mit seiner Frau vertragen hat."

„Blöd! Wie kannst du so etwas nur so salopp daher sagen?"

„Weil das der Deal ist. Nur für sie, kann er mich sitzen lassen."

„Das ist nicht dein ernst, oder."

Mir wird das Gespräch zu blöd. Ich flöte immer fröhlicher irgendwelche Antworten ins Telefon, bis sie endlich auflegt. Meinen inneren Krieg habe ich schon ausgefochten und eine Entscheidung gefällt. Wenn ich junges 23 jähriges Mädchen einen erwachsenen Familienvater und Firmeninhaber kennen lerne, kann und werde ich nicht erwarten von heute auf morgen den ‚One and only' Stand zu erhalten. Jetzt kann ich mit ihm Spaß haben und ihn mit der Zeit kennen lernen. Ihm zeigen, dass er mir gefällt wie er ist und dass ich in schlechten Zeiten nicht gehe. Dass auf mein Wort verlass ist, ich viel aushalte, kräftig bin, sein Kumpel sein kann und ihn trotzdem verführe. Verrückt und liebevoll bin, lustig und entspannt sein kann, ihn niemals festnageln werde auf morgen. Das werde ich ihm zeigen. Ich will ihn unbedingt behalten und hoffe sehr, dass seine Frau die Finger von ihm lässt.

Die nächsten Tage und Wochen sind super spannend. Am Arbeitsplatz kann und will ich keinem vom Mark erzählen. Das wiederum macht die ganze Angelegenheit noch spannender weil ich mir nichts anmerken lassen darf. Zu meiner Freude meldet sich Mark mindestens alle zwei Tage. Wir sehen uns drei, vier manches Mal sogar fünf Mal in einer Woche. Ich lerne so viele unterschiedliche Seiten an ihn kennen, dass ich mich ernsthaft Frage, ob er mehrere Persönlichkeiten haben könnte. In einem Moment ist er aufgekratzt und voller Freude, im nächsten Moment ruhig und zurückhaltend. Einmal umarmt er mich stürmisch, dass nächste Mal gibt es nur ein züchtiges Küsschen auf die Wange. Dann kommt er zu mir, mit dem Wunsch Frieden zu finden und fängt im nächsten Moment Streit an. Anfangs ist mir nicht klar, warum er so unterschiedliche Charakterzüge an den Tag legt, doch irgendwann frage ich mich, ob das nicht alles eine Masche ist. Ich frage mich, ob er mich testet. Was und wie viel ich mir gefallen lasse, ob ich ihn so nehme, ignoriere oder abschmettere. Es ist, als ob er Grenzen bewusst ausloten würde. Teilweise zieht er Schlüsse von Monika auf mich, wenn ich mich vehement dagegen ausspreche, lenkt er wieder ein, dass nicht eine Frau wie die andere sein könnte. Andere Male untermauert er seine Schlussfolgerungen mit dem Argument, dass ich noch so jung bin. Ich könnte dieses oder jenes nicht wissen oder einschätzen weil mir die Erfahrungen fehlen, wieder halte ich dagegen, dass ich eine ganz andere Persönlichkeit bin, eine andere

Vergangenheit erlebt habe, viel eigenständiger bin und noch einiges mehr. Nicht immer ist für mich nachvollziehbar, ob er mich necken, streiten oder testen will. Zu meiner Freude erkenne ich ihn selbst jedoch immer öfter. Den Kern, der ihn ausmacht. Wenn ich meine Augen schließe und nur mit dem Herzen sehe, kann ich seinen Kernwunsch, seine Kernaussage leicht ausmachen. Dann wird mir auch bewusst, dass es zwar einzigartig ist, was uns verbindet, wir aber nur eine lockere Verbindung führen. Die kleinen Reibereien können wir ganz locker austragen, ich kann ihm zu hundert Prozent meine Persönlichkeit präsentieren, denn letzten Endes werden wir sehr wahrscheinlich sowieso wieder in unterschiedlichen Richtungen weiterziehen. Ich genieße das Arrangement, es reizt mich sogar regelrecht. Ich möchte ihn nicht hergeben, möchte aber auch nicht klammern. Umso mehr verwundert es mich, dass er kurz vor Weihnachten bei mir ist und mich fragt ob ich nicht seine Mutter und seinen Bruder kennen lernen wollen würde. Er wäre am ersten Feiertag bei seinem Bruder Peter zum Essen eingeladen und seine Mutter würde auch dort hinkommen. Außerdem wäre es seiner Meinung nach eine ausgezeichnete Möglichkeit, mir sein Haus zu zeigen. Natürlich kann ich dem nur zustimmen. Anfangs zögere ich, doch seine Augen verraten mir, dass mehr hinter seiner Aussage steckt. Er möchte nicht alleine sein. Er möchte mir einen Teil von sich preisgeben. Er möchte, dass seine Familie und ich uns kennen lernen. Meine kleine Rebellin erhebt Ansprüche auf die lockere Beziehung. In dieser Art von Abkommen gibt es kein Kennen lernen außerdem findet sie es erschreckend wie schnell Mark ein kleines Samenkorn Namens Hoffnung bei mir einpflanzen konnte. Und ich kann es noch nicht einmal abstreiten. Trotz seinen Launen, Kommentaren und Handlungen bin ich von ihm angetan. Ja, um ehrlich zu sein, ich mache mir wirklich Hoffnung. Nicht auf morgen oder nächste Woche. Auch nicht auf den nächsten Monat. Die Hoffnung hat sich ganz leise und heimlich eingeschlichen beinhaltet aber den Wunsch, mit Mark Jahre zu verbringen. Wahrscheinlich ist genau das der Grund, warum ich letzten Endes doch die Weihnachtseinladung annehme.

Konservativ und schlicht gekleidet mache ich mich auf den Weg, grüble die ganze Fahrt über, worüber ich mit seiner Mutter oder seinem Bruder reden soll. Mark meint ja, sein Bruder könnte mir sehr gefallen, weil er wie Tom Cruise aussehen würde aber sobald ich den Gedanken im Kopf habe, muss ich schon schmunzeln. Er hat echt keine Ahnung von meinen Gefühlen. 45 Minuten später habe ich sein Haus gefunden. Ich drehe noch einmal und parke mein Auto etwas weiter weg weil ich gerne noch in Ruhe eine Zigarette rauchen möchte und um mit meiner Rebellin Zwiegespräche führen zu können.
‚Hey, mach dich nicht so verrückt?'

‚Ich hab keine Ahnung, was das für Leute sind.'

‚Na und?'

‚Noch nicht einmal, was ich mit denen bequatschen soll.'

‚Ist doch egal. Vergiss nicht, dass du mit Mark Spaß haben wolltest.'

‚Oh, nerv mich nicht.'

‚Ist doch so. Warum stehst du hier und rauchst? Geh hin, schau dir sein Haus an und hab einen schönen Abend.'

‚Und was ist, wenn die mich alle ätzend finden?'

‚Das werden sie schon nicht.'

Meine Zigarette wird deutlich kleiner. Leider bedeutet das, gleich eine weitere Hürde zu nehmen. ‚Ich möchte aber allen gefallen.'

‚Dann schaffst du es auch.'

‚Janine, was ist wenn das hier erst der Anfang ist?'

‚Der Anfang? Du meinst von dir und Mark?'

‚Ja. Ein Anfang mit Spaß aber ernstem Hintergrund.'

‚Pass auf; Es bringt nichts, jetzt hier zu stehen und zu philosophieren. Wir wissen nicht was kommt. Also nimm jetzt ein Minzbonbon und geh zu deinem Prinzen.'

‚Aber denk ja nicht, du könntest dir heute Abend frei nehmen.'

Ich stoße mich vom Auto ab und laufe die Straße hoch. Das zweite Haus auf der Linken Seite, hatte Mark mir erklärt. Während ich einen Schritt vor dem anderen setzte blicke ich mich in der Däm-

merung um. Ringsum ist kein Mensch zu sehen.
Obwohl ich gerade noch durch eine Siedlung gefahren bin, liegt dieses Haus so weit außerhalb,
dass man nichts hört oder sieht. Unglaublich wie
riesig das Grundstück ist, denke ich bei mir. Meinen Kopf lege ich in den Nacken und betrachte
das große Haus. Beeindruckt und etwas einge-
schüchtert steige ich die Treppenstufen zum Eingang hinauf. Mein Herz rast. Mir selbst muss ich
eingestehen, dass ich richtig schiss habe. Warum
dem so ist erschließt sich mir nicht. Bevor ich mir
noch etwas anders überlegen kann, drücke ich die
Klingel.
Licht geht an, eine Tür geht und dann macht mir
Mark mit einem zauberhaften Lächeln die Tür
auf. Innerlich seufze ich auf. Allein dieser Blick
in seine Augen war jeden Meter Weg hierher
Wert. Ich strahle ihn an, bringe aber kein Wort
heraus weil ich sehe, dass er telefoniert.
„Mutter kannst du nicht selbst hier runter fah-
ren?"
„…"
„Dann lauf die par Meter."
„…"
„Janine ist gerade gekommen. Sie kommt aus
Winterberg Mutter. Dort liegt Schnee und sie ist
trotzdem hergekommen."
„…"
„Ok, meinetwegen. Halbe Stunde bin ich da."
„…"
„Jahaa. Mutter."

Mark hört sich absolut ungehalten an. Trotzdem schmunzelt er. Seine Augen strahlen wenn er mich ansieht. Er legt sein Handy weg und kommt auf mich zu. Schlingt seine Arme um mich und küsst mich mit Herz, Seele und Verstand.

„Schön das du da bist." Er streichelt ein letztes mal meine Wange und bewegt sich dann im Raum.

„Schau dich ruhig um."

Ich drehe meinen Kopf rechts und links rum, gehe auch um die Ecke und schaue mir die Küche an aber zu mehr, wage ich mich nicht vor. In meinem Kopf kreist immer wieder der Gedanke, dass dies das Zuhause von Monika war. Egal was ich hier sagen oder tun werde, er wird immer an Monika denken, oder schlimmer noch an alles was sie gesagt und getan hat. ‚Puhhh.'

„Es ist sehr schön hier."

„Ja, nicht wahr. Den Boden hier im Wohnzimmer liebe ich am meisten."

Riesige Fliesen schmücken den warmen Boden. Mitten im Raum steht ein Ofen, der aussieht wie eine Zwiebel und am brennen ist. An allen Wänden befinden sich Fenster und Türen nach draußen. Ein Esstisch aus Holz für acht Personen fügt sich harmonisch ins Bild. Zur anderen Seite sehe ich eine Lounge aus hellem Leder.

„Es ist wirklich wunderschön."

„Möchtest du dich setzen?"

Ich gehe in die Küche und setze mich auf einen Stuhl. Von hier aus kann ich alle anderen Räume überblicken weil alles offen gestaltet wurde.

„Was war denn mit deiner Mutter?"

„Ich soll sie gleich abholen. Sie hat zwar ein Auto, aber dafür keine Winterreifen gekauft. Ihrer Meinung nach wird es nachher noch schneien und deshalb möchte sie nicht selbst fahren."

„Ist es denn weit zu deinem Bruder?"

Er schenkt uns beiden ein Glas Rotwein ein und setzt sich neben mir. „Nein überhaupt nicht. Sie hat nur angst davor auszurutschen und hin zu fallen."

„Ok, kann ich verstehen. Soll ich mitkommen?"

„Eigentlich könntest du hier warten. Ich würde so oder so mit dem Auto wieder hierher kommen und es abstellen. Peter wohnt nur eine Querstraße weiter. Du könntest dann raus kommen und wir gehen gemeinsam rüber."

„Ähm, ich soll alleine in deinem Haus bleiben?"

Er schaut mich merkwürdig an. „Wieso denn nicht?"

„Na ja, ich bin das erste Mal hier und eigentlich kennen wir uns noch nicht wirklich gut." Ich merke selber, dass meine Frage absolut bescheuert war.

„Wir kennen uns nicht? Wir haben seit Monaten Sex miteinander und meines Wissens nach, hast du mir doch alle wichtigen Details deines Lebens erzählt, damit ich entweder nie wieder komme oder noch etwas Spaß mit dir habe."

Seine Mimik spricht Bände. Ich klein, blond und dumm - er der Durch-Checker.

„Oh man, so war es nicht gemeint." Ich winde mich. Schon wieder hat er es spielend leicht geschafft mir auf den Zahn zu fühlen. Irgendwie dreht er immer wieder alles so, dass ich meine Gedanken und Gefühle preisgeben muss.

„Dies ist dein Zuhause. Also ich meine, auch das Zuhause von Monika und Lisa. Was ist, wenn die hier gleich zufällig auftauchen? Vielleicht wollen sie dich besuchen?" Mich beschämt meine eigene Sorge. Rot angelaufen trinke ich mehrere schlucke Wein.

„Da brauchst du dir keine Sorgen machen. Ich habe gestern beide gesehen und weiß, dass sie bei Ihren Eltern ist und dort noch mal Bescherung feiern."

Seine Erklärung beruhigt mich und erleichtert mich, weil ich nicht näher über meine Gedanken sprechen muss, wenn ich in dem Haus sitze und mit dem Mann ins Bett gehe, dessen Frau mit ihm dieses Haus gebaut hat.

„Wenn das so ist, kann ich gerne hier warten. Sobald ich dein Auto höre, komme ich raus." Meine Rebellin hat gerade mal eben schnell übernommen. ‚Danke dir!' Puh, ich stehe so unter Strom. Die ganze Zeit habe ich den Gedanken was falsch zu machen.

Mark trinkt seinen Wein mit einem großen Schluck aus und greift nach dem Autoschlüssel.

„Nimm dir noch, wenn du möchtest. Bin gleich wieder zurück."

Die Tür fällt ins Schloss und prompt sacken meine Schultern tiefer. Laut seufzend lehne ich mich auf meinem Stuhl zurück und trinke vorsichtig noch einen Schluck Rotwein. Er schmeckt köstlich. Schade, ich habe vergessen Mark zu sagen, wie gut der Wein schmeckt. Bestimmt hält er mich jetzt für gleichgültig.

‚Hör doch endlich mal damit auf, ständig an dir rum zu zetern.'

‚Ja ok. Sorry.'

Ich nehme noch einen Schluck und sehe mich um. Erst jetzt kann ich alles richtig auf mich wirken lassen. Kleinigkeiten zu denen ich mich frage, ob es seine Wahl oder ihre war. Mit dem Glas in der Hand stehe ich auf und stelle mich so, dass ich von allen Räumen etwas sehe. Die Bodenbeleuchtung ist angeschaltet und strahlt sanftes Licht aus. Hinter dem Wohnzimmer ist auch noch ein Wintergarten, wie ich es jetzt sehen kann. Ich kann meinen Augen kaum trauen, als ich dort eine riesige Palme eingepflanzt stehen sehe. Darunter ein kleiner plätschernder Brunnen. Auf dem Boden liegen riesige Dielen und rund herum wieder Fenster ohne Ende. ‚Das Haus muss bei Licht ein Traum sein. Bin gespannt, wie es morgen früh aussieht.' Dann gehe ich wieder in die Küche, schließlich möchte ich ja hören, wenn Mark wieder zurück ist und schenke mir noch etwas Wein nach. Ich muss mir selbst gegenüber eingestehen,

dass ich eigentlich überhaupt keine Lust habe,
einen Abend im Kreise der Familie zu verbringen. Erfahrungsgemäß gibt es Streitereien oder
eine angespannte Atmosphäre.

‚Nine, reiß dich zusammen.'

Ich straffe meine Schultern und höre im nächsten
Moment ein Auto näher kommen. Mit Blick aus
dem Fenster registriere ich, dass sie es sind. Noch
einen großen Schluck Wein, dann laufe ich mit
meiner Jacke im Arm runter zum Parkplatz.

Mir fällt es schwer, hier und jetzt die starke aber
charmante Janine zu sein. Die Begrüßung mit
Waltraud ist völlig wertneutral. Weder gut noch
schlecht. Trotzdem sie formvollendete Konversation mit mir und ihrem Sohn betreibt, bleibt
trotzdem offen, wie sie zu meinem erscheinen
oder unserem Umgang miteinander steht. Wir
laufen tatsächlich nur zwei Minuten von einer
Straße in die nächste und stehen schon vor einem
Haus, dass in den Achtzigern erbaut wurde. Sein
Bruder Peter öffnete uns die Tür und begrüßt
mich etwas herzlicher als seine Mutter es zuvor
getan hatte.

‚Oh man hoffentlich wird das nicht so ein ge-
zwungener Abend. Klar wollte ich mehr von
Mark aber hier zu Weihnachten zu sein, könnte
echt schwierig werden.'

„Setzt euch" bat Peter.

Sein Esstisch war schon gedeckt und mit weih-
nachtlichen Dekorationen geschmückt.

Es duftet fantastisch aber wie oder was ich jetzt weiter reden und machen soll, steht noch in den Sternen.

„Janine sitzt neben mir" eröffnet Mark sofort zieht mir während dessen einen Stuhl hervor und hat mir damit schon mal eine hervorragende Brücke gebaut.

„Es riecht sehr lecker hier. Hast du selber gekocht?" Mein Blick auf Peter gerichtet versuche ich ein Gespräch zum laufen zu bringen, was von meiner Unsicherheit ablenkt.

„Klar hab ich das gemacht. In unserer Familie kochen alle, stimmte Mark?"

„Was ist mit mir?"

„Nichts. Einfach so. Warst du nicht der begnadete Koch unserer Familie?"

„Ne. Mutter."

So kurz angebunden wie Mark antwortet wird mir mit einem Mal klar, dass er entweder keine Lust hat über sich selbst zu reden oder aber er mit seinem Bruder gar nicht so gut kann, wie es im Moment den Anschein erweckt. In jedem Fall nehme ich mir vor, meinen Mark genau im Blick zu haben um zu Wissen was zu tun ist.

Trotzdem ich die Befürchtung hatte den Abend kaum zu überstehen, muss ich zugeben, dass sich alle sehr viel Mühe gegeben haben. Peters Menü war sehr lecker und in jedes Gesprächsthema wurde ich mit einbezogen. Wir plauderten über Einkaufen, Kochen und alleine Leben. Über die Arbeit, Freunde und Familie. Es sollte ungezwungen sein, dennoch hatte ich permanent das Gefühl im Nacken, bewertet zu werden. Um kurz nach zehn wurde Mark eindeutig unruhiger.

„Mutter, ich wollte jetzt los. Soll ich dich nach Hause bringen?"

„Ja das wäre gut. Würdest du das machen?"

Er kam zu mir rüber, lächelt mich an. „Ich hole eben das Auto rüber, dann können wir zusammen meine Mutter weg bringen."

Ich lächle zurück, merke aber instinktiv, dass küssen gerade nicht drin ist.

„Peter, danke dir. Ich mache mich los."

Weg war er. Ohne weitere Worte. Für mich wirkt das so schroff, dass meine Miene wohl Bände spricht.

„…mach dir keinen Kopf. Der ist immer so." Frech grinsend sah Peter von mir zu seiner Mutter.

„Peter, was soll das? Hör auf so zu reden."

„Ach Mutter, ich hab doch nichts Falsches gesagt." Er dreht er sich wieder zu mir „Mach dir wirklich keinen Kopf. Es war schön dich kennen zu lernen. Vielleicht sehen wir uns bald wieder."

In dem Moment fährt draußen ein Auto vor und hupt.

Wir ziehen unsere Jacken an, bedanken uns noch einmal für den Abend und gehen raus zum Auto. Natürlich biete ich Waltraud an, vorne bei ihrem Sohn zu sitzen. Nicht wirklich freiwillig, denn neben ihm hätte ich mich wohler gefühlt, sondern vielmehr weil ich bei ihr diese Erwartung spüre, so zu handeln. Jedenfalls dauert die Fahrt tatsächlich nur ein par Minuten und zu meiner Erleichterung lehnt Mark dankend ab, als seine Mutter vorschlägt noch mit rein zu kommen und fährt wieder los.

„Können wir mal die Musik laut machen?"

„Klar." Er dreht etwas an dem Knopf.

„Ich meine so richtig laut."

„Oh ne. Ich bin total kaputt. Mich stresst das immer, wenn ich meine Familie um mich hab."

„Da geht es dir wie mir. - Ich muss mal powern, Druck ablassen, verrückt sein, Musik hilft mir dabei immer am Besten."

„Wir können ja gleich ein par Platten auflegen." Coole Antwort. Ich freue mich sofort riesig darauf. Dann brauche ich mir erst gar nicht wieder Gedanken machen über Haus, Frau, Tochter und Familienessen. „Cool. Da hab ich richtig Lust drauf."

Ohne weitere Worte zu verlieren parkt er das Auto, steigt aus und geht zum Hauseingang. Merkwürdigerweise stört es mich überhaupt nicht, dass er nicht der Gentleman ist und auf mich wartet. Vielmehr gibt es mir das Gefühl, ihm vertraut zu sein. So nah, dass er bei mir mehr er selbst ist, als in Gegenwart seiner eigenen Familie.

Jetzt beim zweiten betreten des Hauses bin ich noch mal mehr beeindruckt über die Größe und den Einrichtungsgeschmack. Kleine Lichter im Boden brennen und betonen viele kleine Nischen. Es wirk auf einmal nicht mehr bedrohlich, weil es

mit seiner Monika gebaut wurde, sondern hei-
misch. Mark drückt mir ein Feuerzeug in die
Hand.

„Hier, zünde einfach alle Kerzen an, die du irgendwo stehen siehst. Ich mach uns einen schönen Wein auf und die Musikanlage an."

„Soll ich noch Holz nachlegen?"

„Kennst du dich mit einem Grundofen aus?"

„Ne. Hab ich noch nicht mal gehört. Wollte dir
einfach nur helfen."

„Komm, ich zeig es dir."

Er geht darauf zu, öffnet die Tür und erklärt mir
voller Stolz, wo er ihn her hat, wie warm der
Ofen wird und wie man diesen ideal befeuert.
Meine Rebellin ist etwas übermütig und schmunzelt schon die ganze Zeit im Hintergrund. Immer
mehr Flachsereien setzt sie mir in den Kopf, so
dass ich irgendwann nur noch grinsend vor Mark
stehe.

„Was? Warum grinst du so?"

„Ich freu mich dich zu sehen."

„Quatsch! Du lachst über mich."

„Naja, der Ofen ist dir halt sehr wichtig." Wieder
muss ich von einem Ohr zum anderen grinsen.

„Ja ist er." Mittlerweile muss er auch grinsen.

„Komm lass uns das Zeug holen und Musik hören."

Unser Abend ist wunderschön. Vergessen sind
alle um uns drum herum. Tolles Licht, toller
Wein und verdammt gute Musik machen uns
immer bessere Laune. Wir rollen beide auf der

240

gleichen Welle. Ein Lied folgt dem nächsten. Er legt eine Platte auf, mir fällt dazu ein neuer weiterer Song ein und so setzt es sich den ganzen Abend fort. Mit jeder verstrichenen Stunde wird mir bewusst, was für ein verdammt starker Typ neben mir sitzt. Musik drück so viel aus, wenn ich nach seiner Auswahl gehen soll, könnten wir morgen zusammen ziehen. Natürlich ist der Gedanke total unangebracht aber es fühlt sich so verdammt richtig an. Ich kuschle mich immer mehr an ihn. Es fühlt sich so unendlich gut an. Si in etwa als ob man wieder die Zeit zurück gedreht hätte und gerade Jugendlicher ist.

Und wieder muss ich schmunzeln. Meine Gedanken können einfach nicht still stehen.

Er sieht mein Lachen, schaut mir tief in die Augen, schlägt sich die Faust auf sein Herz und zeigt dann auf mich. Mein Lächeln wird noch breiter. Ich kann nur den Kopf schütteln und verlegen zur Seite schauen. Hier und heute kann und will ich nur genießen. Ich will nicht mehr hinein interpretieren als es in Wirklichkeit ist.

Nach gefühlten hundert Songs fangen wir an zu knutschen, lassen einfach einen Song nach den anderen abspielen. Irgendwie möchte ich gar nicht nach oben. Nicht ins Schlafzimmer. Nicht an seine Frau denken und schon gar nicht in dem gleichen Bett schlafen. Ich küsse ihn immer weiter. Vielleicht bleiben wir ja einfach hier unten, überlege ich.

„Komm, lass uns ins Bett gehen."

„Wir können auch hier unten bleiben."

„Ne, ich muss in mein Bett."

‚Komm, Augen zu und durch. Er wird schon wissen, was er tut.' Ich stehe auf und fange an alle Kerzen auszupusten. Er macht die Lichter aus, lässt seinen Hund noch mal raus und schließt dann alle Türen. Unschlüssig stehe ich rum, bis er einfach meine Hand ergreift und mich hinter sich her, die Treppe hoch zieht.

„Hast du dich vorhin hier oben auch umgesehen?"

„Ehrlich gesagt nicht. Es ist nicht meine Art irgendwo zu schnüffeln."

„Dann zeig ich dir jetzt alles."

Das Haus ist viel größer als beim ersten Eindruck. Ich schätze mit allen Räumen sind es bestimmt zweihundert Quadratmeter und am meisten beeindruckt mich, dass jeder Zentimeter sauber und geschmackvoll aussieht.

„Wow. Wahnsinn. Alles sieht so schick, so perfekt aus."

„Ja, das Haus ist perfekt. Ich wollte es genau so gebaut haben. Unten offene Wohnbereiche und hier oben nur Familie. Kinderzimmer, Schlafzimmer und Bäder sind so gestaltet, dass immer viel Licht rein fällt und später die Kinder ihre eigenen Zimmer mit Bäder haben."

„Kinder, nicht Kind?"

„Ich wollte schon immer mindestens zwei Kinder. Monika war aber der Meinung, das ich mich ums erste nicht genug kümmere und es dann sowieso kein zweites geben würde."

Dazu konnte und wollte ich nichts sagen. Krampfhaft suche ich in Sekundenbruchteilen nach weiteren anderen Gesprächsthemen.

Ich schaue ihn an, gehe auf ihn zu und lege meine Arme um den Hals „Wo ist eigentlich dein Bett? Irgendwo müssen wir uns doch hinlegen können?"

Er grinst über beide Ohren. „Jetzt kommt das Beste!" Er klettert die letzte kleine Leiter hoch bis ins Dachgeschoss. Hier ist alles ausgebaut. Wieder alles sauber und geschmackvoll gestaltet. „Hier ist ein riesiges Panoramafenster. Warte, ich öffne es, dann kannst du sehen, dass man fast draußen zwischen Himmel und Erde steht."

Ich denke gerade, dass er übertreibt, sehe dann aber wie er ein riesiges Fenster in der Dachschräge so weit nach außen fährt, dass man wirklich quasi auf einem Balkon ganz oben auf dem Dach steht. Die Sterne funkeln und alles ist unglaublich still.

‚Das ist echt der Hammer.' Ich ziehe tief Luft durch die Nase und habe wieder einen Eindruck, einen Moment in dem mir bewusst wird, wie ähnlich wir uns sind. Wie gut wir zueinander passen. Es ist selbstverständlich die Empfindungen des anderen zu spüren. Mir wird von Mal zu Mal bewusster, wie viel Platz er bereits in mir einnimmt. Diesen Augenblick werde ich niemals vergessen. Viele voran gegangene ebenfalls nicht. Wenn ich nur wüsste, ob dieses Gefühl, dieser Eindruck auch bei ihm Wurzeln geschlagen hat.

## Mark

Mein Herz rast. Ich reiße meine Augen auf und hole tief Luft. Janine liegt neben mir, regt sich aber nicht. Kein Laut geht von ihr aus. Eingemummelt unter der Bettdecke, sodass nur noch ein par blonde Strähnen hervorlugen. ‚Ob es ihr hier bei mir gefällt?‘ Ich drehe meinen Kopf zum Fenster, betrachte den Vollmond und die Sterne. Mein Herz fühlt sich schwer an. Vielleicht bin ich davon wach geworden, denn Janine neben mir liegen zu haben, stört mich überhaupt nicht.
‚Sie liegt neben mir, nicht Monika. Trotzdem, irgendwie fühle ich mich mit ihr wohler. Monika dreht durch, wenn sie davon auch nur ansatzweise etwas erfährt.‘ Ich reibe mir übers Gesicht. Meine Gedanken bringen mich immer wieder um den Verstand. Wenn nicht andere an mir zerren, zerrt mein eigenes Gewissen an mir.
‚Als ob sie nach dem Auszug noch mal wieder kommt.‘
‚Sie liebt mich. Bestimmt will sie zurück.‘
Ich drehe mich ganz zum Fenster, starre in den Himmel und muss mir selbst eingestehen, dass ich nicht sagen könnte, welche Frau ich lieber bei mir hätte. Monika war mir so vertraut, so nah. Es fühlt sich an, als ob sie einen Arm oder ein Bein ausgerissen hätte. Mit ihrem Auszug. ‚Du blöde Kuh hast mich voll im Stich gelassen.‘ Tolles Haus sollte es sein und die schönsten Urlaube.

Dafür war meine Arbeit gut genug aber als ich
Hilfe brauchte war keiner da. Lisa auch noch mit
rein zu ziehen; ‚Das verzeihe ich dir nie!'
Die Gedankenspirale dreht sich immer weiter. Ein
wunderschönes teures Haus mit einer Frau, die
mir keine Zuneigung mehr gibt und mit unserer
Tochter auszieht. Davon gibt es einige Männer,
die damit klar kommen müssen. Aber mein Vater…

„Ich habe Herrn Hammerschlag die halbe Agen-
tur versprochen. Mein Wort muss ich halten."
„Das ist nicht dein Ernst!"
„Doch. Du musst dich um den Rest des Bestandes selber bemühen."
„Das ist ja wohl ein schlechter Scherz!" Meine
Stimme wurde immer lauter. Mein Vater hatte
den Verstand verloren. „ Seit drei Jahren schleppe
ich eine große Firma nach der anderen an. Du
schreibst Provisionen ohne Ende, lebst selbst davon und versprichst dann noch einem deiner Angestellten, ihnen die Hälfte abzugeben?" Wutent-
brannt starrte ich ihn an. Er zuckte nur mit der
Schulter.
„Wenn das dein ernst ist, will ich sofort den anderen Teil der Firma. Und du wirst Peter erklären
warum du einem Fremden Teile deiner Firma
schenkst." Ich hätte die Wände hoch gehen können. Andere bezahlten Geld für Bestände in der
Versicherungsbranche und unser Vater ver-
schenkte sie nach belieben.

„Wieso soll ich Peter etwas erklären? Er hat sowieso kein Interesse und kein Talent zu arbeiten." Seine gleichgültige Art führte mir nur noch mehr vor Augen, wie sehr er sich selbst am nächsten stand.

„Vater, ich habe die letzten drei Jahre unablässig geschuftet. Mehr als der halbe Bestand sind hier durch mich versichert. Wie kannst du jetzt über meinem Kopf hinweg, etwas verschenken?"

„Es ist immer noch meine Firma."

„Deine Firma? Was tust du denn? Wenn du hier bist, trinkst du Kaffee und reist Witze ansonsten bist du doch mehr als das halbe Jahr bei deiner neuen tollen Superfreundin in Österreich!" Am liebst hätte ich ihn erwürgt. Diese gleichgültige Art brachte mich auf die Palme.

„Genau darum wollte ich dieses Gespräch. Ich habe mit der Allianz gesprochen, die wären bereit dir die andere hälfte des Bestandes zu überschreiben. Wenn du ja sagst, kannst du zum nächsten 01.01. selbstständig sein."

Mit riesigen Augen starrte ich ihn an. Das konnte nicht sein ernst sein. Was war mit Peter? Wie sollte ich alleine eine Firma führen? „Du willst, dass ich alleine die andere hälfte der Firma führe?"

„Ja! Du hast in den letzten drei Jahren doch bewiesen, dass du Talent hast. Du wirbst Neukunden und kümmerst dich um deinen Bestand. Wenn jemand Fragen hat, bekommt er antworten und alles andere wirst du auch hinbekommen."

„Hinbekommen? Wie willst du das meinem Bruder erklären? Du hast auch ihn eingestellt. Er bekommt jeden Monat ein riesen Gehalt welches ich ihm nicht zahlen könnte. In jeder neuen Arbeitswoche bekommt er von dir den Rest der Woche frei." Ich schüttelte entgeistert den Kopf. „Vater, das funktioniert nicht."

„Das wird schon. Ich rede mit ihm."

In meinem Bett drehe ich mich wieder auf die andere Seite. Von Janine kann ich so eben noch die Nasenspitze sehen. Sie sieht so unschuldig aus. Unglaublich wie viel sie in ihrem Leben schon erlebt hat. Wenn sie nur wüsste! Wüsste, dass ich von meinem Vater eine bankrotte Firma übernommen habe. Unsere ganze Familie unglücklich ist und permanent am streiten ist. Ich so verschuldet bin, dass ich nachts wach durchs Haus laufe. Bestimmt würde sie mich ebenso verlassen, wie Monika mich aufgegeben hat. Meine Gedanken stimmen mich traurig. Die Veränderung meiner Persönlichkeit stimmt mich traurig. Mein Vertrauen in andere, in Versprechungen, in Handschläge, in Familie, selbst in die Liebe ist bis auf ein verkümmerter kleiner Teil ausgerottet.
Die kleine Stupsnase verleitet mich dazu, sie zu streicheln. Dann kitzle ich sie ganz sachte mit einem Finger an den Lippen. Mit einer Hand fährt sie sich durchs Gesicht, schläft aber weiter. Wieder nehme ich meinen Zeigefinger und kreise

dieses mal ganz vorsichtig an ihrem Ohr. Sie zuckt und haut sich selbst mit einer Hand aufs Ohr. Ich muss mir ein Grinsen verkneifen, mache aber weiter. Sie soll unbedingt wach werden, mir meine Dämonen vertreiben.

## 12

Ein Blick auf meine Armbanduhr sagt mir, dass es gleich Feierabendzeit ist. Dieser ewig lange und nervige Freitag wollte einfach kein Ende nehmen. Spontan beschließe ich, gleich nicht nach Hause zu fahren sondern Mark zu besuchen. Ein lächeln breitet sich in meinem Gesicht aus.

‚Ja genialer Plan!'

Noch eben die Restarbeiten erledigen, dann kurz meinem Chef ein schönes Wochenende wünschen und endlich kann ich meinen Schreibtisch hinter mir lassen. Wenn Mark wüsste dass ich gleich bei ihm bin… ‚juhu' wieder lächle ich vor mir hin.

Meine spontane Idee gibt mir wieder richtig Feuer unterm Hintern und lässt mich mit meiner Rebellin verrückte Pläne schmieden.

‚Hey wie wär's wir würden behaupten Schluss zu machen?'

‚Quatsch doof! Er soll doch kein scheiß feeling bekommen.'

‚Und wenn du behauptest, dich mit jemanden aus seiner Firma zu treffen?'

‚Das ist doch genau so doof.'

Ich fahre und fahre. Der Weg ist doch irgendwie länger als ich ihn in Erinnerung habe. Leider fällt mir nur gruseliges Zeug ein, womit ich Mark auf die Schippe nehmen könnte, also lasse ich es lieber ganz.

Kurz vor seinem Haus klingelt mein Telefon.

„Hallo Mark! Schön das du anrufst!"

„Hi."

„Und wie war dein Tag?"

„Bis gerade echt mies."

„Wieso? Gab es Schwierigkeiten?"

„Die gibt es doch immer."

„Und jetzt?"

„Jetzt ist er besser. Ich kann gleich Lisa abholen. Sie schläft heute bei mir."

„Oh das ist ja riesig! Ich freue mich für euch!"

„Ich bin auch echt happy."

Ich überlege hin und her während wir sprechen, ob ich überhaupt erwähne ganz in seiner Nähe zu sein. Bestimmt will er mit seiner Tochter alleine Zeit verbringen und ich wäre dann nur das fünfte Rad am Wagen. Langsam fahre ich rechts ran um anzuhalten.

„Nine, weshalb ich anrufe, hättest du nicht Lust hier her zu kommen? Wir könnten etwas zusammen machen und du würdest Lisa endlich mal kennen lernen."

Ich schlucke. Klar wünsche ich es mir aber irgendwie ist es auf einmal alles auch verdammt ernst.

„Ähm um ehrlich zu sein…"

„Du kannst nicht!"

„Doch doch, ich kann…"

„Gut! Schön! Wann könntest du denn hier sein?"

In meinem Kopf rasen die Gedanken. ‚Muss ich dann heute noch nach Hause fahren? Vielleicht ist es doof wenn ich hier schlafe. Bestimmt will Lisa mit ihrem Papa in einem Bett schlafen. Was soll ich bloß sagen?'

„Ähm, um ehrlich zu sein, ich bin schon da…"

„Du bist hier? Warum das denn?"

„Ich wollte dich überraschen. Also im guten Sinne überraschen aber gerade dachte ich dass ich vielleicht auch störe."

„Nein! Überhaupt nicht. Ich bin zu Hause, komm einfach."

Er legt auf. Ich starre mein Handy an und fühle nur noch die ganze nervöse Flatterei in mir. ‚Was wenn sie doof ist? Mich nicht mag? Ihrer Mutter von mir erzählt? Oh Shit!' Ich starre auf das Lenkrad, auf meine Hände und dann wieder das Handy an. Meine Schwester könnte mich vielleicht retten andererseits würde die nur sagen, ich soll mich nicht so verrückt machen, schließlich bekomme ich es mit meinem Neffen auch ziemlich gut hin. Kurzentschlossen hole ich tief Luft, fahre zu Mark, steige aus und klingle.

„Du bist ja tatsächlich schon da!" Er freut sich sichtlich. Nimmt mich kurz in den Arm und küsst mich.

„Ja ich stand nur noch um die Ecke." Verlegen lächle ich ihn an.

„Ich fahre jetzt eben Lisa holen. Magst du schon mal den Abendbrottisch decken?"

„Wenn es dir nichts ausmacht, dass ich in alle deine Schränke schauen muss weil ich mich noch nicht auskenne?"

„Quatsch, kein Problem. Mach einfach! Bis gleich."

Kaum hat er das gesagt, ist er auch schon weg. Bis jetzt gerade war mir gar nicht klar, dass es doch so ernst zwischen uns ist. Wow! Gleich lerne ich seine Tochter kennen. Man ich bin echt gespannt wie die Kleine ist.

Es vergehen gerade mal fünfzehn Minuten bis ich die Haustür höre. Eine zehntel Sekunde lang träume ich davon, dass gerade mein Mann und unser Kind nach Hause kommen würden. Dann schüttle ich entsetzt von diesem Gedanken meinen Kopf und mache mich daran sehr geschäftig die Tomaten zu waschen und zu vierteln.

„Wir sind wieder da! Lisa sag mal Nine Hallo!"
Im umdrehen sehe ich ein kleines Mädchen auf
mich zukommen. Trotzdem sie mich nicht kennt,
lacht sie glücklich und kommt zu mir herüber.

„Was machst du da?"

„Ich habe angefangen Abendbrot zu machen. Die
Tomaten und Gurken gewaschen. Magst du Tomaten und Gurken?"
Zustimmend nickt sie mit dem Kopf, dreht sich
um und geht zu einem Stuhl. Verwundert schaue
ich ihr hinterher weil ich denke, ich habe sie ver-
schreckt oder ähnliches. Stattdessen schiebt sie
sich umständlich den Stuhl neben mir und klettert
hoch. Dann grins sie mich triumphierend an.

„Du bist aber stark."

„Ja! Sagt meine Mama auch." Ich strahlen reicht
über das ganze Gesicht.

„Meinst du, du könntest mir schon helfen?"
Zustimmend nickt sie und ehe ich mich versehe
nimmt sie eine Tomate und steckt sie sich in den
Mund.

„Hey, ich meinte helfen nicht essen" sage ich
spielerisch empört und fange an sie ein bisschen
zu kitzeln.
Lisa lacht glucksend, windet sich raus und rennt

weg. „Fang mich! Fang mich!"

„Ich soll dich fangen?"

Sie hüpft auf der Stelle immer und immer wieder

„Ja fangen! Ja fangen!"

Und dann denke ich mir ‚was solls' renne los und versuche die kleine flinke über und über glucksende Lisa zu fangen. Wir lieben beide dieses Spiel. Immer befreiter muss auch ich lachen bis wir beide nicht mehr können. Erst jetzt bemerke ich Mark im Esszimmer. Leise sitzt er in einer Ecke und schaut uns zu. Seine traurige Miene spricht Bände. Das hier, gerade eben, fehlt ihm unendlich. Ob mit mir oder seiner Frau vermag ich gerade nicht einzuschätzen. Um Lisa abzulenken flüstere ich ihr ins Ohr, sie soll mal ihren Papi kitzeln. Stürmisch rennt sie auf ihn zu, wirft sich in seine Arme und klettert rasend schnell auf seinen Schoß. Gerade als er sie an sich drücken will, fängt sie an ihn zu kitzeln. Er lacht überrascht auf und grinst mich über beide Ohren an.

„Was habt ihr zwei den ausgeheckt, hm?"

„Nichts Papi." Lisa schaut von ihm zu mir mit ihren riesigen Kulleraugen und sieht wirklich völlig unschuldig aus.

„Nichts!" Stimme ich zu und zwinkere ihr verschwörerisch zu. „Wollen wir was zu Abend essen?"

„Au ja!" ruft Lisa als ob sie am verhungern wäre.

„Papi komm! Papi komm!"

Mark steht auf, die Kleine auf dem Arm und kommt in die Küche. Wieder habe ich einen zehntel einer Sekunde lang den Gedanken was das für ein schönes Bild ist und ich so etwas auch gerne hätte. Im nächsten Moment ist alles wieder normal.

„Nine? Wohnst du jetzt hier?"

„Nein! Wie kommst du darauf?"

„Papi ist doch sonst ganz alleine hier."

Mark unterbricht das Gespräch „Lisa-Schätzchen, möchtest du gleich zum Nachtisch Erdbeerkompott?"

„Au ja! Erdbeerkompott! Nine magst du auch Kompott?"

„Ähm, ne eigentlich nicht."

„Meine Mama aber."

Wieder eine zehntel Sekunde lang denke ich, ja deine Mama und mein Mark, dann reiße ich mich zusammen

„Na ja, dafür bekommst du hier dann mehr."

Ich grinse sie an und versuche wieder ein ganz normales kleines sympathisches Mädchen in ihr zu sehen. Immerhin ist sie gerade mal drei Jahre und vielleicht mag sie mich irgendwann tatsächlich mal um meiner selbst willen.

Mark sieht mich an, lächelt mich an. Er scheint mit mir und dem Moment zufrieden zu sein.

„Es ist ja gleich schon Acht! Wann geht denn die kleine Lisa ins Bett?"

Von jetzt auf gleich wird's ruhig am Tisch. „Meine Mama bringt mich immer ins Bett."

Ich blicke zu Mark, der nickend zustimmt. „Was hältst du davon wenn wir es heute mal anders machen? Du darfst so lange aufbleiben wie ich und kannst im Bett neben mir schlafen."

„Oh ja Papi! Papi können wir noch Kinderstunde gucken? Bitte Papi bitte!"

Ergeben biete ich an den Tisch abzuräumen. Von jetzt auf gleich überflüssig zu sein, ist schon eine ziemlich bittere Pille. Meine Rebellin ist sofort auf dem Schirm.

‚Ach komm schon. Du kannst doch nicht allen ernstes auf eine Dreijährige eifersüchtig sein.'

‚Eifersüchtig nicht. Aber ich dachte ich könnte mit ihm noch kuscheln oder so.'

‚Oh, arme Nine. Hast du ihn soooo lange nicht gesehen?'

‚Was soll das? Hör auf mich aufzuziehen!'

‚Was soll dein Verhalten? Klar vermisst sie hier in ihrem Zuhause ihre Mutter. Und Mark macht absolut das richtige. Also komm klar mit deiner Rolle.‘

‚Zicke!‘

‚Selber Zicke. Du müsstest doch wissen was es bedeutet jetzt als Vater richtig zu handeln.‘

‚Oh verschon mich bitte damit.‘

Tatsächlich finde ich an diesem Abend nicht eine einzige Minute in der ich alleine mit Mark reden kann. Ich bekomme keine Umarmung und keinen Kuss. Er ist wie ausgewechselt. Als ob ich nicht seine Freundin wäre sondern eine Schwester. Andererseits sollte ich unbedingt Lisa kennen lernen. Irgendwie scheint alles widersprüchlich zu sein. Später neben Lisa zu liegen, die sich zu ihrem Papa gedreht hat um mit ihm zu kuscheln lässt mir das Herz stocken. Das Gefühl ein Eindringling zu sein lässt sich nicht mehr abschütteln und begleitet mich bis in den Schlaf.

Andern morgen ist alles wieder normal. Und doch ist Mark sein Verhalten jeden Tag ein anderes, weshalb ich mir oft immer wieder ins Gedächtnis rufe, dass es sein könnte, dass er jeden Tag unsere Geschichte beendet um sich wieder mit seiner Frau zu vertragen. Andererseits könnte es auch sein, dass er einfach nur der Inbegriff eines gestressten Mannes ist und doch gerne mit mir Zeit verbringen würde.

Um mich selbst nicht mürbe zu machen, beschließe ich zu arbeiten. Nicht nur einfach meinen Job zu machen sondern mir im Geronimo noch Zusatzschichten einschieben zu lassen, damit ich auch vernünftiges Taschengeld mitnehmen kann. Das eine oder andere Mal ziehe ich in Erwägung, ihn auf seine merkwürdigen Launen und sein unterschiedliches Verhalten anzusprechen doch nach eingehenden Überlegungen ist es mir lieber, ihn mit all seinen Macken kennen zu lernen als mir eine zurecht gelegte Fassade anzuschauen. Die mir selbst auferlegte Kontenance hält jedoch nicht lange vor.

Anfang Februar treffe ich mich mit Mark in seinem Haus. Seine Mimik und Körpersprache schreit förmlich ‚Lass mich in Ruhe'. Bisher gab es nur kleine Merkmale für negative Gefühlsregungen, die durch Ablenkungen oder kurze Unterhaltung schnell in Luft aufgelöst werden konnten. Doch wie mein Instinkt mir sagt, ist es dieses Mal nicht so einfach. Ich frage mich, ob ich wieder nach Hause fahren soll. Mir steht überhaupt nicht der Sinn nach Streit. Wenn ich jetzt bleibe, wird er es bestimmt darauf anlegen. Andererseits bin ich noch nie einfach abgehauen. Schwierige Situationen zieh ich irgendwie magisch an und müssen wie ich finde, aufgeklärt und bereinigt werden.

Brummig sitzt Mark im Esszimmer auf seinem Lieblingsplatz. Eigentlich sollte er dort, wie er mir mal erzählt hat, einen freien Geist bekommen. Im Moment erinnert er mich aber eher an ein in die Ecke gedrängtes Tier. Mürrisch schaut er mich an „Wenn du was trinken willst, findest du in der Küche alles was du brauchst."

Innerlich zucke ich zusammen. ‚Shit, wusste ich es doch. Ich sollte abhauen.'

Meine Rebellin murmelt mir zu, nicht so eine Mimose zu sein.

Mit straffen Schultern gehe ich in die Küche, überlege was ich mir zu trinken holen könnte. Länger sollte es auf jeden Fall dauern, damit ich mir einen Umgangsplan mit Mark zurechtlegen kann.

‚Was ist dein Problem? Frag ihn einfach was los ist!'

‚Als ob man einfach mit der Tür in Haus fällt.'

‚Klar! Du hast doch nichts verbrochen.' Meine Rebellin funkelt mich wütend an.

‚Jetzt hör auf zu sticheln! Sieht er für dich aus wie jemand, der Streit aus dem Weg geht?'

‚Ne eben nicht! Zieh nicht gleich den Schwanz ein. Du weißt doch genau: Hunde die bellen beißen nicht. So wie ich ihn sehe, ist unter der harten Schale ein weicher Kern.'

‚Und bis ich zum weichen Kern vorgedrungen bin, hat er mich schon längst gefressen.'

‚Rede nicht so einen Mist! Entweder bedeutet er dir etwas oder nicht. Du kannst in einer echten

Partnerschaft nicht den Schwanz einziehen, wenn es schwierig wird. Trink jetzt deinen Kaffee und mach dich daran heraus zu finden, was ihn bedrückt. Und sei verdammt noch mal cool dabei!'
‚Was soll das heißen?'
‚Nimm nicht alles für bare Münze. Bezieh nicht alles auf dich selbst. Hier geht es nicht um dich, hier geht es um ihn.'
‚Na danke. Darauf wäre ich auch gekommen.'
‚Sicher? Dann denk daran, nicht gleich zu heulen wenn der Hund anfängt zu bellen.'
‚Kannst du mal aufhören mich zu ärgern. Du brauchst dich gar nicht so aufführen, ich weiß auch wie man sich verhält.' Meine Stimmung ist gereizt.
‚Ich ärgere dich so viel ich will. Außerdem bringt dich das bei dem Gespräch jetzt gleich viel weiter.'
‚Was bringt mich weiter?'
‚Na deine gereizte Stimmung. Du wirst gleich nicht so emotional reagieren. Wenn du wütend bist, redest du viel analytischer und grenzt deine eigenen Gefühle besser ab.'
‚Soll ich dir jetzt danken?'
‚Warum nicht? Jetzt hör auf zu labern und geh zu ihm!'


„Hey. Was ist los?" frage ich ihn sanft.
„Nichts."
Ich lehne mich ihm gegenüber an den Esstisch und sehe ihn an. Die Verschlossenheit in Person.

„Wenn nichts wäre, würdest du nicht hier alleine sitzen und so ruhig sein."

„Geht dich nichts an."

Mir wird klar, dass ich so nicht weiter komme. Entweder gehe ich jetzt wirklich oder ich kitzle alles aus ihm raus. Dafür müsste ich aber wirklich die Zähne zusammen beißen, denn ich möchte nicht wirklich irgendetwas über Monika hören und schon gar nicht mit ihm streiten.

„Mark?"

„Was?"

„Willst du streiten?"

Er schaut mich an und schüttelt abwertend den Kopf. „Spinnst du? Was soll der Scheiß?"

„Du bist geladen wie eine Kanone. Ich komme zur Tür rein und sehe dir ins Gesicht geschrieben, dass du dich ärgerst."

„Und? Was geht dich das an?"

„Im Grunde nichts…"

„Genau. Wenn du nur hier her gekommen bist, damit ich für dich den Alleinunterhalter spiele, kannst du auch gleich wieder abziehen."

„Abziehen? Alleinunterhalter? Du denkst, ich brauche dich als Unterhalter? Wohl eher du mich! Du sitzt doch hier rum und rückst nicht raus mit der Sprache."

„Kapier es doch endlich, ich rede mit dir nicht über Monika und Lisa."

„Also geht es mich doch etwas an. Ich wusste es. Du wartest bis ich hier auftauche, schmeißt mir kleine Gesprächsfetzen hin und erwartest dann, dass ich abziehe?"

„Oh mach nicht so einen Aufstand."

Genervt verdreht er die Augen. Damit bringt er mich absolut zur Weißglut. Mark denkt wirklich, nur er wäre rhetorisch Gewand. Aber nicht mit mir! Ich glaub es geht los!

„Aufstand? Ich doch nicht. Welche Rechte habe ich denn als dein Betthäschen? Darf ich dir die Nase putzen? Oder darf ich vielleicht für dich kochen? Nein warte, ich darf für dich Waschen und putzen. Danach hast du doch schon gefragt."

Er starrt mich jetzt richtig wütend an. „Janine, hör mit der Scheiße auf. Tu es freiwillig oder lass es." Seine Stimme ist nicht mal laut, vielmehr schneidet sie durch die dicke Luft. „Ich kann es mir leisten meine Sachen in eine Reinigung zu bringen. Denk nicht, dass ich für deine Hilfe eine Gegenleistung bringen müsste."

Jetzt flippe ich richtig aus. In meinem Kopf schrillen alle Alarmglocken. Vor meinen Augen tanzen nur noch rote Lichter. „Gegenleistung? Was soll deine beschissene Wortwahl? Noch nie wollte ich von dir irgendetwas! Alles war freiwillig, genau. Und jetzt komm endlich zum Punkt. Hör auf mich zu beleidigen! Ich habe dir verdammt noch mal nichts getan und keinen Bock mir die Worte im Mund umdrehen zu lassen."

„Auf welchen Punkt soll ich kommen? Lass mich doch einfach in Frieden und zieh ab."

Ich koche. Ernsthaft ziehe ich in Erwägung meine
Schlüssel zu nehmen und seine Haustür hinter mir
zufallen zu lassen. Andererseits muss wirklich
irgendetwas im Busch sein, dass Mark so gemein
wird. Hier läuft gerade etwas verdammt schief.
„Vergiss es! Weder ziehe ich ab, noch verpisse
ich mich, noch mach ich nen Schuh!"
„Dann mach doch was du willst."
Anstatt ihn erneut zu fragen, was los ist, lasse ich
meine Eindrücke und Gedanken Revue passieren.
Wenn er mit mir nicht über Monika reden will,
geht es garantiert um sie. Und sie hat seine Tochter. Ok, wenn er sagt, ich soll machen was ich
will, werde ich ins kalte Wasser springen und alle
meine Empfindungen und Eindrücke zum Besten
geben. Ich hole tief Luft und fahre meine eigenen
hitzigen Gefühle runter bevor ich zu ihm sage:
„So wie ich das sehe, bist du ein erwachsener
Mann. Du führst eine Firma. Heiratest eine Frau,
bist Papa geworden und hast deiner Familie ein
wunderschönes Haus gebaut. Meines Wissens
nach hast du Monika nicht geschlagen, vergewal-
tigt oder zum Arbeiten gezwungen. Trotz all diesem ist sie vor vier Monaten ausgezogen. Sie hat
eure Tochter mitgenommen und sich eine eigene
Wohnung gesucht. Mark! Hör auf alles ständig
auf dich zu beziehen. Sie ist gegangen. Meiner
Meinung nach hat sie dich im Stich gelassen…"
Ich komme so richtig in Fahrt als Mark mich unterbricht.
„Janine! Hör auf."

„Aber es stimmt doch!"

„Es geht im Leben nicht immer darum, was stimmt."

„Doch natürlich. Irgendwofür muss man doch kämpfen oder leben."

„Nein Janine. Wenn es um das geht, was Tatsache ist, hätte ich nie etwas mit dir anfangen dürfen. Ich hätte meiner Frau treu bleiben müssen. Ich müsste jetzt zu ihrer Wohnung fahren und alles dran setzen sie wieder zu holen. Ein Versprechen bricht man nicht, und ich habe ihr versprochen sie bis in alle Ewigkeit zu lieben und zu ehren. Mit ihr in guten und schlechten Zeiten zusammen zu halten."

„Du drehst schon wieder alles um. Ständig beziehst du alles auf dich. Ständig stehst du im Mittelpunkt."

„Als ob du mich kennen würdest."

„Ich kenne dich mittlerweile so gut, dass mir bewusst ist, dass du dir fast jedermanns Schuhe anziehst."

„Ach ja? Dann pass mal auf. Wenn ich den Kurs beibehalte, habe ich meine Frau und Lisa auf dem Gewissen. Wenn ich mich weiterhin mit dir treffe, kann ich überhaupt nicht meine Frau dazu bringen wieder zurück zu kommen. Irgendwann muss ich mich gegen sie entscheiden, oder gegen dich."

Aua. Ein Stich zieht einmal quer durch meine Seele. Meine Rebellin schreit. Sie tobt. Am liebsten würde sie an die Oberfläche und ihm die ganze Einrichtung um den Kopf wickeln. Tatsächlich bin ich jetzt, so wie sie es gesagt hat, analytisch. Ich verliere meinen Kopf nicht und werde Mark die nötige Stärke geben, die seine Frau ihm nicht geben konnte.

„Ja stimmt. Irgendwann kommt dieser Punkt."

„Was denn, mehr hast du dazu nicht zu sagen?"

„Ich habe dazu schon etwas gesagt. Wir wollten Spaß haben. Dann ist aus Spaß ernster Spaß geworden. Trotzdem ist die einzige Frau, für die du mich fallen lassen dürftest immer und zu jeder Zeit deine Frau geblieben."

Er starrt mich mit großen Augen an. „Ach ja? So einfach ist das? Sind das nicht wieder ein par weitere Schuhe, die ich zu tragen habe? Ich entscheide jetzt nicht nur über meine Firma, mein Haus, meine Frau, meine Tochter sondern auch noch über dich?"

„Hör auf mir schon wieder die Worte im Mund umzudrehen. Meine Schuhe trage ich selbst. ich sehe in dir einen tollen Mann. Ich verbringe gerne Zeit mit dir. Entweder es hält an, oder wir gehen in getrennte Richtungen weiter. In jedem Fall aber, werde ich mich immer gerne an die Zeit mit dir erinnern."

„So ein Schwachsinn!"

„Schwachsinn? Klar haben wir eine super geile Zeit miteinander."

„Schwachsinn, dass du einfach weiterziehen würdest. Du würdest auch wieder Erwartungen an mich haben und dann würde ich wieder Enttäuschungen sähen."

Wir drehen uns im Kreis. Mir ist es nicht möglich Mark aus seinem starren Denken raus zu manövrieren. Jedes Wort, jede Geste meinerseits würde doch keinen fruchtbaren Boden finden. Ich gehe in die Küche und mache mir noch einen Kaffee.

„Willst du auch einen Kaffee?"

„Ne."

Trotzdem diese Worte nur kurz waren, fühlt sich die Luft schon bereinigter an. Das Kernproblem sind seine Verantwortungsgefühle. Vielleicht kann ich ihm diese für den Moment abnehmen oder vergessen lassen. Trotzdem er mich tief getroffen hat, sind seine Worte wahr. Natürlich wird er mich irgendwann verlassen. Bis dahin jedoch werde ich die Zeit genießen und vielleicht sogar, ihm seine Entscheidung in die eine oder andere Richtung etwas erleichtern. Mit diesem Entschluss gehe ich zu ihm zurück, meinen Kaffee vergessend stehen gelassen.

„So wie ich das sehe, sind wir gerade beide hier. Und ich finde dich heiß. Ich könnte dich ein wenig ablenken."

„Ablenken?"

Ohne weitere Worte küsse ich ihn.

„Ich hab kein bock zu küssen."

Immer noch kein weiteres Wort knie ich mich zwischen seine Beine.

„Hör auf, Janine! Ich hab keinen Bock."

267

Ungläubig streichle ich über seine Hose, nur um fest zu stellen, dass tatsächlich alle seine Körperteile nicht in Stimmung sind. Diese Abweisung tut fast noch mehr weh als seine gerade gesprochenen Worte. Jetzt muss ich definitiv einen Abgang hinlegen, um meine eigenen Wunden zu lecken.

„Wie du willst. Es ist schon spät, ist es ok für dich wenn ich trotz allem hier schlafe?"

„Wegen mir."

Ich hätte gedacht er sagt mehr, wie ‚ich komme gleich nach' oder ‚schlaf gut' aber das war alles.

„Ok. Danke. Wenn du mich brauchst, weck mich ruhig auf." Ich gehe hoch. Meine Schultern gestreckt, meine Miene undurchdringlich. Innerlich koche und zerreiße ich zugleich. Eine komische Situation. Es fühlt sich so an, als ob heute alles kippt was mit oder ohne Mark zu tun hat.

Beim Aufwachen fühle ich mich, als ob meine Seele über Nacht geweint hätte. Zerzaust und mit verquollenen Augen gehe ich ins Bad. Ich fühle mich, als ob etwas Schlimmes passiert wäre oder bald noch geschehen wird. Unruhig macht mich auch, dass Mark seine Seite im Bett entweder schon verlassen oder vielleicht gar nicht erst benutzt hat. Ich wasche mich, ziehe mich leise an und gehe runter. Alles ist still. Richtig leise still. Barfuss gehe ich weiter über die warmen Fußbodenfliesen in die Küche. Keiner da! Auf der marmornen Arbeitsplatte liegt ein Zettel. Ich trete näher und werfe einen Blick darauf

Janine,
denke es ist besser ab hier getrennte Wege
zu gehen
kann mich nicht festlegen
Der Urlaub auf Jamaica ist hiermit gestrichen
Das Geld kannst du nehmen damit du nach
Hause kommst

M.

Neben dem Zettel liegen zwei Hunderter. Ich bin fassungslos. Immer wieder lese ich jedes einzelne Wort. Getrennte Wege. Nicht festlegen. Urlaub gestrichen. Geld.
Geld? Wieso Geld? Bisher habe ich auch alles selber bezahlt.
Bevor ich überhaupt weiter grübeln kann fährt meine Rebellin dazwischen

‚Mach dir jetzt erst mal einen Kaffee.'

Gehorsam wärme ich Milch auf, stelle meine Tasse unter die Kaffeemaschine und drücke den Knopf für Spezialkaffee. Spezial. Spezial. Scheiße Spezial.

‚Nicht aufregen. Erst mal Kaffee trinken.'

‚Halt die Klappe!'

‚Uhh. Sind wir aber schlecht gelaunt.'

‚Hör mit dem Sarkasmus auf. Davon hatte ich gestern und in den ganzen letzten Tagen und Wochen schon genug!‘

‚Ist ja gut, Ist ja gut.‘

Ohne einen weiteren Gedanken nehme ich meinen Kaffee, gehe nach oben und schminke mich. Ich achte bewusst darauf, welche Farben ich nehme und wie ich meine Haare style. An diesen blöden Zettel will ich keinen Gedanken verschwenden. Ich ziehe die Zeit so lange raus, wie es nur geht aber letzten Endes bin ich doch fertig. Mit Schlüssel in der Hand stehe ich in der Küche vor seiner Nachricht und habe keine Ahnung wie ich reagieren soll. Im Moment hier bleiben ist keine Option. Vielleicht ihm eine Nachricht hinterlassen? Nicht wirklich. Eine SMS schreiben? Was soll ich ihm sagen? Den Gedanken verwerfe ich auch. Das mit dem Geld ist schon echt ne fiese Nummer. Wenn ich übel drauf wäre, könnte ich glauben er bezahlt für meine Anwesenheit.

Meine Rebellin muckt wieder auf ‚Janine, hör auf mit den scheiß Gedanken! So ist er nicht. So meint er es nicht.‘

‚Nerv mich nicht. Der Penner beleidigt mich total. Redet noch nicht mal persönlich mit mir und dann legt er noch Geld dazu?‘

‚Reg dich ab man. Du wolltest gestern unbedingt ins Bett. Das heißt noch lange nicht, dass für ihn das Thema abgeschlossen war.'

‚Jetzt liegt es an mir, oder was?'

‚Nicht wirklich. Reg dich ab Nine. Er ist doch eindeutig verzweifelt. Er weiß nicht ob nach rechts oder links in seinem Leben. Und - du vergisst immer wieder, dass er Familie hat.'

‚Ich vergesse nichts!' Innerlich koche ich vor Wut und schreie.

‚Warum regst du dich so auf. Nimm deine Schlüssel und geh einfach.'

‚Ich will aber nicht. Ich will ihn. Sein Lächeln. Sein Geruch. Seine Liebe.' Ich könnte heulen, schlucke den Klos im Hals aber runter.

‚Ok, ok, ok. Wir machen das ganz anders. Was du willst ist klar. Wenn du nicht weißt, wie du jetzt reagieren möchtest, dann müssen wir eben überlegen, was Mark erwartet. Dann kannst du so reagieren, wie er es nicht erwarten würde.'

‚Verstehe ich nicht.'

‚Er erwartet doch eine Reaktion von dir. Vielleicht ist das ganze ein Plan um von dir eine Reaktion zu bekommen.'

‚Das ist mir zu blöd. Ich hasse Spiele.'

‚Verlass dich auf mich. Also, mit einem Anruf könnte er rechnen, der fällt also schon mal raus. Ein Besuch von dir würde er auch noch vermuten, vielleicht sogar eine SMS… hmmm. Ganz bestimmt würde er nicht damit rechnen von dir überhaupt nichts zu hören. Genau so machen wir es!'

‚Ich soll ohne jegliche Reaktion verschwinden.'

‚Klar. Er hat doch den Mist verbockt. Entweder meint er es so, dann meldet er sich nie wieder oder er bereut es jetzt schon und wartet darauf, dass du zu ihm kommst.'

‚Du meinst kein Anruf, keine SMS und keine Notiz?'

‚Ja! Nimm deine Sachen - lass das scheiß Geld hier liegen - und fahr nach Hause. Rauch dir eine! Du rauchst doch so gerne. Jetzt brauchst du keine Rücksicht mehr nehmen.'
Langsam gehe ich zur Tür. Traurig lasse ich sie hinter mir ins Schloss fallen.

‚Mach den Kopf hoch! Du wusstest, dass das passieren könnte. Lieber jetzt als in ein par Jahren wegen irgendeiner anderen doofen Tante.'
Noch im gehen stecke ich mir eine Zigarette an, laufe zum Auto und beiße die Zähne knirschend aufeinander damit mir ja keine Träne aus den Augen rollt.

Normalerweise benötige ich 45 Minuten von Mark zu meiner Wohnung. Heute brauche ich fast eine Stunde. Das Fenster geöffnet, eine Zigarette nach der andere rauchend und die Musik bis zum Anschlag aufgedreht, komme ich doch irgendwann in meine leere und kalte Wohnung an. Es ist wirklich zum Verzweifeln. Nicht weil ich mir irgendetwas einbilde oder gekränkt bin, sondern weil ich mich so unendlich zu Mark hingezogen fühle. Nach der wirklich sehr kurzen Zeit, habe ich das Gefühl mehr denn je, ihn aus einem anderen Leben zu kennen. Er ist mir so vertraut, trotz seinem Verhalten habe ich immer wieder das Gefühl, dass es ihm mit mir genauso geht. Aber was bringt es? Er hat sich dazu entschieden, keine Entscheidung zu fällen. Bestimmt ist das jetzt sowieso das Richtige für ihn. Wenn er fast 14 Jahre in einer Beziehung war, braucht er jetzt erstmal Raum und Platz um sich selbst wieder näher zu kommen. Obwohl es mir weh tut, kann ich sein Verhalten nachvollziehen. Ich wäre so gerne mit ihm in den Urlaub geflogen. Naja, was ich nicht kenne, kann ich auch nicht vermissen. Dann hab ich jetzt etwas Taschengeld und könnte mir vielleicht noch etwas schönes für meine eigene Wohnung kaufen. Oder ich fahre zu irgendwelchen Verwandten die in ganz Deutschland verteilt wohnen. Ne, nicht wirklich. Das Wetter ist blöd und auf oberflächliche Konversation habe ich auch keine Lust. Ein Stück Kuchen habe ich noch, könnte mir eine Tasse Tee kochen und schöne Musik hören. Genau.

Ich bereite mir gerade einen friesischen Tee zu, als mein Handy klingelt. Ich sehe eine Festnetznummer, welche mir nicht bekannt ist:

„Janine Becker"

„Hallo - ich bin es"

„Mark…" Ich bin mir überhaupt nicht sicher, ob ich mich freue oder ob ich lieber heulen soll, weil er jetzt anruft.

„Janine…"

„…"

„Es tut mir leid."

„…"

„Hey sag was. Es tut mir wirklich leid."

„Was tut dir leid?"

„Alles."

„…" Ich verstehe ihn nicht. Mein Kopf und mein Herz bestehen nur noch aus Chaos. Tut ihm leid, mir den Laufpass zu geben? Tut es ihm leid, mir den Urlaub doch genommen zu haben? Tut ihm leid, weil er zu seiner Frau zurück will…?

„Janine, ich bin ein Trottel. Ich stecke total fest und lasse alles an dir aus."

274

„Mark. Wir wussten beide, dass es eines Tages so kommen würde. Mach es nicht schwerer als es so schon ist. Ich wünsche dir wirklich von ganzem Herzen, dass du mit Monika und Lisa glücklich wirst.“

„Nein, nein nein! Du verstehst mich nicht. Ich rufe dich an, weil meine Nachricht totaler quatsch war. Natürlich will ich dich immer wieder sehen. Und natürlich möchte ich mit dir nach Jamaika fliegen.“

„Warum schreibst du dann so etwas?“

„Weil ich das Gefühl nicht los geworden bin, so handeln zu müssen. Wie würdest du dich fühlen, wenn ich mit dir zusammen wäre und nach einer Trennung nicht um dich kämpfen würde?“

„Das ist doch quatsch. Ich würde es erst gar nicht so weit kommen lassen.“

„Du bist viel zu jung um das zu wissen.“

„Nein. Ich bin alt genug und meine Lebenserfahrungen sind ausreichend genug um zu wissen, wofür ich kämpfe und wofür nicht. Wer ist denn gegangen? Sie. Wer hat dir denn ein unpersönliches zu Hause präsentiert? Sie. Wer hat dich deiner eigenen Tochter entfremdet? Sie. Du kannst von mir erwarten, dass ich nichts dazu sage, trotzdem bleibt meine Meinung die gleiche. Du brauchtest jemanden auf den du dich hättest verlassen können und sie hat dir diesen Rückhalt nicht gegeben."

„Ja natürlich stimmt das aber ich bin auch nicht einfach. Ich habe meinen Teil dazu beigetragen, dass sie gegangen ist."

„Mark, mal ehrlich. Warum rufst du mich jetzt an? Ich möchte mich auch nicht über Monika und Lisa mit dir unterhalten. Es abverlangt mir enorm viel Kontenance, dich immer wieder darin zu bestärken, dass du mich für deine Familie verlassen kannst."

„Dann lass es. Mir gibst du damit das Gefühl, jederzeit auf mich verzichten zu können."

„Das ist doch quatsch. Was ist denn in ein par Jahren, wenn Lisa groß ist? Klar, ich würde sie immer wie meine eigene Tochter behandeln aber letzten Endes wird sie woanders groß. Vielleicht sogar mit einem anderen Mann als Vater. Was ist dann mit dir und deiner Meinung?"

„Natürlich würde mich das stören. Richtig anpissen sogar. Was du nicht weißt ist, dass ich in den ganzen letzten Tagen und Wochen immer wieder versucht habe mit ihr zu reden. Und wenn es auch nur wegen Lisa war, oder gerade deshalb…. Ich habe kein Gefühl mehr für Monika. Wir sind zu lange in verschiedenen Richtungen gegangen."

„Wir reden schon wieder über sie. Du rufst mich an, weil du einen völlig bescheuerten Brief hinterlassen hast und redest doch wieder über deine Familie."

„Stimmt, du hast Recht. Tut mir leid. Ich wollte dir unbedingt sagen, dass ich dich immer wieder sehen möchte. Und, du sollst auf jeden Fall mit mir nach Jamaika fliegen."

„Ich denke du hast alles abgesagt."

„Quatsch. Und es käme auch nie jemand anders in Frage. Also, sagst du ja?"

„Und dann?"

„Dann sehen wir weiter. Wir machen es wie in den letzten Monaten und genießen die Zeit einfach miteinander. Kein Stress, keine Arbeit, keine Verpflichtungen. Du wirst sehen, es ist ein Traum."

„Also ich fasse mal zusammen, du rufst hier an, sagst, dass es dir leid tut, dass wir doch noch zusammen in den Urlaub fliegen werden und das wir eine schöne entspannte Zeit miteinander verbringen. Richtig?

„Ähm, ja."

„Und das war dann alles zu deinem Verhalten von gestern und heute Morgen?"

„Ja. Ich hab mich doch entschuldigt. Und darüber gesprochen haben wir auch."

„Und das nächste Mal, wenn du wegen deiner Monika wieder Amok läufst, was ist dann?"

„Nine. Du weißt ich mag dich. Trotzdem ist es einfach unmöglich eine jahrelange Beziehung von heute auf morgen hinter sich zu lassen."

„Du sollst nichts hinter dir lassen aber deinen Frust auch nicht an mir auslassen. Ich weiß bis jetzt immer noch nicht, warum du gestern so traurig und wütend zugleich drauf warst. Ich habe nur erlebt, wie es ist für dich den Prellbock zu spielen."

„So ist es, wenn du mit mir oder bei mir bist. Ich bin so. Wenn ich in die Ecke gedrängt werde, wütend, verärgert oder verzweifelt dann bekommen immer diejenigen, die in meiner unmittelbaren Umgebung sind alles ab."

„Ok - das ist also ein Teil von dir?"

„…wenn alle drum herum genauso denken und funktionieren wie ich, dann nicht."

„Aber sonst schon?"

„…ja…"

„Ich dachte schon, ich wäre verrückt." In meine Stimme schleicht sich ein kleines Lächeln ein „

… wenn es bei mir so richtig mies läuft, schmeiße ich Gegenstände durch die Gegend. Nicht irgendwelche, sondern fast immer die, die mit der
Person irgendetwas zu tun haben. Vor ein par
Jahren habe ich auf diese Art meine ganze Einrichtung zerstört."

„…äh, ok."

Jetzt muss ich richtig lachen. Er hat definitiv
nicht erwartet, dass ich ihm von meiner schwär-
zesten Stunde erzähle. „Mark? Ich freue mich,
dass du angerufen hast. Und ja, ich komme auf
jeden Fall mit dir mit in den Urlaub. Ich freue
mich riesig auf eine Zeit, in der du relaxt und
entspannt bist und ich dich jeden Tag sehen
kann."

„Echt? Heißt das zwischen uns ist wieder alles
ok?"

„Ja. Alles in Ordnung." Durch das Telefon merke
ich, wie ihm eine Last abfällt. Ich hätte gar nicht
gedacht, dass es ihn auch so berühren und beschäftigen würde, wie mich. Scheinbar hat er
mich doch ein bisschen gerne.

„Ok. Vergiss nicht, dass du für den Urlaub einen
gültigen Pass benötigst."

„Schon klar. Ich kümmere mich darum."

„Nine?"

„Ja?"

„Danke."

„Wofür?

„Dafür, das du so bist, wie du bist. Machs gut."
Danach legt er auf und lässt mich völlig verdattert
zurück. Das Gespräch war gut. Richtig gut. So ein
gutes Gespräch hatte ich schon lange nicht mehr,
noch nicht ein einziges Mal mit meinem Ex-
Mann. Ich fühle mich mit Mark nicht mehr zer-
stritten sondern verbündet. Das Gefühl gefällt
mir. Sehr sogar.

## 13

Unser Urlaub rückt immer näher. Ich ertappe mich des öfteren dabei, meine Kleidung und andere Habseligkeiten nicht besonders positiv zu bewerten. Klar, ich möchte Mark gefallen und dennoch habe ich bisher strickt nach dem Motto gelebt, dass ich bin wie ich bin. Jetzt ziehe ich los, und kaufe mir Sommerkleider, Bikini und die eine oder andere Sandale. Nicht nur das. Ich rufe auch noch meine Schwester an und bitte sie, mir nicht nur einen vernünftigen Koffer sondern auch noch Kleidung zu leihen. Zu meiner Erleichterung findet sie es nicht doof sondern ist stolz darauf, mir helfen zu können.

Etwa zwei Wochen später befindet sich mein kompletter Sommer-Kleider-Bestand im Koffer. Mir gelingt es so gerade noch, das schwere Vieh mit einem Ruck ins Auto zu befördern. Zufrieden lehne ich mich ans Auto und zünde mir eine Zigarette an. Mir schwirren tausende von Gedanken durch den Kopf. - Klein Nine auf große Weltreise - Wenn ich dort verschwunden gehe, findet mich nie jemand wieder - Wie wohl das Meer, der Strand und das Hotel sein wird - Noch nie war ich so weit von zu Hause weg - Zeit mit Mark ganz allein - Ich lächle. Es ist kalt, weshalb ich meine Zigarette schon bald austrete ins Auto steige und los fahre. Nicht direkt zu Mark sondern in die nächste Großstadt, die auf dem Weg zum Flughafen liegt. Obwohl ich es ein wenig befremdlich gefunden habe, konnte ich Mark diese Bitte nicht ausschlagen. Es war absolut nachvollziehbar, dass er damit eventuellen Schwierigkeiten mit Monika oder seinen Schwiegereltern aus dem Weg gehen wollte. Ein fremdes Auto auf dem Hauseigenen Parkplatz würde immer zu Gesprächsstoff führen. Mit blick auf die Uhr registriere ich, dass ich jetzt unbedingt los muss. Ich würde gerne vor Mark dort sein um noch einmal den Flair vor der Reise in mir aufzunehmen. Mit meinen Gedanken bei allem was wichtig ist, Taschengeld, gültiger Pass, Schlüssel, Handy… fahre ich los. Mein Bauch kribbelt, mein Herz bubbert und mein Gesicht strahlt von einem Ohr zum anderen. Ich freue mich riesig. Kurz schicke ich Mark eine Nachricht, wann ich da bin, dann konzentriere ich mich nur noch auf die Straße, Musik und meine Vorfreude.

Auf dem verabredeten Parkplatz kann ich Mark noch nicht ausmachen. Ich parke in der hintersten Ecke, damit es keinem etwas ausmacht, dass mein Auto die nächsten zwei Wochen auf einem kleinen privaten Parkplatz abgestellt wurde. Gerade als ich mich zurücklehne und tief Luft hole, sehe ich wie Mark aus einem VW Bus aussteigt und auf mich zukommt. Schlagartig rast mein Herz. Ich grinse ihn an und steige dabei aus meinem Wagen

„Hallo!"

„Da bist du ja. Schön dass du pünktlich bist."

„Natürlich. Als ob der Flieger auf mich warten würde." Die ganze Zeit über grinse ich von einem Ohr zum anderen. „Ich hab dich mit dem Auto überhaupt nicht erkannt."

„Wir sind auch gerade erst angekommen."

„Wir?"

„Mein Vater fährt und holt uns in zwei Wochen wieder ab."
Dazu kann ich nicht viel sagen. Ich schaue ihn an und registriere, dass ich mal eben so alle seine Familienmitglieder kennen gelernt habe. Macht man das, wenn die Person unbedeutend ist? Und er fliegt mit mir weg. Ich glaube ich habe seine Meinung zu mir unterschätzt. Mit diesem Geistesblitz strahle ich Mark noch einmal eine Nummer größer an.

„Was ist?"

„Nichts. Ich freue mich nur."

„Na dann komm und lass uns fahren."


Die Autofahrt mit Karl-Heinz - den ich aber nur Charlie nennen soll - war gar nicht so unangenehm wie befürchtet. Wir unterhielten uns ungezwungen über das Wetter, Meer, Urlaub und das Leben im Allgemeinen. Mark rückte mit keinem

Stückchen mehr Informationen bezüglich des Hotels oder des Ortes raus. Alles war streng geheim. Amüsiert und gleichzeitig etwas verärgert, versuche ich doch seine Freude nicht zu mindern. Wenn ich darüber nachdenke, dass mir dieser Mann mal eben so einen Urlaub am anderen Ende der Welt bezahlt, dann kommen mit immer wieder entweder Gewissensbisse auf oder die Frage, ob nicht doch noch alles einen Hintergrund haben könnte. Sofort steht dann wieder meine innere Stimme zur Verfügung, mit dem Kommentar, nicht ständig so argwöhnisch zu sein, sondern mal die Sonnenseite des Lebens zu genießen. Nach etwa zwei Stunden kommen wir endlich in Frankfurt an. Natürlich möchte ich meinen Beitrag auch dazu leisten, den Weg zu weisen, habe aber in Wirklichkeit keinen blassen Schimmer wo Charlie lang fahren muss. Sobald ich mal einen Blick auf die Flugtickets ergattern möchte, werden sie von Mark sofort zugedeckt. Mir bleibt also nichts anderes übrig als mich den beiden Herren zu überlassen. Die Einfahrt von dem Teil des Flughafens empfinde ich ein wenig zu weit abseits, schließlich wollen und können wir nicht mit dem ganzen Gepäck einmal quer über das Gelände. Gerade will ich einen Kommentar loswerden als Charlie meint:

„Hier noch links um die Ecke und dann haben wir es."

„Sieht so abgelegen aus." Meint Mark leise.

„Ja, aber das ist der richtige Weg. Wenn du das gebucht hast, was auf den Tickets steht, müsst ihr da vorne rein."

„Ok. Du holst uns dann in zwei Wochen von Hannover ab?"

„Klar, bin dann da. Wir telefonieren vorher noch mal." Dann dreht er sich lächelnd zu mir „Dir wünsche ich eine wunderschöne Zeit mit meinem Sohn."

Ich bin etwas verlegen, überspiele es aber perfekt mit meinem riesigen Lächeln „Die werden wir bestimmt haben."

In mir fängt alles an zu kribbeln. Die Vorfreude bringt mich fast zum platzen. Übermütig verabschieden wir uns von Charlie und machen uns auf den Weg. Trotz meinem Gepäck kann ich es mir nicht nehmen, Mark mal zu knutschen, mal auf den Hintern zu klatschen oder so zu tun als ob ich ihm ein Beinchen stellen würde. Ich bin immer aufgekratzter bis er mit mir zu einem Eingang kommt, wo nicht mehr als ein einzelner Gepäckwagen steht. Kein Mensch ist weit und breit zu sehen.

„Wo sind wir hier?"

„Auf dem Weg zu unserem Schalter." Er schaut mega konzentriert. Auf seiner Stirn steht gedruckt - Äh! Keine Ahnung.

„Bist du sicher? Ich meine, hier ist kein Mensch."
Meine Stimmung ernüchtert ein wenig. Ich will
unbedingt meinen Teil dazu beitragen, den Weg
zu finden.

„Klar. Mein Vater ist von hier schon öfter geflogen und hat mir den Weg erklärt."

„Vielleicht irrt er sich."

„Nine. Warst du schon mal hier?"

„Ne." Ich schelte mich selbst weil ich wieder zu

vorschnell geredet habe. „Sorry."
Wir hieven unser Gepäck auf den Wagen und
gehen gemeinsam einfach geradeaus. Irgendwann
kommt dann endlich ein Schalter. Obwohl über

dem Arbeitsplatz „First Claas" steht, geht Mark
direkt darauf zu. Zunächst dachte ich, er würde
nur nach dem Weg fragen aber tatsächlich wird er
freundlich empfangen. Langsam trete ich einen
Schritt näher. Mir ist das hier etwas suspekt. Wir
werden nach dem Gepäck gefragt, unseren Pässen
und einigen anderen Dingen. Letzten Endes dürfen wir ohne unsere Koffer aber unserem Handgepäck weiter gehen.

„Mark, es ist komisch hier."

„Nicht komisch. Nur exklusiv."

Ich fühle mich unbehaglich. „Es ist kaum jemand
hier. Alles ist so still."

„Gleich verstehst du alles." Er sieht mir in die Augen und lächelt mich beruhigend an. Sein Blick schaut aus, als ob er schon auf Urlaubsmodus umgeschaltet hat. Meiner Meinung nach kann er nur so entspannt sein, wenn wirklich alles in Ordnung ist.

Wieder müssen wir an einer Kontrolle unsere Tickets vorzeigen, dann dürfen wir der Dame die letzten Meter folgen. Sie öffnet eine Tür durch die wir gehen und sobald diese zugefallen ist, fühlt es sich an als ob man in einem Teil des Flughafens in einer völlig anderen Welt steht.

„Wo sind wir hier?" frage ich völlig erstaunt.

„Sie befinden sich hier in dem Wartebereich für die First Claas. Wenn Sie mir bitte folgen wollen, kann ich Ihnen alles zeigen."

Verwundert springen meine Augen zu Mark.

‚Waaas?!' kreischt meine Rebellin. ‚Der hat nicht nur irgendeinen Urlaub, sondern gleich First Claas gebucht?'

Mark lächelt kurz, lässt aber dann erkennen, dass es für ihn nicht das erste Mal ist. Wie selbstverständlich kommt er der Aufforderung nach, sich etwas zu trinken zu nehmen. Ich zögere noch kurz, denn in meinem Gehirn schrillen alle Alarmglocken, weil das doch viel zu teuer alles sein muss.

„Nine! Jetzt nimm dir etwas. Entspann dich. Es wird alles gut werden." Ganz leise flüstern seine Lippen diese Worte in mein Ohr. Es ist wie ein Hebel. Mein Strahlen erwacht wieder zum Leben. Gerne nehme ich mir etwas zu trinken. Gerne esse ich eine Kleinigkeit und höre Musik. Als Mark mir dann noch anbot zu Duschen oder Baden muss ich lauthals lachen.

„Ich bin auf einem Flughafen zum duschen? Bestimmt fahren wir gleich nach diesem ganzen drum und dran wieder nach Hause…" schelmisch grinse ich ihn an. Mein ganzer Übermut ist wieder da. Ich möchte ihn necken, kitzeln, knutschen und mit ihm toben. Ihm zeigen, was mir seine Gesten alles bedeuten.

„Nein bestimmt nicht. Wir haben noch vierzig Minuten, dann geht unser Flieger nach Jamaika." Jetzt habe ich ihn angesteckt. Er grinst von einer Backe zur anderen. Seine Augen blitzen und schauen mich mit neckischem Blick an.

„Schätze wir werden eine hammerstarke Zeit haben" Wieder grinse ich über das ganze Gesicht

„aber ich möchte jetzt auf keinen Fall unter das Wasser. Ich möchte viel lieber mit dir knutschen." Immer noch grinse ich.

„Knutschen? Was ist das für ein Wort?"

„Na küssen."

288

„Hier????" Entrüstet reißt er die Augenbrauen hoch.

Ich breche in schallendes Gelächter aus.

„Quatschkopf! Hör auf mich auf den Arm zu nehmen."

Er lacht auch über das ganze Gesicht „Komm, wir holen uns noch eine Kleinigkeit zu Essen und Trinken und machen uns dann gleich auf dem Weg zu unserem Gate."

„Mark?"

„Ja?"

„Wenn wir hier First Claas warten, heißt das dann, dass wir im Flugzeug auch First Claas fliegen?"

Er bricht in Lachen aus. Nicht so, dass alle es mitbekommen aber schon so sehr, dass das eindeutig auf meine Kosten geht.

„Man, hör auf zu lachen. Ich hab eben keine Ahnung."

„Na klar, fliegst du 1. Klasse. Gar keine Frage. Denkst du ich verwöhne dich mit irgendetwas anderem?"

Die Hitze steigt mir in die Wangen. Natürlich!

Klar! Jetzt bin ich rot. „Oh man, Mark. Hör auf."

Ich drehe mich weg, weil ich nicht will, dass er sehen kann, wie sehr mich die Situation geniert.

„Nine, mach dir nicht schon wieder so einen Kopf! Hier kennt uns keiner. Lass uns einfach alles genießen und die Zeit miteinander genießen."

Ich schaue ihn an „mach dich nicht Lustig über mich".

„Ach komm schon. Das war lustig."

„Denkst du alle Männer sind so wie du? Sind sie nicht. Und mein Ex-Mann hat mich in einen zweitklassigen Urlaub geschleppt, wo er mich am liebsten noch an andere Männer vermietet hätte." Die Worte sprudeln nur so aus mir heraus. Sie sind leise jedoch so klar verständlich, dass Mark innerhalb von Sekunden wieder ernst wird.

„Janine. Hör auf. So bin ich nicht. Jetzt entspann dich." Dann küsst er mich ungestüm und kurz auf den Mund.

„Trink am Besten Tomatensaft. Das soll gut sein vor einem langen Flug."
Mir fehlen die Worte. Ich greife zum Tomatensaft, hole mir noch ein par andere Kleinigkeiten und folge ihm zu einem freien Platz.
Dankbar greife ich den Themenwechsel auf. Wir unterhalten uns über Schule, Freunde, Familie auch ein wenig über die Arbeit, denn doch verspürt er immer wieder den Wunsch mit mir über meinen Chef zu reden. Raus zu finden, was genau mich so qualifiziert, dass ich für alle Geschäfts-

führer und meinem Chef zur direkten Assistentin erklärt wurde. Mir schmeicheln seine Fragen sehr. Gerne erzähle ich von mir. Von dem was ich gelernt habe, von dem Leben ohne meine Eltern. Von den verrückten Zeiten als Punkerin und den Zeiten mit meiner Schwester.

Nach gefühlt sehr kurzer Zeit müssen wir aufbrechen. Mark nimmt mein Handgepäck und geht vor. Die Geste rührt mich unendlich. Ich wünsche mir in dem Moment, dass er mein Schatz werden würde. Dass das mein Mann ist. Am liebsten würde ich seine Frau werden. Über meine eigenen Gedanken schüttle ich den Kopf und gehe ihm hinterher. Definitiv werde ich mir keine Hoffnungen machen. Ganz leise flüstert meine Rebellin ‚Warum liegt dann hier drinnen ein kleiner Samenkorn und fühlt sich wohl?' ich ignoriere sie.

Wir laufen gerade über eine Brücke direkt in das Gehäuse des Flugzeuges. Immer wieder fasziniert mich diese Vorfreude, die sich aufbaut, wenn man eine Überraschung oder ein fremdes Land erwartet.

„Unser Flug dauert ungefähr 11 Stunden. Ich habe extra über Nacht gebucht, damit wir bei unserer Ankunft noch etwas von dem Tag haben."

„Elf Stunden? Wahnsinn. Was sollen wir die ganze Zeit machen?"

„Du wirst schon sehen. In unserer Klasse kannst du lesen, Filme sehen, schlafen, essen und trinken so viel du möchtest."

Kurz schaue ich zu ihm hinüber, kann aber keinen Scherz in seinem Gesicht ablesen. Vielleicht stimmt es auch, so wie alles anders bisher.

In unserem Flugbereich haben wir viel Platz für uns allein. Außer uns beiden reisen nur noch drei andere Passagiere in dieser Flugkategorie. Mich erwartet eine riesige Auswahl an Zeitvertreib. Mich flasht das alles so sehr, dass ich mich erst einmal auf meinem Sitz hinsetze und still um mich herum alles beobachte.

„Janine, steh auf! Du kannst noch genug sitzen, wenn wir fliegen. Schau dich um!"

Obwohl er es gut mein, schüttle ich meinen Kopf

„ Ich möchte lieber hier sitzen und alles auf mich wirken lassen."

Schräg vor mir liegt eine Auswahl an Zeitschriften. Wirklich alles ist zu sehen. Tageszeitungen, Finanzmagazine, Autozeitschriften, Hefte über Mode, Gärten, Familie und noch mehr. Meiner Einschätzung nach, könnte das einen kleinen Kiosk füllen. Dann sollte ich mein Flug-Menü bestellen. Bis dahin wusste ich noch nicht einmal, dass es Abteile gibt, in denen man wählen durfte. Und so setzten sich meine Einrücke ununterbrochen fort. Von allem gab es eine Menge und ich durfte aussuchen. Schlafen konnte ich super, dank

der Decke, der Hausschuhe und der Lippencreme.
Essen war mit dem Platz absolut lecker und sobald nur ein klein wenig Langeweile aufkam,
schauten wir uns zusammen den gleichen Film
an. Nicht irgendwelche Filme, sondern diejenigen
welche gerade im Kino liefen. Also die Neuesten
der neuen Filme. Es war so cool. Zum ersten Mal
in meinem Leben habe ich mich wie eine Prinzes-
sin gefühlt. Immer wieder schmiege ich mich
stumm an Mark. Immer wieder zeige ich ihm
durch einen Blick oder ein Geste, dass ich mich
gerade mit ihm im wahrsten Sinne des Wortes im
Himmel befinde.
Elf Stunden später landen wir bei strahlendem
Sonnenschein. Sobald wir das Flugzeug verlassen
strömt uns warme Luft entgegen. Schon hier am
Flughafen kann ich den Urlaub auf der Zunge
schmecken. In meiner aufgeregten Art, zerre ich
Mark die Reiseunterlagen aus den Händen und
checke durch, wo wir hin müssen. Ich zeige es
ihm und gehe zielstrebig los.

„Janine! Hier lang.“

Hier lang? Ich drehe mich um, er geht ganz woanders hin.

„Ja, die Busse stehen dort. Und unser Reiseschal-
ter ist auch dort. Siehst du?“
Am liebsten würde ich mir mit der Hand vor den
Kopf schlagen. Man, könnte ich doch mal ruhiger

werden. „Ups." Grinsend renne ich zu ihm „Ist wohl besser, ich halte mich an Sie, junger Mann."

Er grinst zurück „kann ich verstehen, bei so einem grandiosen Typen."

„Tsss, ts, ts." Ich lächle und folge brav seiner Spur.

Natürlich war es meinem Freund - in Gedanken wiederholt meine liebste Freundin die Rebellin ‚dein Freund‘?‘?‘?‘ sarkastisch - aber ja, es ist mein Freund! - derjenige welche, der den richtigen Bus findet. Wir steigen ein und werden von Reggae-Musik begrüßt. Müde von der ganzen Reise möchten wir beide nur noch erfahren wann wir los fahren und im Hotel ankommen. Nachdem wir alles erfahren haben, wollte ich mich gerade in 1. Reihe setzen, als Mark mich am Arm zieht und dann ziemlich weit hinten einen Platz aussucht.

„Möchtest du am Fenster sitzen?"

„Ja. Ich lasse dir aber auch gerne den Platz."

„Quatsch! Setz dich. Ich kenne das alles schon. Außerdem sitze ich immer lieber am Gang, damit ich meine Beine bewegen kann."

„Du kennst alles schon?" Bei diesen Worten kräuseln sich mir die Härchen auf den Armen. Ich dachte dies ist unsere ‚Number One‘ Story.

„Es ist immer das gleiche mit Fliegen, Bus fahren und im Hotel ankommen." Seine stimme ist völlig neutral. Scheinbar fällt ihm gar nicht auf, dass mir dieser Satz quer runter geht.

„Es ist nie das gleiche. Außerdem bin ich nicht Monika. Es kann also alles nicht gleich sein."
Er schaut mich an. Jetzt hat er definitiv mitbekommen, dass ich zickig bin. „Janine, so war das nicht gemeint. Und, das weißt du auch. Ich möchte einfach ins Hotel und ich wollte dich am Fenster sitzen lassen."
Seine Ehrlichkeit nimmt mir den Wind aus den Segeln. Ich richte mich auf meinem Platz ein, kann aber leider noch nicht viel sehen wenn ich aus dem Fenster sehe, da rings rum alles mit Bussen zugeparkt ist. Die Reggae Musik gefällt mir. Sie hat so einen Beat, dass alles leicht geht und locker zu schaffen ist.

„Hoffentlich schalten die gleich die Musik ab."
Leise stöhnend schüttelt er den Kopf von einer zur anderen Seite.

„Wieso das? Ist doch cool."

„Mich nervt es. Wir sind gerade 11 Stunden geflogen. Ich will jetzt endlich mal ruhe haben."

Erstaunt sehe ich ihn an. ‚Soll das ein Scherz sein?' Wohl eher nicht. Er sieht tatsächlich müde und schlecht gelaunt aus.

„Ach komm, die par Minuten lenken wir uns ab und wenn wir gleich da sind, können wir direkt an den Strand gehen." Ich lache ihn herzlich an. Mir ist es wirklich wichtig, dass er diesen Urlaub mit einem guten Gefühl beginnt.

„Hör auf zu lachen. Du bist genau wie Monika. Die hat auch gelacht, wenn ich mich in einer Situation scheiße gefühlt habe."
Puff.. Eine Seifenblase platzt. Monika? Scheiße fühlen?

„Ich wie Monika? Du fühlst dich scheiße?" Entsetzt glotze ich ihn an. Was sind das für Sätze? Wird er sich verändern und hier in einem anderen Land vielleicht genau so einen Mist wie Ralf von mir erwarten? - ‚Nine! So ein quatsch! Schalt lieber dein Gehirn ein, bevor du dich verrennst!'

„Mark? Erklär mir das, denn jetzt gerade fühle ich mich scheiße."

„Im letzten Urlaub mit ihr, mussten wir auch mit dem Bus fahren. Es lief ebenfalls Musik. Mich nervte alles und sie hat sich immer mehr über mich lustig gemacht. Irgendwann saß sie auf ihrem Platz, glucksend vor meinem Unmut und ich hätte sie am liebsten erwürgt."

„Ah. Ich bin aber nicht Monika. Ich würde dich davon ablenken oder nach vorne gehen und fragen ob die Musik ausgemacht werden kann."

„Sagst du jetzt. Und in zehn Jahren?"

Er verdirbt mir die Stimmung. Der erste Eindruck eines unbeschwerten Urlaubes ist verflogen. Mir wird klar, dass es ziemlich krasse Zeiten hier geben wird, wenn wir vierzehn Tage ununterbrochen zusammen verbringen werden.

„Könnten wir aufhören darüber zu reden? Ich möchte den Urlaub mit dir genießen und werde dir bestimmt nicht extra schlechte Gefühle machen. Was in zehn Jahren ist, werden wir sehen." Mein Blick trifft seine Augen. Ich lege meine ganze Zuneigung offen dar. Seine Augen werden weich. Sehen mich ebenfalls liebevoll an. Ohne ein weiteres Wort zu verlieren tätschelt er mein Bein, legt seinen Kopf zurück und schließt die Augen. Soeben habe ich ihm schwarz auf weiß bewiesen, dass ich nicht seine Ex bin. Eine Frau ist eben nicht, wie jede andere.

Die Fahrt zum Hotel wirkt auf mich sehr befremdlich. Einerseits traumhaft schön, andererseits gibt es hier sehr viel Armut zu sehen. Kleine Hütten säumen den einen oder anderen Straßenabschnitt, zwischen drin kann ich immer wieder den Kilometerlangen weißen Sandstrand erblicken. Die Natur sieht hier so unberührt aus, dass man meinen könnte, im Paradies zu sein. Schweigend lasse ich alles auf mich wirken. Die Busfahrt, Mark der neben mir ebenso still geworden ist und die Chance an einem traumhaften Ort dieser Erde Zeit zu verbringen. Zeit zu zweit.

Unser Busfahrer hält nach einiger Zeit und gibt gut gelaunt unsere Reisegesellschaft mit Zielort an. Entgegen meiner Erwartung steht sofort jemand neben uns und kümmert sich um unser Gepäck. Beim betreten der Lobby empfängt uns eine vollkommen andere Welt. Alles ist riesig und geräumig. Die Möblierung ist fremdartig aber sehr geschmackvoll und hochwertig. Viele blühende Blumen wurden dekoriert sind aber verhältnismäßig unbedeutend, wenn man den dahinter liegenden Garten betrachtet. Ungläubig starre ich die andere Seite des Raumes an. Hier gibt es nur drei Wände. Die Vierte Wand gibt es einfach nicht. Vor uns liegt ein riesiger Palmengarten in dem von der Sonne weitere Blumen angestrahlt werden. Ich drehe meinen Kopf zu Mark und bin sprachlos.

„Wahnsinn!" flüstere ich leise.

„Ja toll hier, nicht?"

Schon wieder sein ‚Ich weiß und kenne alles' registrierend, weigere ich mich, mir die Stimmung verderben zu lassen. Mein Lächeln reicht von einem Ohr zum anderen. „Unglaublich! Es ist hier wie im Paradies."

„Warte ab, bis du die Zimmer siehst." Auch um seine Mundwinkel zuckt ein kleines Lächeln.

„Was dann? Du wirst es mir schon zeigen?" Grinsend ziehe ich ihn auf.

„Die Decke wirst du erstmal zu sehen bekommen."

„Die Decke? Als ob du nur die Missionarsstellung könntest?" Grinsend stelle ich mich so vor ihn, dass ich klamm heimlich meinen Hintern an ihm reiben kann.

„Hör auf!" Obwohl es ihm gefällt, ist klar, dass er damit nicht gerechnet hat und keine Lust hat auf eine große Reaktion unter der Hose.

„Gleich bist du fällig."

Mark kneift mir in den Hintern und tritt dann zum Einchecken vor. Die Formalitäten sind überraschend schnell erledigt. Nachdem uns ein Page durch den Palmengarten zum Bungalow geleitet hat, stehen wir vor der Treppe zu unserem Eingang. Meine Spannung wächst von Minute zu Minute ins unermessliche. Und trotzdem würde ich gerne sofort durch die ganze Anlage schlendern um alles zu erkunden. Es muss unglaublich sein, was man hier alles sieht. Zappelnd stehe ich hinter Mark und warte auf Einlass. Als endlich die Tür aufgeht und wir den ersten Schritt über die Schwelle setzen können, bleibt mein Blick unwillkürlich an der gegenüberliegenden Seite des Raumes kleben. Genau hier im Eingang habe ich eine riesige Aussicht auf das Meer. Absolut riesig. Über die ganze Rückwand des Hauses bildet sich das Panorama Jamaica. Palmen, Strand und Meer. Ich gehe näher und muss mich überzeugen, ob es hier auch keine Wand oder Tür gibt.

„Wow."

Ungläubig und fasziniert gehe ich auf den Balkon zu. Gleichzeitig fühlt es sich an, als ob ich mich am Strand befinde und auf das Wasser zugehe. Dann endlich lehne ich an der Brüstung und sehe das Paradies. Das Meerwasser spült so nah an den Strand, dass ich in einer Minute schwimmen gehen könnte. Von hier oben sehe ich Palmen, Hängematten, kleine Hütten die Getränke ausschenken oder Fisch grillen. Das Meer rauscht. Die Luft streichelt sanft und warm meine Haut. Ich fasse es nicht, hier zu sein.

„Der Hammer!" Immer wieder flüstere ich vor mich hin, was das für ein Hammer ist. In diesem Gefühl vertieft schlingt Mark mit einem Mal seine Arme um mich.

„Unglaublich, oder?"

„Das ist der Wahnsinn."

„Stimmt." Er atmet tief ein und aus. „Schön das du mit mir hier bist."
Kurz stolpert mein Herz vor Freude, dann drücke ich seine Arme fester an mich.

„Machst du Witze? Schön das du mich mitgenommen hast." Ich grinse ihn überschwänglich an. „Es ist der Hammer! Es ist wie ein Traum!

Wahnsinn!!!" Mein Lächeln strahlt über das ganze Gesicht. Ich packe ihn und ziehe ihn stürmisch an mich. Unbeholfen, fast schon gierig küsse ich ihn. Dabei drücke ich ihn so feste wie ich kann. Unbedingt muss ich ihm zeigen, was es mir bedeutet hier zu sein.

„Hier ist deine Zimmerkarte. Steck sie ein, dann kannst du dich frei bewegen."
Mein Blick schweift zur Zimmerkarte:
Swept Away, Negril Jamaica
The All Inclusive
Bungalow Nr. 3324

„Frei bewegen?"

„Ja klar. Kommen und gehen, wie du Lust hast."

„Ohne dich?"

„Manchmal. Wir müssen doch nicht die nächsten zwei Wochen ununterbrochen aufeinander hocken."

„Nicht?"

„Hab ich was Falsches gesagt?"

„Keine Ahnung. Wir sind im Urlaub und ich soll mich ohne dich frei bewegen?"

„Warum nicht? Vielleicht willst du mal schwimmen gehen und ich lieber schlafen. Oder ich möchte faul rumliegen und du hast Hummeln im Hintern." Bei diesen Worten lächelt er mich an.

„Das kenne ich nicht. Ich meine im Urlaub auch mal alleine sein."

„Janine, mach kein Ding draus. Genieß es einfach. Ich habe alles All inklusive gebucht. Du kannst innerhalb dieses Hotelgeländes alles Essen und trinken wozu du Lust hast ohne extra zu bezahlen. Du kannst Surfen, Tauchen, Wasserski fahren und viel viel mehr. Genieß es."
Wieder reiße ich ihn in meine Arme. Dieses Mal drücke ich noch fester zu. Ich fasse es nicht, dass ich hier quasi tun kann, was ich will. Unglaublich! Ich bin im Paradies - mit einem tollen Mann - und kann tun was immer ich will. Mein Blick fällt auf das riesige Bett im Zimmer und weckt augenblicklich den Wunsch in mir, mit Mark wilden hemmungslosen Sex zu haben. Ja, das will ich gerade und nichts anderes. Wieder küsse ich ihn, schiebe meine Hände unter sein T-Shirt und drücke ihn langsam nach hinten Richtung Bett. Seine Küsse werden immer fordernder, beflügeln mich darin, ihn zu verführen. Langsam ziehe ich mir das Oberteil über den Kopf und reibe mich aufreizend an ihm. In mir tobt ein unglaubliches Gefühlschaos. Irgendwie liebe ich alles und zugleich habe ich Angst. Alles fasziniert mich und zugleich ziehe ich mich zurück. Aus irgendeinem Grund scheint es Mark anziehend zu finden denn er wird immer härter. Sein Kuss wird weich, schlüpfrig und voller Hingabe. Seine Zunge schlängelt sich um meine, sachte knabbert er an

meiner Lippe. Im nächsten Moment zieht er mich wieder an sich und küsst mich mit ganzem Atem. Ich zerre an seinem Shirt weil er es endlich ausziehen soll aber er ist zu abgelenkt. Seine Finger finden den Bund meiner Hose und gleiten unter das Höschen. Fordernd schiebt er seine Hand zwischen meine Beine um mich mit einem Finger zwischen den kleinen Lippen zu necken. Das bringt mich sofort zum stöhnen. Meine Hände in seinen Haaren vergraben stöhne ich auf und drücke mich ihm entgegen. Im nächsten Moment zieht er meinen BH nach unten sodass meine Brüste davon gestützt werden. Er betrachtet sie und scheint nicht zu wissen, welchen Nippel er zuerst in den Mund nehmen soll. Mich törnt es so an, dass ich mich weiter an ihm reibe, meine Hand in seine Hose schiebe und seinen harten Schwanz raus hole. Tiefe Seufzer überkommen mich. Dieser harte Schwanz törnt mich total an. Am liebsten würde ich in die Hocke gehen und fest daran saugen aber in dem Moment nimmt Mark eine Brustwarze zwischen seine Lippen und fängt an damit zu spielen.

„Ohhhhh."

„Hey sei leise, die können hier unten alles hören" flüstert er.

„Egal" antworte ich kurzatmig.

Wir fallen zusammen aufs Bett. Er rollt sich über mich und fängt noch einmal an mich ausgiebig zu küssen. Zieht die Spur tiefer und spielt mit meinen Nippeln. Kurzentschlossen reiße ich ihm das T-Shirt über den Kopf und fange ebenfalls an, an seinen Nippeln zu zupfen. Er fährt total darauf ab, stöhnt und schmeißt regelrecht seine Hose von sich. Dann kommt er auf mich zu und zieht auch an meiner ruckartig.

„Hilfe! Überfall" quietsche ich ganz laut und fange an zu lachen.

„Hör auf! Man die hören uns."

Ich grinse nur, hebe meine Hüfte an um die Hose los zu werden und ziehe ihn im nächsten Moment wieder an mich. Wir sind unglaublich gierig aufeinander. Es ist als ob wir uns Tage nicht gesehen hätten. Es ist, als ob wir nicht ohne einander können. Fast als ob wir ertrinkende wären, die sich aneinander klammern. Mit seinem harten Schwanz reibt er an mir. Küsst mich und macht mich mit seinen Händen an meinen Brustwarzen verrückt. Am liebsten würde ich meine Hand nehmen und es mir selbst machen aber ich traue mich nicht. Endlich schiebt er mir seinen Harten rein. Voller kraft und immer tiefer. Wir stöhnen und verfallen wieder in unsere Küsse. Mein Körper fährt immer mehr auf ihn ab. Ich rieche ihn und könnte diesen Geruch von ihm auflecken. Mein Saft läuft und macht alles noch geschmeidiger. Mark stöhnt. Auch er merkt, wie mein Körper auf ihn reagiert. Immer schneller werden seine Stöße bis ich meine Beine um seine Hüften lege und ihn zu mir ziehe.

„Hör auf" sage ich keuchend.

„Aufhören?"

„Pause."

„Vergiss es."

Wieder fängt er an sich zu bewegen. Seine Arme liegen unter mir und drücken uns aneinander. Sein Kuss wird immer nasser und intensiver. Unsere Hüften finden einen gemeinsamen Rhythmus bis ich kaum noch Luft bekomme. Um Luft zu bekommen drehe ich den Kopf und werde prompt von Mark am Hals geleckt und gebissen. Ich keuche auf und werde richtig wild. Meine Hüften stoßen ihn immer heftiger und tiefer, mein Saft verteilt sich zwischen uns und scheint ihn nur noch mehr anzustacheln. Unser Rhythmus wird wild aber beständig. Im nächsten Moment weiß ich, dass er gleich kommen wird. Er schaut mir in die Augen und flüstert:

„Was machst du nur mit mir."

Liebevoll berühren seine Lippen meinen Mund. Ich öffne meine Lippen und spiele mit meiner Zunge an seinen Mundwinkel. In dem Moment kommt er heftig. Zuckt und küsst mich gleichzeitig. Zuckt immer mehr, stöhnt in meinen Mund und hört sich absolut befriedigt an. Ich lege meine

Arme um ihn und freue mich riesig, dass ich ihn so scharf mache, dass er bombastisch kommt.

„Was ist mit dir" fragt er atemlos.

„Mir?"

„Ja, willst du es dir machen?"

Ich werde knall rot. „Ich mache es mir doch nicht."

„Warum nicht? Macht doch spaß."

„Ich hab es mir noch nie vor oder mit jemandem gemacht."
Er stützt sich auf einen Ellebogen ab und schaut mich an. „Noch nie?"
Ich schüttle mit dem Kopf.

„Du hast einen Ex-Mann, der unglaubliche Dinge von dir fordert, der aber noch nie dabei war, wenn du es dir selber machst?"

„Äh. Ne." Mein Kopf ist knall rot. Ich merke es einfach. Ich bin rot. Ich geniere mich ohne Ende zumal ich eben noch dachte, wie gerne ich es mir dabei besorgt hätte.

„Umso besser."

„Umso besser? Was ist das für eine doofe Antwort?" Irgendwie ist der Typ komisch.

„Hättest du das mit ihm gemacht, hättest du jetzt wieder eine Sache mehr, die du mir wegen ihm nicht zeigen würdest." Seine Hände kreisen bei diesen Worten langsam über meine Hüfte. Ich schweige nur.

„Hey, Nine. Entspann dich. Wir wollen Spaß haben, nicht vergessen." Während er das sagt, rutscht er zu mir und nimmt mich wieder in seinen Arm. „Du wirst in diesem Urlaub den weltbesten Sex bekommen."

„Tsss. Sagen das nicht alle Männer?"

„Die sind aber nicht so schlau wie ich."

„Ja klar." Ich grinse ihn an, dankbar für die Ablenkung.
Er drückt mich fest an sich. Keine Ahnung ob ich heulen oder lachen soll. Jedenfalls macht es mir Angst, mit welcher Vehements er das gerade alleine beschlossen hat. Ich springe auf „Los, lass uns die Insel erkunden!"

„Jetzt? Ich schlaf jetzt ne Runde."

„Schlafen?"

„Ja. Kein Stress. Wir sind die ganze Nacht geflogen."
Enttäuschung breitet sich in mir aus. Am liebsten würde ich jetzt sofort los ziehen. Andererseits find ich es blöd ohne ihn rum zu laufen.

„Ok. Dann packe ich unsere Sachen aus."

Er grummelt nur noch zustimmend und scheint schon eingeschlafen zu sein.

‚Tsss, typisch Männer' denke ich mir, freue mich aber im Stillen, dass ich mich nun im Bad alleine und in Ruhe dem Beach-Look widmen kann. Die Koffer sind schnell ausgepackt, trotzdem ich das eine oder andere Mal innehalte bei Kleidungsstücken von Mark. Ich muss grinsen, weil ich ihm so etwas nie im Leben eingepackt hätte, schweige aber wohl weißlich. Zum gefühlten hundertsten Mal blicke ich auf die Uhr. Zwischenzeitlich ist alles ausgeräumt, meine Beine rasiert, mein Körper geölt und der heißeste Bikini, umhüllt alle wichtigen Details meines Körpers. Immer wieder hadere ich mit mir, Mark nun endlich zu wecken oder zu warten bis er endlich von alleine aufsteht. Tatsächlich habe ich aber solche Hummeln im Hintern, dass ich nicht mehr warten kann. Um das ganze etwas abzumildern schmiege ich mich von hinten an ihn, fange an ihn zu streicheln und seinen Namen zu flüstern. Es dauert eine Weile aber letzten Endes kann ich ihn endlich mit aus dem Bungalow zerren.

Aufgeregt plappere ich die ganze Zeit vor mir her, habe aber plötzlich überhaupt keine Ahnung mehr, wo wir hergehen müssten.

„Mark? Wo sollen wir her? Was ist wenn wir uns verlaufen und nicht mehr zurück finden?"

„Quatsch! Du hast einen Fuß vor die Tür gesetzt und schon denkst du, du findest nicht zurück?"

Ich knuffe ihn in die Seite. „Klar denke ich das! Ich war noch nie meilenweit weg von zu Hause. Und du sollst dich nicht Lustig machen, du sollst auf mich aufpassen!"

„Entspann dich. Ich passe auf. Denkst du wirklich, irgendeine Fluggesellschaft wäre scharf darauf einen der Gäste zu verlieren?"

„Schon klar. Wenigstens die machen sich einen Kopf, oder was?"
Er nimmt mich auf die Schippe. Er hat keine Ahnung wie aufregend es ist, in einem fremden Land mit einem relativ fremden Freund zu sein.

„Nine, komm wir gehen hier links." Zeitgleich zerrt er an meinem Arm so dass ich fast stolpere. Jetzt muss ich echt lachen.

„Wer ist denn jetzt hier der aufgeregte? Ist wohl doch nicht alles so wie immer, was?"
Ich grinse und knuffe ihn wieder in die Seite. Seine Augen blitzen mich an während seine Lippen eine bezaubernde Mischung aus Ernsthaftigkeit und Schalk tragen.

„Klar, alles wie immer."
Seine Augen, seine Mimik und seine Gestik straffen seine Worte Lügen. Auch für ihn ist dies hier der Anfang von einem Neubeginn.

Kaum kommen wir um die Ecke, erblicke ich das Meer. Ich renne los und springe lachend mit meinen Füßen durchs Wasser. Im Kreis drehend winke ich Mark zu mir, er grinst mich nur an und setzt sich auf eine Liege, die in der Nähe steht. Mich packt der Übermut. Lachend versuche ich mit den Füßen Wasser nach ihm zu treten, verfehle ihn aber immer wieder. Irgendwann gebe ich auf, renne auf ihn zu und schmeiße ihn mit mir um. Atemlos und zwischen vielen Küssen murmel ich „Danke! Danke! Danke!" Wieder grinse ich ihn an, dann drücke ich ihn fest.

„Oh Mark! Danke, dass du mich mitgenommen hast. Danke dass du mit mir Lust hast hier zu sein. Der Hammer! Der Wahnsinn!"
Ich strahle von einem Ohr zum anderen. Ich fühle mich glücklich. Ich bin glücklich. Mark macht mich glücklich.

Wir erkunden das ganze Panorama. Von allen Seiten werden wir immer wieder gefragt, ob wir etwas trinken oder essen wollen. Erst als wir am Strandabschnitt vom Haupthaus ankommen, setzt Mark sich an eine Bar und bestellt einen Cocktail. Unsicher stehe ich neben ihm. Jetzt einfach Alkohol zu trinken, kommt mir fast schon wie ein verbrechen vor.

„Janine, komm setz dich. Was willst du trinken?"

Er sieht mich an und bemerkt mein Unbehagen. Ohne ein weiteres Wort dreht er sich zum Barkeeper und bestellt ein ‚Frauengetränk‘. Innerlich fällt mir ein Stein von Herzen. Ich hätte mich weder getraut, einen Cocktail zu bestellen, noch ohne alles neben Mark zu sitzen. Wahrscheinlich wäre ich in meiner Unsicherheit unter irgendeinem fadenscheinigen Grund noch mal zum Bungalow zurück gelaufen. So aber blicke ich mit meinen stahlgrauen Augen in seine und schenke ihm das wärmste Lächeln, das ich habe. ‚Was ist das nur für ein Wahnsinnstyp?‘ Schon mit dieser ersten Geste hat er unterstrichen, wie wir diesen Urlaub hier verbringen werden. Ich setze mich neben ihn und fange an mich zu entspannen. Wir albern rum, erzählen Witze, ziehen das Personal auf oder sitzen einfach schweigend beieinander. Die Zeit vergeht wie im Flug. Wir beide sind, weil wir noch nichts richtiges gegessen haben, etwas beschwipst. Ich könnte ununterbrochen kichern, er könnte ununterbrochen Geschichten erzählen, mit denen er mich zu lachen bringt. Letzten Endes schlägt er aber doch mit einem tiefen Blick in meine Augen vor, noch einmal zum Bungalow zu gehen und zu duschen damit wir bald zum Essen gehen können. Grinsend trinke ich aus, stehe auf und nehme seine Hand „na dann mal los“.

## 14

Einen Tag nach Anreise.

Wir schlafen, essen, trinken, haben Sex miteinander und alles in einer himmlischen Sorglosigkeit. Die Sonne wärmt mir nicht nur meine Haut sondern auch meine Seele. Drum herum ist fast alles vergessen, nur dass ich es immer noch unglaublich finde mit Mark hier sein zu dürfen. Auf meiner Sonnenliege drehe ich mich auf den Bauch, stütze das Kinn auf meine Hände und starre in den Sand. Trotzdem ich unbedingt hier sein will verstehe ich nicht, warum Mark mich mitgenommen hat. Ja klar, ich bin jung, hübsch und oftmals lustig aber andererseits bin ich auch tiefgründig und ernsthaft. Um unsere gemeinsame Zeit als Spaß zu betrachten, dauert es schon viel zu lange an. Und doch habe ich zeitweise immer mal wieder das Gefühl, dass er sich von mir auf tieferer Ebene distanziert. Bisher habe ich jedes Mal darüber hinweg gesehen aber mein Bauchgefühl sagt mir, dass ich das nicht länger ignorieren kann. Zumindest dann nicht, wenn ich noch viel länger mit ihm zusammen sein will. Meine Gedanken kenne ich aber wenn ich meinen Kopf schief lege, nach Mark rüber schaue und ihn betrachte, frage ich mich wie ich dieses Buch mit sieben Siegeln knacken könnte. Er scheint eingeschlafen zu sein, ich könnte ihn ein klein wenig necken. Nur so viel, dass er noch lachen kann. Oder - besser nicht. Heute sah er ziemlich bedrückt aus. Vielleicht ist er froh endlich mal zur Ruhe zu kommen. Ich setze mich auf, versuche keinen Muck zu machen und greife nach dem großen Handtuch. Vorsichtig gehe ich näher ran und decke seine nackte Haut ab damit er keinen Sonnenbrand abbekommt. Lächelnd halte ich eine Sekunde inne, denn eigentlich würde ich ihn immer noch lieber necken um mit ihm zu toben. Vielleicht ja später…

## Mark

Langsam werde ich wach. Plötzlich erschrecke ich mich, aus Angst mich verbrannt zu haben. In dem Moment fällt das Handtuch in den Sand. Ich blicke es an und bin erstaunt, dass mich jemand zugedeckt haben muss. Verschlafen setzte ich mich auf. Oh man, Gott sei dank bin ich hier, auf alles andere hätte ich jetzt keinen bock gehabt. Ich drehe meinen Kopf zu Janine, doch sie liegt nicht auf der Liege. Ein par Meter weiter steht sie an der Bar und lässt sich Obst geben. Entspannt lasse ich mich wieder zurück fallen. Alles gut! No problem. Ein par Minuten bleiben mir noch, bis Janine wieder zurückkommt. Sie lächelt mich an, sagt aber nichts. Entspannt setzt sie sich auf ihr Handtuch und isst genüsslich das Obst. Lange starren wir schweigend aufs Meer.

„Wollen wir zusammen etwas machen?" Schade, dass Frauen immer die Stille durchbrechen müssen. „Mach doch was. Alles was das Herz begehrt findest du da entlang ein par Meter weiter hoch." Ich zeige ihr die Richtung an und wünsche mir wirklich von Herzen jetzt einfach nur hier abzuhängen. Auf gar keinen Fall bin ich hier her gekommen um einen Action-Urlaub zu haben.

„Echt. Ist es ok für dich, wenn ich allein losziehe?"

„Klar."

„Wirklich? Du bist nicht sauer?"

„Quatsch! Los mach schon."

Sie springt auf und kommt über beide Ohren grinsend auf mich zu. Begeistert fällt sie mir um die Arme und ich kann es genauso begeistert zurückgeben, denn tatsächlich zieht sie einfach los ohne groß Theater zu machen.

„Viel Spaß!"

„Danke, werde ich haben. Aber nicht abhauen, ja? Ich hab keine Zimmerkarte dabei."

„Hey ist doch egal. Sollte ich doch schon los sein, hol dir einfach eine neue Karte an der Rezeption."

„Geht das so einfach?"

„Klar." Ich zucke mit den Schultern. Eigentlich geht doch immer irgendwie alles.

„Schön! Dann bis dann"

Sie grinst mich an, dreht sich um und geht gerade Wegs auf in den Kampf ihren Freizeitspaß zu finden. Meine Augen schweifen den Strand entlang, checken ein par Leute aber bleiben nirgendwo nennenswert lange haften. Eigentlich könnte ich es auch jetzt hinter mich bringen und mein Handy checken. Kurzerhand gehe ich es holen, mache an der Bar einen Zwischenstopp um mir einen Drink zu genehmigen und schalte das Handy ein. Es wäre ja ok, wenn ich nur in der Firma und bei meiner Mutter anrufen müsste aber eigentlich ist das große Fragezeichen Monika. Sie und meine Kleine. Bevor ich mir etwas anschauen kann, lege ich mein Handy weg. Will ich dass sie sich meldet? Ja. Will ich dass sie um mich kämpft? Ja. Will ich von ihr hören, wie sehr ich ihr und Lisa fehle? Ja. Oh man. Mir fehlen die beiden so sehr. In meinem Hals druckt es. Ich stehe auf, und hole mir noch einen Drink an der Bar. Dann checke ich alle Mails, Anrufe und Nachrichten obwohl es mich gerade nicht die Bohne interessiert. Alle haben sich gemeldet. Alle haben irgendetwas oder wollten etwas. Meine Frau hingegen hat nicht ein Wort verloren. Scheiße!

,Das lasse ich nicht mit mir machen! Ich bin doch nicht irgend ein Typ, der sitzen gelassen werden kann.' Halb traurig halb stink wütend kippe ich den nächsten Drink auf ex runter.

,Ich muss Monika anrufen, ihr sagen, dass mir alles leid tut.' In mir kämpft alles dagegen an. Niemals würde ich darum betteln mit einer zusammen zu sein. ,Sie ist doch gegangen. Wenn ich so wenig Wert habe, dann eben nicht.' Ein erneuter Blick auf mein Handy bringt mir immer noch keine Nachricht von ihr.

„Scheiß drauf!" Fluchend suche ich mir unruhig eine bequemere Sitzposition. Zuerst melde ich mich in meiner Firma, dann noch bei meiner Mutter. Gerade als ich das Gespräch beende höre ich auf dem Wasser erst ein Boot vorbei fahren dann eine Frau hinterher und zwar quietschend. Ich kneife meine Augen zusammen. Das kann doch nicht wahr sein. Auf dem Wasser steht Nine mit Wasserskiern und quiekt wie eine Irre. Erst drehen sie eine Runde, dann noch eine und schließlich die Dritte. Danach bin ich echt froh, dass keiner weiß, dass diese quietschende Blondine zu mir gehört. Kopfschüttelnd drehe ich mich zur Bar. Den nächsten Drink trinke ich langsamer, versuche bewusst mich zu entspannen und mal auf etwas Neues einzulassen. So ganz ist mir noch nicht klar, wohin ich mit Janine will. Sie ist echt cool aber noch so jung. Ach was. Eigentlich macht es mir richtig Freude mit ihr Zeit zu verbringen. Wenn sie nur nicht bei einem meiner Kunden arbeiten würde. Irgendwie muss ich sie dazu bringen, sich woanders Arbeit zu suchen, gerade weil ich eigentlich gar keine Lust habe, sie nicht mehr zu treffen. Keine Ahnung wie da meine Frau ins Bild passt.
Ich winke dem Barmann zu, noch mal das gleiche trinken zu wollen. Wäre nicht schlecht, wenn ich mal meinen Kopf ausschalten könnte. Andererseits würde ich so gerne die Stimme von Lisa hören. Kurzerhand nehme ich mein Handy, wähle

die Nummer und freue mich das Freizeichen dran zu haben.

„Ja?"

„Hi ich bins."

„Hab ich gesehen."

„Kann ich mal mit Lisa sprechen?"

„Du rufst an und willst nur mit Lisa sprechen?"

„Nein! Mit dir natürlich auch. Hab gerade einfach nur an unsere Kleine gedacht."

„Mark, tut mir leid aber sie ist gerade nicht da."

„Das sagst du in letzter Zeit immer."

„Es stimmt aber. Ich hab sie zu meiner Mutter gebracht, weil ich später noch raus gehen will."

„Was? Du lässt sie in dieser Situation einfach alleine um Raus zu gehen?"
Kaum habe ich das ausgesprochen gefriert die Leitung. „Was willst du?"

„Ich wollte dich, euch hören."

„Das hast du jetzt. Noch etwas?"

„Ich vermisse euch."

„Mark, das hättest du dir früher überlegen müssen."

„Vermisst du mich denn kein bisschen?"

„Manchmal. Aber eher die Zeit davor mit dir. Die Zeit, in der es ein Miteinander gab."
Shit.

„Es gibt immer ein Miteinander."

„Ja genau."

„Monika, bitte lass mich nicht nach allem was wir erlebt haben so abblitzen."

„Mark. Du bist wie du bist. Auch du wolltest getrennte Wege gehen. Und jetzt las gut sein. Ich hab keine Lust und keine Kraft für Streitereien."

„Wann kann ich Lisa mal wieder sehen?"

„Keine Ahnung. Wenn es passt schätze ich."

„Sie ist meine Tochter. Und egal was du denkst oder fühlst, sie hat es verdient den Kontakt zu mir zu haben."

„Genau. Nur das du in den letzten drei Jahren nicht viel Lust darauf hattest."

„Ich kann sie ja wohl schlecht stillen."

„Darum geht es nicht. Du wolltest ein Kind und warst kaum da. Warum jetzt auf einmal?"

„Es ist nicht auf einmal. Ich war immer da."

„Ja, wenn es gepasst hat. Ich weiß."

„Weißt du was, vergiss es. Werd doch glücklich."
Stinkwütend lege ich auf. Die kann mir auch ge-

stohlen bleiben. Wieder kippe ich mein Getränk an einem Stück runter. ‚Kennst de eine Frau, kennst de alle Frauen.'

‚Man verdammtes scheiß Chaos.“

Ich muss mich ablenken. Schnell stehe ich auf und gehe aufs Zimmer. Völlig irrational drehe ich mich auf der Stelle im Kreis. Keine Ahnung was ich machen soll. Janine soll mich so nicht sehen. Aber ich finde einfach keinen Ruhepunkt. Sex wäre jetzt genau richtig. Einfaches geiles ficken. Aber ich will sie nicht benutzen. Sie ist so geschmeidig, so cool und absolut scharf. ‚Shit! Shit! Shit!' Meine Mutter will ich nicht noch mal anrufen aber ich könnte ein par Mails checken und noch mal in der Firma anrufen. Ja genau, dann denke ich gleich bestimmt wieder an etwas anderes.

## 15

Völlig ausgepowert aber richtig gut gelaunt komme ich später am Nachmittag wieder in unseren Bungalow. Mark will ich unbedingt von all meinen Erlebnissen erzählen. ‚Oh man, ich hoffe, der hatte auch so einen hammerstarken Tag.'
Grinsend trete ich raus auf den riesigen Balkon.

„Hey, ich bin wieder da!"
Mark dreht den Kopf und schaut mich kurz an. Trotzdem er lächelt wirkt er total verändert auf mich. Alle Alarmglocken schrillen in mir, dass hier etwas nicht stimmt.

„Schön. Dann willst du jetzt bestimmt duschen, oder?"

‚Wie? Ich komme gerade rein und schon will er mich wieder los werden?'

„Hmmm klar, irgendwann. Willst du mitkommen?"

„Nee, mir ist nicht danach."

„Nicht?" Ich ignoriere absichtlich seine Veränderung. Bestimmt hat er so absolut überhaupt gar keinen Bock jetzt über Probleme zu sprechen.
Aufreizend bewege ich mich auf ihn zu.
Leider macht er keine Anstalten mich anzufassen also muss ich noch einen drauf setzten. Ich setzt

mich breitbeinig auf seinen Schoß und berühre ihn immer mal wieder ganz versehentlich seinen Schwanz. Durch die dünne Hose spürt er alles eins zu eins und schon nach kurzem Versuch dankt er mir meine Mühen mit einem Ständer.

„Komm, wir gehen rein." Ich drehe mich um und ziehe ganz langsam meinen Bikini aus. Dabei bücke ich mich sehr langsam und ausgedehnt. Mir ist auf einmal klar, dass er nicht über seinen Schatten springen wird also packe ich ihn einfach an der Hand und ziehe ihn mit rein, drehe und wende mich dabei zwischen seinen Beinen. Ich will überhaupt nicht, dass er mir von seinen Problemen erzählt. Jetzt bin ich hier und er soll gefälligst mit seinen Gedanken hier bei mir sein. Um noch mehr seiner Aufmerksamkeit zu bekommen rutsche ich langsam an ihm hinab und ziehe seine Hose mit runter. Sein harter Schwanz schwingt vor meinem Gesicht. Mir läuft das Wasser im Mund zusammen. Er riecht fantastisch, ist rasiert und steinhart. Am liebsten würde ich rein beißen, schätze aber, dass es nicht gerade sein Fetisch ist. Von jetzt auf gleich nehme ich ihn vollständig in den Mund und sauge daran, als ob ich ein Vakuum ziehen will. Er stöhnt auf, legt mir eine Hand auf den Kopf und streichelt mit der anderen mein Gesicht. ‚Bingo! Genau richtig.' Zufrieden sauge ich weiter. Atme dabei tief ein weil mich sein Geruch auf unerklärliche Weise anturnt. Sein stöhnen wird immer intensiver bis er mich kurzerhand hoch zieht.

„Hör auf" murmelt er atemlos. „Ich will jetzt noch nicht kommen."

Ich lecke mir die Lippen „klar kommst du jetzt."

„Wenn du es dir danach selber machst" schelmisch grinst er mich bei diesen Worten an.

‚Hilfe!' „Vergiss es."

„Los komm schon. Sei keine Spielverderberin."

„Spielverderberin? Ich habe dir gerade einen geblasen!"

„Ja und? Du musst auch mal deinen Spaß bekommen. Außerdem bist du viel zu Kopflastig als das du es mich dir besorgen lassen würdest." Seine Hand wandert zwischen meine Beine, schiebt meinen Bikini an die Seite und dringt in mich ein.

„Wusste ich es doch. Du bist total heiß."

Ich geniere mich. ‚Ich kann es mir doch nicht einfach selber machen. Schon gar nicht, wenn Mark zusieht.'

„Los komm schon. Ich streichle dich dabei."
Immer noch zögere ich. Mark empfindet mein Zögern wohl als Zustimmung den noch ehe ich diesen Gedanken zu Ende denken kann befinde ich mich auf der Matratze.

„Los Nine! Komm, zeig mir wie du dich selbst anfasst."

Bis gerade eben wusste ich gar nicht, wie sehr man sich genieren konnte. „Man, jetzt hör auf. Du drängst mich sosehr, dass ich komplett die Lust verliere."

„Warum denn? Ist doch nichts dabei. Schau!"

Ohne weiter zu reden nimmt er seinen Schwanz selbst in die Hand, streicht seine Spuke darauf und fängt an sich einen zu wichsen. „Komm, mach mal ein bisschen die Beine auseinander, dann kann ich dich besser sehen."

Ich öffne meine Beine und sehe ihm gleichzeitig fasziniert dabei zu, wie er sich berührt.

„Nine, mach mit. Los berühre dich. Zeig mir, wie es dir gefällt."

Erst betrachte ich ihn nur weiter. In dem Moment, in dem ich sehe, dass er sich gehen lässt, es mich auch noch anturnt fasse ich mir selbst zwischen die Beine. Mein Kopf ist immer noch angeschaltet und kann nicht mehr zulassen als meine Schamlippen zu streicheln. Irgendwann wird das Kribbeln aber so drängend, dass es mir egal ist. Ich sehe Mark zu, wie er immer härter wird. Wie er mir zwischen die Beine schaut und dabei abgeht. Meine Muskeln zucken immer schneller zusammen. Um meine Finger rum wird es immer glitschiger, fast wie versehentlich rutschen die

Finger ins Loch. Dann wieder raus. Erst streicheln sie wieder nur außen, dann durch das zucken kann ich nicht widerstehen. Ein Finger spielt mit der Muschi meine andere Hand fängt wie von alleine an meine Brust und die steif gewordenen Nippel zu berühren. Ganz in Gedanken und Gefühlen versunken spiele ich mit den harten Brustwarzen, bis ich sehe wie sehr Mark darauf abfährt. Meine Augen fixieren sein hartes Glied, wieder nimmt er seine Spuke und reibt sie sich auf die Eichel. Diese Geste stachelt mich noch mehr an. Meine Rechte fängt an den Kitzler immer schneller zu reiben. Anfangs driften die Gedanken immer wieder ab zu Brüsten, Mark, Hände, Spuke doch irgendwann ist mein Kopf leer. In mir breitet sich das ganze Gefühl der Hitze aus. Alles prickelt und wartet darauf zum Orgasmus zu kommen. Mark stöhnt wieder. Dieses Mal gedehnter und erleichterter. Ich blicke ihn an und sehe, dass er gekommen ist. In mir fällt alles zusammen. ‚Shit! Shit! Shit! Auf keinen Fall kann ich jetzt einfach so weiter machen.' Ziemlich frustriert und trotzdem glücklich darüber, dass Mark mich so heiß findet sich auf mir einen runter zu holen, sammle ich meine Gefühle und stelle mich darauf ein, dass es das jetzt war. Er verschwindet mit einem langen tiefen und zufriedenen Seufzer im Bad. ‚Schön für ihn' denke ich mir. ‚Naja, vielleicht klappt es ja beim nächsten

Mal.' Gerade als ich es mir für ein kleines Nickerchen gemütlich machen will, kommt Mark aus dem Bad zurück. Ohne ein weiteres Wort fängt er an mich zu streicheln. Erst nur zaghaft doch da mein Körper von soeben immer noch unter Hochspannung steht fühlt es sich an, wie Zündstoff. Gerade als ich wieder meinen Kopf einschalten will, mit ihm anfangen will zu quatschen küsst er mich. Küsst mich immer weiter, immer intensiver. Seine Zunge flirrt in meinem Mund, dreht sich, liebkost alles an meinem Mund. Mein Körper fängt an zu fliegen. Längst hat er einen eigenständigen Modus, der nicht mehr von mir aufzuhalten ist. Ich bewege mich gegen seine Hände, küsse ihn lecke an seinen Lippen, streichle ihn mit einer Hand und wandere mit der anderen Hand zwischen meine Beine. Diese heiße Nässe macht mich noch verrückter. Ich stöhne in seinen Mund, atme immer schneller und fange an meinen Kitzler zu reiben. ‚Oh Gott, ich mache es mir neben einem Mann' schießt mir plötzlich durch den Kopf. Doch dann lass ich los, Warum auch nicht? Er ist doch auch gerade gekommen. Ich genieße seine Hände, seinen Mund und reize weiter meine Muschi. Der Puls in mir will aufbrüllen. Immer schneller reibe ich, sauge fester an seiner Zunge und komme richtig geil auf dieses Gefühl der Zweisamkeit. ‚Scheiße ist das Geil!' Ich stöhne. Stöhne noch mehr. Meine Hüften wiegen sich, finden keine Ruhe mit dem Puls zwischen meinen Beinen.

„Scheiße ist das geil" muss ich grinsend loswerden. Mark strahlt über das ganze Gesicht.

„Sag ich doch!" Er lässt sich nach hinten fallen, verschränkt die Arme hinter den Kopf und schließt die Augen. ‚Keine schlechte Idee.' Zufrieden drehe ich mich auf die Seite und schlafe sofort ein.

Irgendwann zupft und stupst es an meinen Armen und Beinen. Es vergehen einige Sekunden bis mir bewusst wird, dass wir auf Jamaika sind. Einen Bungalow an einem Traumstrand haben und ich gerade den geilsten Orgasmus überhaupt hatte. Ich drehe meinen Kopf und strahle Mark halb verschlafen an.

„Willst du nicht aufstehen?"

„Fragte der, der fast den ganzen Tag auf dem Zimmer war…?" Ich grinse ihn noch fetter an.

„Los steh auf! Lass uns essen gehen!"

Jetzt wo er von essen spricht habe ich wieder die Bilder vom vergangenen Abend vor Augen. Theken gefüllt mit Fisch, Fleisch und Gemüse. Exotische Gerichte gemischt mit Europäischen Mahlzeiten. Es weckte in einem das Gefühl, niemals mit dem Essen und Trinken aufhören zu wollen. Schwungvoll springe ich aus dem Bett

„Gib mir 10 Minuten, dann bin ich fertig."

„Echt? Nur 10?"

„Klar. Kein Problem." Wieder strahle ich ihn an.
Diesen Orgasmus mit ihm zusammen zu erleben
hat mich verändert. Irgendwie fühle ich mich jetzt
mit ihm verbunden oder verstanden oder wahrgenommen. Vielleicht sogar geliebt. Wieder lächle
ich, doch bevor er noch etwas sagen kann ver-
schwinde ich im Bad um wirklich in den verspro-
chenen zehn Minuten fertig zu sein. ‚Shit, shit,
shit! Hab ich gerade wirklich an liebe gedacht?'
Ich schaue mich im Spiegel an, lege etwas Wim-
perntusche und Lipgloss auf. ‚Ja und? Dann habe
ich gerade daran gedacht geliebt zu werden. Naja
und ihn zu lieben.' Mein Gesicht fängt wieder an
zu strahlen. Im Hintergrund nehme ich die Rebellin in mir wahr. Sie sitz auf einem Stuhl und
raucht eine nach der anderen. Schaut mir in die
Augen, gibt aber keinen Mucks von sich. Keine
Warnung, keinen Rat, keine Schimpftiraden.

‚Jetzt sag bloß du findest den Kerl auch perfekt?'
Ungerührt zieht sie an ihrer Zigarette, schaut mir
in die Augen, zuckt mit den Schultern und meint
leise ‚einen Versuch ist es Wert'. Ich strahle wieder. Kann es tatsächlich sein, dass mein Körper
und meine Seele eins sind? Hammer! Aufgedreht

hüpfe ich im Bad, bis mir klar wird, dass ich jetzt echt mal Gas geben muss um fertig zu werden.

Nach einem wunderschönen Abend mit fantastischem Essen, toller Musik und einem traumhaften Sonnenuntergang fühle ich mich ihm noch näher. Mark ist so charmant, lebenslustig, aufmerksam, liebevoll und - ach einfach unglaublich. In seiner Nähe fühle ich mich Butterweich. Am liebsten würde ich ihm die Füße küssen und dann schüttle ich, innerlich Lachend, wieder den Kopf über meine eigenen Gefühle und Gedanken.

„Lass uns noch an den Strand" bitte ich ihn.

„Jetzt? Wir können genauso gut noch hier sitzen."

„Ich könnte woanders noch ganz andere Dinge genauso gut machen" erwidere ich grinsend.

„Interessant." Sein Blick fixiert mich „welche genau?"

„Verstecken zum Beispiel."

„Verstecken? Klar. Wieso bin ich nicht selbst darauf gekommen."

„Oder fangen."

„Fangen? Fangen wollte ich schon immer mal spielen. Unbedingt."

„Kannst du dir jetzt nicht vorstellen?" Dabei blicke ich ihn schelmisch und zugleich aufreizend in die Augen.

„Ich soll jetzt hier durch die Gegend rennen, verstecken und fangen spielen und du fragst mich, wie ich den Tausch gegen Musik und einem guten Drink finde?"

Ich muss grinsen. „Du bist doch eigentlich der Meister der Doppeldeutigkeiten." Eine kleine Sekunde lang halte ich in mir „Also wie ich das sehe, spielt gerade dein kleiner Freund namens Stanly verstecken. Ich bin mir sicher, dass ich ihn finden werde. Vielleicht sogar mit Unterstützung meines Mundes. Und wenn Stanly dann richtig übermütig wird, wird meine kleine Muschi ihn mit Sicherheit einfangen."
Mark ist sprachlos. Seine Augen auf mich gerichtet, ist nicht wirklich zu deuten ob er lachen kann oder lieber abhauen würde. Eine weitere Sekunde verstreicht, dann erhebt er sich, dreht sich zu mir und meint „Kommst du?" und läuft voran.
Ich grinse im Kreis und freue mich darauf, jetzt gleich etwas Verbotenes auszuprobieren. Übermütig springe ich ihm auf den Rücken, knutsche ihm den Hals und drücke ihn. Irgendwann versucht er mich dann abzuwerfen bis wir beide laut lachen müssen. Es fühlt sich himmlisch an. Er zieht mich in seine Arme und drückt mich eben-

falls, gibt mir einen Kuss und läuft dann weiter. Mein Blick schweift auf das Meer. Mittlerweile ist es so dunkel geworden, dass alles fast schwarz aussieht irgendwie schade, andererseits würden uns so andere bestimmt nicht beobachten können.

„So, dann erklär mal deinen Plan."

„Ich? Ich hab doch keinen Plan."

„Suchen. Finden. Du erinnerst dich?"
Lachend drehe ich mich aus seiner Umarmung.

„Wie wärs mit dem Liegestuhl?"

„Vergiss es. Viel zu unbequem."

„Sicher? Du würdest unten liegen." Wieder grinse ich ihn herausfordernd an.

„Glaub mir. Außerdem sind wir nicht allein."
Ich schaue mich um, kann aber niemanden sehen. Mark sieht meine Ratlosigkeit und zeigt einmal in die Runde. Lauter Pärchen, die sich ebenfalls hier am Strand befinden.

„Ok. Dann knutschen und fummeln und den Rest oben."

Jetzt muss auch Mark laut lachen. „Du gibst nicht auf, was?"

„Hallo? Weißt du, was für ein geiler Typ du bist? Wieso sollte ich aufgeben, wenn deine Frau schon aufgegeben hat."

Kaum ist der Satz raus, sehe ich auch schon einen Schatten über sein Gesicht huschen. ‚Mist. Ich hätte echt mal nachdenken sollen vor dem Quatschen.'

„Ach, vergiss bitte was ich gesagt habe. Los setzten wir uns und erzählen uns ein paar Witze." Zu meinem Glück gelingt es Mark tatsächlich wieder den Schalter umzulegen und sich mit mir über lustige Sachen noch lustiger zu machen. Wir sitzen uns gegenüber im Sand und irgendwann mittendrin wird mir klar, dass ich mir mit diesem Mann mein Leben vorstellen könnte. Mir wird klar, dass ich mich über beide Ohren verliebt habe. Mein Lachen wird noch glucksender und dann werfe ich mich mit einem Mal in seine Arme. Ich muss ihn einfach küssen.

„Hey nicht so stürmisch." Auch er lächelt mich an. Blickt mir zärtlich in die Augen.

‚Jetzt' denke ich.

„Mark - ich liebe dich."

Er hält inne. Schaut mir in die Augen „Ja, Nine. Das mit uns ist wirklich etwas ganz besonderes." Sanft streichelt er meine Wange, zieht mich näher zu sich und küsst mich, als würde er mir sein Herz und seine Seele zu Füßen legen. An diesem Abend erwidert er meine Worte nicht wörtlich, jedoch mit vielen Gesten, Küssen, Streicheleinheiten und Umarmungen. Völlig übermüdet schlafe ich irgendwann spät nach Mitternacht ein. Im Unterbewusstsein spüre ich noch, wie Mark mich zärtlich zudeckt, selbst jedoch wieder aufsteht und sich nach draußen setzt.

Permanentes Rauschen dringt nach und nach in mein Bewusstsein. Dazu nehme ich andere Gerüche war und werde wach. ‚Ich bin im Urlaub!‘ Voller Freude stehe ich auf, gehe raus und schaue aufs Meer. Alles in mir kribbelt um aktiv zu werden. Kurzentschlossen schlüpfe ich in meinen Bikini, schiebe meine Zimmerkarte unter das Oberteil und verlasse das Zimmer. Die Luft ist der Hammer. Warm, fast schon zärtlich streichelt sie mein Gesicht. Vom Meer magisch angezogen sprinte ich zum Wasser und stürze mich ungebremst ins klare Blau. Mit langen Zügen gleite ich immer weiter hinaus aufs Meer. Gespannt halte ich dem Moment entgegen, indem mein Körper eins mit der Natur und dem Jetzt wird. Plötzlich komme ich zur Ruhe, nehme um mich herum war, wie ruhig alles ist. Dann machen meine Seele und mein Körper eine Kehrtwendung.

‚Alles ist im Gleichgewicht‘ kommt es mir in den Sinn. ‚Alles ist, wie es sein soll.‘ Mit leisen sanften Bewegungen schwimme ich zum Ufer zurück. Nehme dabei die Natur in mir auf. Die Bäume und Palmen, den endlosen

Strand. Das klare türkisblaue Wasser um mich herum und den Blick bis auf den Boden des Meeres. Im einen Moment noch, schweifen meine Augen zum Meer und danken dafür einen kleinen Teil der Kraft behalten zu dürfen und im nächsten Moment mache ich mich freudestrahlend auf den Weg zu Mark zu.

Die Tage, die Momente, die Nächte und die Zeit sind intensiver als jedes Erlebnis in meinem Leben zuvor. Alle meine Sinne laufen ununterbrochen auf Hochtouren. Sind wir beim Essen, explodieren meine Geschmacksknospen, befinden wir uns auf dem Meer, ist es meinen Augen kaum möglich das Farbspektrum der Tiere und Pflanzen aufzunehmen. Selbst die Zeit mit Mark ist auf eine ganz eigene Art dazu bestimmt abhängig zu machen. Seine sonnengebräunte Haut, seine Küsse, selbst seine Ausstrahlung wirken noch tausendmal intensiver auf mich als in den Tagen vor unserem Urlaub. Mit geschlossenen Augen würde ich sofort darauf wetten, dass wir füreinander bestimmt sind. Ich würde ihm auch sofort sagen, dass er der eine ist, auf dem man ein ganzes Leben wartet und dennoch halte ich es immer wieder zurück. Ich wünsche mir, dass er freiwillig und gerne mit mir Zeit verbringt. Nicht nur heute, sondern immer. An manchen Tagen widmet er sich mir mit Herz und Seele an anderen Tagen wirkt er auf mich, als ob er meilenweit weg ist. In diesen Momenten möchte er nicht geküsst oder umarmt werden. Zeitweise nicht einmal in meiner Nähe sein.

Das Essen im Strandrestaurant ist fantastisch. Mark ist zwar nur ein spärlicher Gesprächspartner, dafür habe ich jedoch die Gelegenheit Umgebung und Personen um uns herum zu beobachten. Wieder einmal wird mir klar, dass ich mit meinem Freund hier bin. Mein Freund, oder? Klar, heute hat er keine Lust mich groß zu liebkosen aber an anderen Tagen hängt er dafür umso mehr an mir. Das Pärchen neben uns flüstert leise, dann lachen beide und küssen sich. Es sieht so romantisch aus.
Mein Blick gleitet zu Mark doch er scheint meilenweit weg zu sein. Wie gerne wüsste ich, woran er denkt oder ob er sich mit mir überhaupt glücklich fühlt. Instinktiv ist mir klar, dass jetzt der falsche Zeitpunkt wäre, danach zu fragen. Und trotzdem freue ich mich darüber, dass er nicht alleine aufs Zimmer geht sondern mich fragt ob ich mitkomme. Seine befremdliche Art macht es mir schwer, mich richtig zu verhalten.

‚Soll ich mit ihm reden?‘

‚Ach quatsch! Geh einfach ins Bett. Morgen sieht alles wieder anders aus.‘
Unentschlossen öffne ich die Tür zum Balkon und gehe hinaus. Leise lausche ich dem Meer und allen Geräuschen, die hier Nachts wach sind. Entgegen meiner Hoffnung, kommt Mark nicht

zu mir auf den Balkon. Ich finde ihn drin, auf dem Bett liegend und wie es sich anhört, schnieft er.

‚Ist er am heulen?‘

‚Was soll das denn jetzt?‘ beide Personen in mir sträuben sich vor dieser Situation. Wenn ich am anderen Ende der Welt bin, in einem Urlaub mit einer schönen Frau dann liege ich doch nicht im Bett und schniefe?! Ein Teil von mir wäre gerne ignorant, der andere Teil kriecht aufs Bett und kuschelt sich an Mark.

„Was ist los?“

„Nichts.“

„Red mit mir.“

„Bringt eh nichts.“

„Reden hilft immer.“

„Ich tue dir nur weh.“

„Wenn du traurig bist, tut es mir weh.“

„Lass mich einfach.“
Tatsächlich würde ich ihn wirklich lieber lassen. Mich umdrehen und noch irgendeine Beschäftigung suchen, bis alles wieder gut ist. Aber ich bringe es nicht über mich. Wenn ich ihn wirklich so sehr liebe, dann muss ich mich auch mit seinen Gefühlen beschäftigen. Sanft drehe ich ihn auf den Rücken damit ich sein Gesicht sehen kann.

„Mark, rede mit mir. Ist etwas passiert?"
Keine Antwort.

„Ist jemand krank? Ist es wegen Lisa?"
Beim aussprechen ihres Namens fängt er richtig
an zu schluchzen. „Ich vermisse Sie so." Seine
Stimme kratzt ganz heiser. Die Worte sind kaum
zu verstehen und trotzdem schlagen sie bei mir
ein wie eine Bombe. Natürlich muss er sein eigenes Kind vermissen, wieso habe ich nicht schon
eher daran gedacht, ihn danach zu fragen? Gedanklich möchte ich mir am liebsten gegen das
Schienbein treten. Moment mal, was wenn er gar
nicht nur von Lisa spricht?

„Wen vermisst du? Deine Tochter?"

„Alles. Jeden." Wieder ein heiseres schluchzen.

„Komm, ich lenke dich ab." Sanft ziehe ich an
ihm. Er schüttelt erst den Kopf dann meinen Arm
ab.

„Du kannst mir nicht helfen."

„Auf jeden Fall kann ich dich in diesem Zustand
nicht einfach hier liegen lassen."

„Beschwerst du dich jetzt etwa, dass ich nicht
jeden Tag im Urlaub gute Laune habe?"
Streitlustig schaut er mich an. In mir zieht und
zerrt ein Gefühl, dass mir Unbehagen bereitet.

„Mark, bis jetzt gerade war die Situation wertfrei. Was ist dein Problem?"

„Ich bin mit einer tollen Frau hier und denke ununterbrochen an eine andere Frau."
Trotzdem die Worte heiser und gebrochen sind, haben sie die Wirkung eines Flächenbrandes. Von einer Minute zur nächsten brennt mein ganzer Brustkorb. Mein Herz krümmt sich. Wie kann es sein, dass es einen Menschen gibt, der an solch einem Ort, solch einen Satz auch nur aussprechen kann?

„Du denkst an Monika?"

„Ja. Und ich vermisse sie."
Schweigend hocke ich auf dem Bett. Was gibt es da zu sagen? Wie naiv von mir zu glauben, mal eben so würde zwischen uns alles gebongt sein.

„Willst du über sie reden?"

„Ja. Nein! Du bist einfach nicht sie."

„Stimmt. Aber ich bin hier. Sag was los ist."
Meine Stimme ist immer noch leise. Mittlerweile bin ich aber nicht mehr sanft sondern eher fordernd. Wenn ich schon abends im Bett über seine Frau sprechen muss, dann bitte schnell damit es hinter uns liegt.

„Es wird dich verletzen."
Verletzen? Will er jetzt hier Schluss machen?

„Ich bin stark. Ich halte viel aus."

„Ja, du bist stark. Das stimmt. Ich habe noch nie eine so wundervolle Frau wie dich gefunden. Du bist noch so jung. Du kannst noch so unendlich viel erleben."
Jung? Viel erleben? Was soll das jetzt? In Erwartung weiterer Worte halte ich meinen Mund.

„Es zerreißt einfach alles in mir drin. Andauernd habe ich eins schlechtes Gewissen Monika und Lisa wegen. Dann vermisse ich sie. Dann wieder bin ich froh, mit dir hier zu sein und im nächsten Moment frage ich mich, ob das der größte Fehler ist, den ich gerade mache."
Der Flächenbrand in mir lodert wieder auf. Mit gekrümmten Herzen und schmerzen im Bauch nehme ich zur Kenntnis, dass ich für ihn ein Fehler bin. Unfassbar.

„Hörst du dir eigentlich mal selber zu? Seit Monaten schimpfst du über das Verhalten von Ihr und heute, hier an diesem traumhaften Ort, erzählst du mir du vermisst sie?"

„Wenn du mit jemand so lange Zeit zusammen gewesen wärest wüsstest du, dass man einen Partner nicht einfach so vergisst."

„Nein, natürlich nicht. Stattdessen fliegt man in einen Urlaub mit einer heißen Blondine, räkelt sich jeden Tag im Bett und flennt abends im Bett weil die Angebetete nicht da ist." Meine Worte triefen nur so vor Sarkasmus. Ich habe es satt immer verständnisvoll zu sein. Obwohl sie leise gesprochen sind, verfehlen sie ihre Wirkung auf Mark nicht. Er richtet sich auf „Flennt? Machst du dich gerade über mich Lustig?"

„Wie das denn? Es geht doch immer nur um dich. Den ganzen Tag egal ob hier oder zu Hause geht es um Mark und seine Frau. Sie sagt dies, sie tut das. Ständig kennst du schon alles, weil du alles mit ihr erlebt hast, ständig stellst du Vergleiche auf." Kurz innehaltend hole ich Luft „Ich mich Lustig machen? Wäre ich dann hier?"

„Du kannst nicht einfach von mir erwarten, dass ich von heute auf morgen alles vor dir aus meinem Leben schmeiße!" Seine Stimme wird lauter.

„Denkst du, das wüsste ich nicht? Hast du eine Ahnung wie satt ich es habe ständig das Gefühl zu haben, dir nur auf Zeit Gesellschaft zu leisten?"

„Ach? Jetzt hast du auf einmal keinen Bock mehr auf meine Gesellschaft?"

„Dreh mir nicht die Worte im Mund um."

„Janine. Geh doch einfach. Lass mich in Ruhe."

„Gehen? Mehr fällt dir nicht ein?"

„Ja! Hau ab. Ich bin wie ich bin. Auch für dich werde ich mich nicht ändern."

„Abhauen?" Der Flächenbrand hat mittlerweile alles angefressen. Meine Rebellin hält mir tapfer die Stange, wird es aber auch nicht mehr lange aushalten. Um nicht zu weinen schwöre ich Wut in mir hoch. Wie kann es sein, dass ich einmal in meinem Leben einen Mann kennen lerne, den ich wirklich will, der mich aber nicht will?

„Ja. Das machen eh alle Frauen. Kannst dir den Rest des Urlaubes frei nehmen." Trotzdem ich genau weiß, dass diese Worte nur zur Provokation ausgesprochen sind, finden sie fruchtbaren Boden. Ich drehe mich zur Tür, reiße sie auf und haue ab. Blind renne ich zum Meer. Dorthin wo es dunkel ist. Ausgezehrt durch gemeine Worte muss ich irgendwann doch weinen. Langsam gehe ich Stück für Stück in eine Richtung. Halte mich absichtlich im Dunkeln und bin leise, damit keiner auf mich aufmerksam wird. Es dauert lange bis ich, trotz der verletzenden Worte von Mark, meinen inneren Frieden wieder gefunden habe. Im Dunkeln nehme ich auf einmal wieder das Meer wahr. Es bewegt sich. Zwar nur sacht, dennoch kann ich die Kraft fühlen. Meine Füße tragen mich ein kleines Stück näher ans Wasser, dann noch ein Stück. Bis zu den Knien fühlt es sich toll an, dann fängt leider meine Rebellin an sich einzumischen.

‚Na? Willste weg schwimmen?'

‚Musst du mich jetzt ärgern?'

‚Komm schon geh einfach weiter ins Wasser. Juckt eh keinen hier.'

Noch einen kleinen Schritt weiter ‚Hau ab.'

‚Jetzt komm schon. Sei nicht so theatralisch. Schwimm doch ne Runde, dann kannste wieder zurück gehen.'

‚Ne keine Lust.'

‚Er vermisst dich eh nicht. Und ehe dich jemand in Deutschland vermisst, bist de schon längst…'

‚Hör auf! Ich brauche keine Gängeleien von dir. Ich brauche deine Stärke.'

‚Willst du dich immer verpissen?'

‚Klar. Denkste ich hätte Lust mich ständig anpissen zu lassen?'

‚Man, genieß einfach den Ort. Wenns dieser Typ nicht sein soll, wird es einen anderen geben.'

‚Für mich? Glaubst du doch selbst nicht. Wer mag mich schon?'

‚Ich.'

‚Man hör auf. Ernsthaft! Wer will mich denn? Meine Eltern scheißen auf mich, mein Ex-Mann nutzt mich aus, lügt und betrügt und jetzt? Bin ich jetzt der spaßige Vertreib im Urlaub?'

‚Ja und? Selbst wenn. Du bist an einem traumhaften Ort, entspann dich endlich. Wenn es etwas mit euch werden soll, wird es etwas. Und trotzdem ich immer mal Dampf ablasse, habe ich so das Gefühl, dass du bei diesem netten Herren einfach mal hin und wieder auf Durchzug stellen solltest.'

‚Du meinst in seinen speziellen Phasen.'

‚Oh man, Nine! Ernsthaft. Sei nicht so kritisch. Was erwartest du denn? Natürlich hängt sein Herz an seiner Familie und wenn er dir dies sagt, dann bestimmt nicht um dir weh zu tun.'

‚Ne, bestimmt nicht. Aber um meine Reaktionen zu testen. Zu testen was ich mitmache und was meine Schmerzgrenze ist.'

‚Genau. Und ist die Grenze erreicht oder hat er dir einfach nur seine Gefühle mitgeteilt?'

‚Man scheiße! Es tut einfach weh. Einfach alles was er sagt, tut mir im Herzen weh.'

‚Geh jetzt zurück. Dir haben schon ganz andere Leute viel größere Schmerzen bereitet.'

Sie hat recht. Mein Herzschlag beruhigt sich nach und nach. Dann hole ich richtig tief Luft. In dem Moment in dem ich glaube meine Lunge könnte platzen, stopfe ich noch etwas mehr Luft hinein. Beim einhalten blitzen Sterne vor meinen Augen auf, trotzdem zögere ich das Ausatmen noch einen kleinen Moment hinaus. Im Kopf formen sich die bösen Worte, die traurigen Gefühle und die Ratlosigkeit die ich hier lassen will. Ganz tief aus meinem Bauch stoße ich die Luft weg, atme noch lange aus bis mir wieder Sterne vor den Augen tanzen. Mit einem Ruck wende ich mich ab und mach mich auf den Rückweg. So weit wie ich glaubte, hatte ich mich gar nicht entfernt. Schon nach ein par Metern erkenne ich die Strecke, unsere Liegen vom Hotel und dann auch unseren Bungalow. Trotzdem ich mich von Mark nicht verschrecken lassen will, bringe ich es nicht übers Herz zu ihm rein zu gehen. Mein Stolz ist unendlich verletzt und mir fällt nicht wirklich ein, wie wir diese Situation wieder bereinigen können. Ratlos setze ich mich auf eine Liege, lehne mich an und schaue in die Sterne. Gerade als ich mich wieder unendlich einsam fühle und weinen möchte, höre ich hinter mir Geräusche im Sand.

„Hey Nine, da bist du ja! Ich hab dich überall gesucht."
Ich blicke ihn an und muss wieder weinen. Eigentlich möchte ich cool sein und es ihm leicht machen aber meine Gefühle überwältigen mich.

„Jetzt komm, nicht weinen. Las uns hoch gehen."
Mir fehlen die Worte deshalb schüttle ich nur den Kopf.

„Redest du nicht mehr mit mir?"

Erstickt antworte ich „Doch."

Mark umarmt mich. Streicht meine Haare aus dem Gesicht und umfasst es mit beiden Händen.

„Schau mich an" bittet er.

Mein Blick hebt sich, dann löst sich wieder eine Träne aus meinen Wimpern.

„Entschuldige." Dann küsst er mich unendlich sanft auf meine Lippen.

„Nine, mir fehlen die Worte. - Ich möchte dich nicht so traurig sehen. Tatsächlich bist du das Beste, was mir seit langer langer Zeit passiert ist."

„Passiert?"

„Ja, genau. Ich liebe alles an dir aber trotzdem vermisse ich zeitweise meine Familie."

Bei seinen Worten muss ich wieder weinen. ‚Er vermisst seine Familie.'

„Dann geh zu deiner Familie. Wir waren so vorsichtig, dass sie dir bestimmt alles vergeben wird. Und deine Tochter. Deine Tochter wird mit Papa und Mama aufwachsen."

„Ich will nicht zurück. Ich will eine Frau wie dich."

„Wie lange denn? Ein, zwei oder drei Monate oder vielleicht Jahre? Was dann? Wieder zurück zu Monika und Lisa?"

Er lässt mich los, distanziert sich von mir

„Quatsch. So bin ich nicht."

„Mark, ich bin hier, weil du mich mitgenommen hast. Wenn du doch nicht mehr willst, dann sag es bald. Wir beide kommen aus dieser Geschichte ohne größeren Schaden raus. Wenn du wirklich Monika so sehr vermisst, bin ich nicht die Richtige für dich."

„Dreh mir doch nicht immer die Worte im Mund um."

„Ich dreh nichts um. Du redest an dauernd von Monika und Lisa. Ich zeige Verständnis habe aber überhaupt keine Ahnung wie lange du dich mit mir abgeben willst."

„Abgeben willst. Hör auf so zu reden und denken. Glaubst du ich wäre mit dir in den Urlaub geflogen, wenn das nur ne Bettgeschichte wäre. Hörst du mir überhaupt zu?"

„Klar höre ich zu…"

„Überhaupt nicht! Ja ich vermisse Lisa. Ja zeitweise vermisse ich auch Monika. Aber ich bin verrückt nach dir. Mit dir möchte ich nicht nur Stunden oder Tage verbringen. Lieber Monate oder Jahre! Schon jetzt wünschte ich, du wärst Lisas Mama."
Die Luft um uns steht.

Worte flirren in meinem Kopf und formen andauernd neue Möglichkeiten.

„Oh man, es nervt. Ich hab keinen bock mehr." Er dreht sich um und will gehen, ich kann und will ihn aber nicht gehen lassen.

„Mark" flüstere ich leise. „Es ist nicht nur ein verknallt sein. Ich liebe dich. Trotzdem du mir wehtust, möchte ich nicht ohne dich sein. Vor ein par Wochen habe ich dir versprochen dich für Monika und Lisa gehen zu lassen aber mittlerweile sind meine Gefühle so tief, dass ich kaum noch kann. Um ehrlich zu sein - Ich will das Leben mit dir. Nicht irgendeins sondern dass was Monika weg geschmissen hat. Mir tut es weh, weniger geliebt zu werden obwohl ich hier bei dir bin und um dich kämpfe und sie geht weg und wird trotzdem von dir geliebt."

Mark reicht mir die Hand „Komm, lass uns hoch gehen. Wir reden im Bett weiter."
Mit festem Griff um meine Hand führt er mich zu unserem Bungalow. Verstohlen wische ich mir die letzten Tränen weg. Er ist gerade wieder so aufmerksam, liebevoll und zärtlich, dass ich mich meines Theaters wegen schäme. Mark scheint es zu spüren, denn mit einem Finger streichelt er zärtlich meine Hand.
Vor dem Bett stehend drückt er mich rückwärts bis ich falle. Sein Körper drückt mich tief in die Matratzen. Automatisch schlinge ich meine Arme

um seinen Nacken. Momentan brauche ich Nähe. Am liebsten würde ich in ihn rein kriechen, stattdessen verknoten wir unsere Beine miteinander und küssen uns zärtlich.

„Nine" Er blickt auf und schaut mich an „du hast absolut keine Ahnung, wie viel du mir in unserer kurzen Zeit schon bedeutest."

„Was denkst du wie es mir geht?"

„Ich wünschte so sehr, wir hätten uns schon früher kennen gelernt."

„Dann hättest du Lisa nicht. Ich bin viel zu jung."

„Quatsch! Du hättest sie mit zwanzig bekommen. Klar geht das."
Wieder küsst er mich zärtlich auf den Mund. Ich stoße die angehaltene Luft aus und lasse mich bewusst in seinen Armen hier und jetzt fallen.

Unser Streit hängt mir am nächsten Tag sehr nach. Meine Augen sind verquollen, der Wind lässt mich zum ersten Mal frösteln und unsere sonst so lockere Konversationen kommen immer wieder ins stocken. Ich hadere mit mir selbst, ob ich offen und ehrlich alles ansprechen soll, was mich wegen dem gestrigen Streit ärgert und traurig macht oder ob ich ihn nicht einfach in Ruhe lassen soll. Immerhin hat er mir doch eine Erklärung für sein Verhalten gegeben und nur weil ich es mir anders wünsche kann ich keine Wunschreaktion erwarten noch nicht mal erhoffen. Ich will das er echt ist.

‚Nine, du gehst mir echt auf den Sack.'

‚Du mir auch.'

‚Lass den Typ doch einfach mal Luft zum atmen.'

‚Lasse ich doch.'

‚Ne. Durch deine Erwartungen baust du unnötig Druck auf.'

‚Ich habe keine Erwartungen. Ich habe ihm versprochen, dass er jederzeit gehen kann.'

‚Oh super. Du bist echt klasse. Denkst du wirklich damit wäre alles für ihn leichter?'

‚Klar doch. Er nimmt was er will und wann er will. Ganz einfach.'

‚Sei nicht so herablassend! Er nimmt nicht was oder wann er etwas will. Er hatte alles was er wollte und hat es verloren. Du siehst nur dich gerade.'

‚Nur mich? Er ist doch so abgegangen.'

‚Sei doch nicht so eine Mimose! Mark hat sich dir geöffnet. Sich dir erklärt. Macht ein Mann das, wenn ihm alles egal ist? Er musst eben mal Dampf ablassen, na und?'

‚Ganz toll. Auf meine Kosten. Wie soll das überhaupt funktionieren? Soll ich immer diese Rolle einnehmen?'

‚Man bleib locker. Sei doch einfach mal nicht nur sexy. Sei eine Freundin, ein Kumpel, eine Frau und manchmal auch einfach mal kindisch.'

‚Du bist ja mächtig schlau, was?'

‚Mach dich lustig, vergiss nicht: Du änderst keinen Menschen!'

‚Was soll das jetzt schon wieder heißen?'

‚Nimm ihn, ertrag ihn, leb mit ihm so wie er ist, oder lass es. Das größte was er dir geben kann ist seine Ehrlichkeit und verändern wird ihn keiner mehr.'

‚Puhhh. Das ist scheiße. Ich hab überhaupt gar keine Lust darauf schon jetzt zu wissen, dass er so abgeht. Was wenn wir länger zusammen sind? Lisa und Monika werden immer Teil unserer Beziehung sein.'

‚Ja und? Sie ist doch gegangen. Du kannst es nur besser machen indem du bleibst und ihn so nimmst wie er ist. Und mal ehrlich, war der Streit wirklich soooo schlimm?'

‚Ach lass mich doch…'

Ich springe auf und renne ins Meer weil mich diese Gedanken einfach nerven. Zu meiner Überraschung rennt Mark prompt hinterher. Er packt mich, hebt mich hoch und taucht mit mir unter. Salzwasser schießt mir in die Augen was mir die Sicht nimmt. Dann spüre ich wieder Hände an meiner Hüfte. Ich fange laut an zu quietschen. Mark lacht, kneift mir in den Hintern und küsst mich.

„Alles wieder gut zwischen uns?" Seine Augen schauen mich liebevoll an. Wie könnte ich da widerstehen?
Ich lächle, winde mich aus seiner Umarmung und schwimme weiter raus. Immer noch kommt Mark hinter mir her.

„Janine, sag was!"

„Ich kann nichts sagen, ich muss schwimmen und küssen" dann grinse ich und falle über ihn her. Er kippt seitlich und taucht beinahe unter. So gerade noch bekommt er meine Hand zu fassen und zieht mich mit. Wieder schießt mir Salzwasser in die Augen. Man ist das bescheuert. Ich winde mich aus seinen Armen und versuche erstmal meine Augen wieder klar zu kriegen. In dem Moment merke ich wie Mark mir ins Höschen packt und quietsche schon wieder laut auf.

„Nein, niiiccchhht" doch Mark macht weiter. Zieht mich zu sich, wickelt meine Beine um seine Hüften und hält mich fest. Seine Finger kreisen über meine Beine dann über meinen Hintern. Wieder will er mir ans Höschen aber mit fluchtar-

351

tigen Bewegungen kann ich mich befreien und ein Stück von ihm abrücken.

„Nicht. Hör auf!"

„Womit? - Damit?" Seine Hand hoch gehoben wackelt er mit den Fingern und grinst mich frech an.

„Ja damit!" Jetzt muss ich auch wieder grinsen.

„Lass es wirklich. Bitte!"
Sein Blick sieht mich forsch an. Scannt meine Gesichtszüge und wahrscheinlich all meine offensichtlichen Emotionen.

„Haben wir ein Problem miteinander oder hast du gerade ein Problem mit der Situation gehabt?"

„Äh..." Dieses Mal tauche ich absichtlich unter und schwimme Richtung Strand. Mir hat seine Ex gestern gereicht. Jetzt möchte ich nicht auch noch meinen Ex von der Partie haben.

Mark fragt nicht noch einmal. Irgendwie habe ich im Gefühl diese Situation mit ihm heute noch klären zu müssen. Andererseits ist doch wirklich nichts schlimmer als im Urlaub zu streiten und zu diskutieren. In einvernehmlichem Schweigen setzten wir uns an die Strandbar und bestellen uns Cocktails. Es dauert zwar aber mit Blick auf das Meer und all die Urlauber werden wir immer entspannter.

„Janine, es tut mir echt leid wegen gestern."

Ich blicke ihn an, weiß aber nichts zu sagen.

„Die Zeit mit dir hier zu verbringen ist nicht nur das schönste seit Jahren das ich erlebe, sondern zeigt mir, wie sehr wir beide für einander geschaffen sind. Es ist so einfach neben dir zu liegen und zu schlafen. Ich liebe deinen Geruch und hätte immer gedacht irgend eine Marotte bescheuert zu finden oder es schrecklich zu finden morgens mit lautem Geplapper geweckt zu werden."

Jetzt muss ich wieder lächeln. So vieles von dem was ich empfinde sagt er gerade laut.

„Einmal in meinem Leben habe ich eine Frau richtig geliebt. Ganz früher. Vor Monika und noch davor."

Er stockt und ich frage mich, was er mir gerade eigentlich erzählen will.

„Wenn man einmal geliebt hat, ich meine so richtig geliebt, dann ist alles was danach kommt wie lauwarme Suppe. Gestern habe ich dich mit meinen Gedanken und Empfindungen für Monika gekränkt und das tut mir leid aber ich habe niemals in so kurzer Zeit wie mit dir so viel für Monika empfunden."

„Nicht?"

„Nein. Wir waren ab irgendeinem Zeitpunkt aus Gewohnheit zusammen. Und ja diese Trennung bereitet mir Schmerzen aber die Zeit mit dir ist es tausendmal Wert."

Verlegen trinke ich einen Schluck. „Mark ich will doch nicht, dass du unglücklich bist oder Schmerzen hast."

„Das ist es ja gerade. Wenn ich in deiner Nähe bin, bin ich nicht unglücklich. Im Gegenteil! In dieser kurzen Zeit bist du mir so unglaublich nah gekommen, dass ich mir wünschte Lisa wäre deine Tochter. Und wir hätten noch ein zweites Kind zusammen."

„Ein Kind zusammen? Mark, das ist schön und ich werde immer alles dafür tun, dass es Lisa gut geht aber sie ist nicht meine Tochter. Nach gestern frage ich mich, ob du überhaupt mit mir glücklich sein kannst. Was ist denn wenn Monika wieder mit dir eine Familie sein will?"

„Will sie aber nicht."

„Was wäre denn wenn doch? Ich möchte doch nicht immer nur die Alternative sein so lange sie nicht will. Irgendwann möchte ich auch schöne Worte von dir hören."

„Du möchtest schöne Worte hören? Dein Haar ist der Hammer. Dein Körper sieht nicht nur klasse aus sondern du riechst auch noch himmlisch.

Deine Hände…"

„Das meine ich nicht und das weißt du."

„Klar weiß ich das. Janine ich singe sinnbildlich Tag für Tag eine Sinfonie auf deinem Körper und dein Wesen. Für unsere kurze gemeinsame Zeit ist es auch Liebe die ich für dich empfinde." Seine Augen sehen konzentriert draußen auf das Meer. Keine Regung lässt darauf schließen ob ihm das jetzt gerade schwer oder einfach zu leicht gefallen ist, mir so schöne Sachen zu sagen.

„Mark? Hast du mir gerade gesagt, dass du mich liebst?"
Langsam dreht sich sein Kopf zu mir. Strahlende Augen blicken mich an dann verzieht sich sein Mund zu einem Lächeln „Ja Janine. Ich liebe dich. Und gestern Abend tut mir unendlich leid."

„Du liebst mich? So richtig?"
Seine Antwort ist ein nicken.

„Ein Kind mit mir?"
Seine strahlend braunen Augen mit dem Silberschweif schauen mich an. Zaghaft bildet sich ein Lächeln in seinem Gesicht. Jetzt zuckt er andeutungsweise mit seinen Schultern und nickt ein winziges kleines bisschen.

Ich falle ihm in die Arme. „Ich hatte ja keine Ahnung, dass du so viel für mich empfindest" flüstere ich in seine Halsbeuge dann küsse ich ihn. Die letzten Sonnenstrahlen fühlen sich wieder warm an, die Farben leuchten alle wieder viel intensiver und in meinem Herzen muss ich zugeben, dass ich bei diesem Mann angekommen bin. Auch ich wünsche mir mit ihm eine Zukunft. Und ein Kind.

Seine Arme legen sich um mich, zärtlich drückt er mich an sich. „Du bist das Beste was mir seit langem passiert ist, Janine!"

„Mark? Um ehrlich zu sein, wünsche ich mir schon seitdem ich Lisa kennen gelernt habe ein Leben und ein Kind mit dir. Irgendwie platze damals ein Knoten und ich hatte nur noch Herz und Augen für dich."

„Komm! Lass uns hoch gehen und Liebe machen."

Wir strahlen uns an, fassen uns an den Händen und laufen ausgelassen zu unserem Bungalow.

## 16

Zwei Tage lang schwebe ich im unendlichen Liebesglück. Mark ist extrem gut gelaunt. Er reist einen Witz nach dem anderen, knüpft kurze Bekanntschaften an der Bar und überhaupt ist er so witzig und geistreich wie ich ihn noch nie zuvor erlebt hatte. Schüchtern hatte ich ihn noch einmal gefragt, ob er das mit dem mich lieben ernst gemeint hatte. Meine Rebellin hätte mich dafür zwar am Liebsten lang gemacht aber ich brauchte unbedingt meine Bestätigung.

„Janine." Zärtlich blickt er mir in die Augen „Ja."

Sein Blick fixiert meine Augen. „Und was ist wenn wir in zwei Tagen zurück fliegen?" Die Frage ist raus, bevor ich nachdenke.

„Was soll dann sein?"

„Mark, ich arbeite für einen Kunden von dir. Ich wohne in einem anderen Ort und ich bin nicht die Mutter von Lisa."

„Immer eins nach dem anderen, Janine. Ich kann dir jetzt zwar nicht sagen, wie jeder einzelne Tag verlaufen wird aber ich kann dir sagen, dass wir beide viel füreinander empfinden. Wenn es so sein soll, werden wir Zwei Wege finden."

Leise lächelnd denke ich an seine Antwort während ich meinen Koffer für die Abreise packe. Im Leben hätte ich mir diesen Urlaub nicht ausmalen können. Alles war so intensiv, so herzlich und herzzerreißend.

„Du kannst auch noch alles aus der Mini-Bar einpacken."

„Mini-Bar? Einpacken?"

„Ja. Hier war alles im Preis drin. Nimm es ruhig mit, dann hast du eine schöne Erinnerung an diesen Ort."
Ich geniere mich. Einfach die Schränke aufzumachen und alles raus zu holen, kommt mir so undankbar und unhöflich vor. Doch noch bevor ich mich weiter zieren kann, zieht Mark schon die ganzen Leckereien aus dem Schrank, schmeißt sie in meinem Koffer und grinst mich an.

„Du denkst zu viel, Janine."

„Ja und was ist mit dir? Jetzt hast du alles mir reingelegt."

„Du weißt doch - ich kenne schon alles." Grinsend und zwinkernd macht er sich daran seine letzten Sachen einzupacken.

Nach unserem Rückflug macht mir die räumliche Trennung von Mark zwar zu schaffen, doch gleichzeitig habe ich auch viel Gelegenheit zu träumen. Unser Umgang ist ungezwungener. Es ist als ob wir erleichtert wären endlich ausgesprochen zu haben, was wir für einander empfinden. Meine Träumereien wachsen bis ins unermessliche. So weit, dass ich zwei Wochen nach unserem Urlaub kurz entschlossen die Pille absetze. Meine Rebellin hadert mit mir, ist aber auch diejenige welche mir immer wieder vor Augen hält, dass Mark mich nicht nur liebt sondern mit mir auch ein Kind haben will.

‚Du musst es ihm aber Stecken'

‚Klar! Bin doch nicht doof'

‚Nicht irgendwann. Jetzt'

‚Jetzt?'

‚Nine ernsthaft. Das ist nicht allein deine Entscheidung!'

‚Ok ok, war nur ‚n Scherz.'


Mark spricht zwar gerade noch in sein Handy und es könnte Gott wer weiß daran sein aber ich lehne mich von hinten an ihn und fange an ihn zu streicheln. Erst nur seine muskulösen Arme doch dann ohne seinen Einspruch werde ich mutiger. Meine Hände wandern über seinen knackigen Hinter, zwicken ganz kurz zu und rutschen dann in seine vorderen Hosentaschen. Ich liebe seinen Duft. Ihn zu berühren und gleichzeitig zu wissen, dass einfach alles an ihm perfekt für mich ist, macht mich schon an. Mit breitem Grinsen im

Gesicht fange ich an in seiner Hosentasche meine Finger zu bewegen. Ganz sachte und träge streiche ich immer und immer wieder über die Erhebung in seiner Hose.

„Hmm" ohne dass ich es bemerkt hätte, ist das Gespräch beendet und Mark hat kein Telefon mehr in der Hand.

„Mach weiter…" genussvoll schließt er seine Augen und wartet ab. Meine Hände wandern aus der Tasche zu seinem Bündchen. Nur ganz leicht berühre ich seine Haut. Knapp unter dem Hosenbund sehe ich, dass sich gleich seine Erektion aus der Hose heraus stellt. Ich kann nicht widerstehen. Noch einmal lasse ich meine Finger genau an diesem Punkt ultraleicht über seine Haut fahren, bin noch etwas dreister und gehe zwei drei Millimeter unter den Bund der Hose.

„Jasmine ohhh…."

„Mark?"

„Hmmm…"

„Du weißt schon, dass wir beide gleich heiß aufeinander sind oder?"

Er grinst, hebt mich hoch und küsst mich. „Ja, glaub mir, dass weiß ich. So wie du quietscht."

„Sehr witzig. Ich quietsche nicht. Dann brummst du wie ein Elch."

Laut lachend nimmt er mich in die Arme. Meiner Meinung nach genau der richtige Moment um mit ihm ehrlich zu sein.

„Mark, ich liebe dich…"

Seine Augen blicken mich liebevoll an.

„…Du hast mir im Urlaub und danach auch schon gesagt, dass du mich auch liebst."

„Und?" Sein Blick bleibt warm aber wird etwas wachsamer.

„…Wir beide hatten darüber gesprochen wie schön es wäre wenn Lisa meine Tochter wäre - und glaub mir, mittlerweile wünsche ich es mir so sehr wie du dir. Und wir hatten auch darüber gesprochen, dass wir uns ein gemeinsames Kind vorstellen könnten."

„Ja stimmt. Und?"

„Ich habe die Pille abgesetzt." Den Satz spucke ich aus, nur damit ich es gesagt habe, nicht weil ich besonders scharf drauf bin. Es ist mir nicht möglich einzuschätzen wie er darauf reagieren wird.

„Du hast die Pille abgesetzt?"

„Ja."

„Jetzt schon?"

‚Hm? Jetzt schon? Meine Rebellin lässt alle Gedanken rattern. Wir hätten mit einem „Auf gar keinen Fall" gerechnet. Oder mit „War klar dass du mich Festnagelst". Im Leben hätten wir nicht erwartet, dass er nicht in Frage stellt ob es passiert, sondern wann es passiert. Erst jetzt fällt es mir wie Schuppen von den Augen, dass er wirklich richtig tief mit mir in unserem Status Beziehung drin steckt.

Ich geniere mich etwas „hm ja. Die Packung der Pille war sowieso gerade aufgebraucht."

„Janine?!" Er wird tot ernst. Hunderte von Empfindungen sind auf seinem Gesicht abzulesen und trotzdem kenne ich seine Antwort nicht.

„Mark? Sag was."

„Ich bin noch nicht mal geschieden."

„Scheiden lassen? Wer redet denn gerade davon. Ich habe doch schon gesagt, dass ich auf eine Ehe verzichten kann."

„Wenn erstmal ein Kind da ist, wirst du anders denken."

„Darum geht es doch gerade gar nicht. Du lenkst ab. Ich habe die Pille abgesetzt. Gerne würde ich ein Kind mit dir haben. Und so wie du mir gesagt hast, könntest du es dir mit mir auch vorstellen."

„Lisa sollte eigentlich schon immer ein Geschwisterchen bekommen aber Monika wollte keins mehr, weil ich mich ihrer Meinung nach zu wenig kümmere."

„Mark, ich bin nicht Monika. Außerdem kann es Monate oder Jahre dauern bis ich tatsächlich Schwanger werde."

„Ich habe aber keine Lust jetzt beim Sex mit dir auf einmal ein Kondom zu benutzen."

Jetzt muss ich doch wieder lächeln „sollst du doch auch gar nicht."

„Du lachst. Ich stecke noch in einer Ehe und habe eine Tochter. Meine Familie hat noch überhaupt nicht verstanden dass wir zusammen sind. Was ist mit deiner Arbeit? Du kannst doch nicht mit mir zusammen sein und zeitgleich muss ich vielleicht deswegen diese Kundenverbindung aufgeben."

„Nein nein. Natürlich nicht. Ich habe einen befristeten Vertrag. Meine Gedanken und Pläne wollte ich dir sowieso noch sagen. Zum Sommer hin läuft der Vertrag aus und ich werde vorher mit meinem Chef und natürlich auch mit meinem Vorgesetzten darüber sprechen, dass ich nicht verlängern werde."

„ - du willst wirklich wegen mir alles aufgeben, was du dir aufgebaut hast?"

„Irgendwie schon. Ja. Um ehrlich zu sein."

„Ich hätte nicht gedacht, dass ich dir so viel bedeute."

„Und ich hätte nicht gedacht, dass ich dir so viel bedeute."

„… dann müssen wir jetzt aber trotzdem beim Sex aufpassen. Auf gar keinen Fall kannst du jetzt sofort schwanger werden. Ich wüsste nicht wie ich das Lisa oder Monika…."

„Mark. Andere brauchen Monate und Jahre…"

## Zwei Wochen später

Irgendwie wollte ich es. Eigentlich erst später aber lieber sofort.

Mein Magen schlägt Purzelbäume. Ich habe Angst und zugleich bin ich voller freudiger Erwartungen.

Die Verpackung aufreißend renne ich aufs Klo nur um kurze Zeit später auf das Stäbchen zu pinkeln. Im Leben hätte ich keine Verkäuferin gefragt wie das hier geht. Drauf Pinkeln, warten, Striche ablesen dann Diagnose Schwanger oder nicht Schwanger vergleichen. Und trotzdem lese ich in der Wartezeit jeden noch so winzigen Punkt der Packungsbeilage drei Mal. Bloß nicht zu früh drauf gucken….

‚Quatsch Alte. Los check die Lage' brüllt mir meine Rebellin voller Enthusiasmus zu.

‚Man warte. Eine Minute noch.'

‚Egal! Los schnapp es dir und schau nach.'

‚Eigentlich kenne ich das Ergebnis schon.'

‚Lass nicht so ein raus hängen. Ich kannte es schon vor dir.'

‚Nein ich.'

‚Fakt ist, deine Vagina fühlt sich anders an. Deine Brüste sind empfindlicher. Du bist sensibler… bla, bla, bla..'

‚Wieso bist du jetzt so ätzend?'

‚Weil du es ihm sagen musst.'

‚Na und?'

‚Tsss. Wenn du meinst.'

Mit freudiger Erwartung starre ich auf den Schwangerschaftstest. Ich bin es tatsächlich. Nach zwei Wochen ohne Pille bin ich direkt schwanger geworden. Unglaublich! Die Natur weiß einfach dass wir zusammen gehören.

‚Du kannst dich freuen wie du willst. Erst musst du es ihm erzählen. Dann sehen wir weiter.'

‚Spaßbremse!'

Ich jauchze. Meine Freude ist riesig. Ich werde Mama. Juhuuu! Ich bekomme ein eigenes kleines Kind. Mit lachendem Gesicht drehe ich mich im Raum. Jetzt endlich fangen Träume von mir an, wahr zu werden.